我的江湖越来越小

WODEJIANGHU YUELAIYUEXIAO

李敖师友纪

陈才生 著

民主与建设出版社

Democracy & Construction Publishing House

图书在版编目（CIP）数据

我的江湖越来越小 / 陈才生著. -- 北京：民主与

建设出版社, 2016.4

ISBN 978-7-5139-0547-3

Ⅰ.①我… Ⅱ.①陈… Ⅲ.①随笔 - 作品集 - 中国 -

当代 Ⅳ.①I267.1

中国版本图书馆CIP数据核字(2015)第010777号

出 版 人：许久文

责任编辑：郭长岭

整体设计：主语设计

出版发行：民主与建设出版社有限责任公司

电　　话：(010)59419778　　59417745

社　　址：北京市朝阳区阜通东大街融科望京中心B座601室

邮　　编：100102

印　　刷：北京彩虹伟业印刷有限公司

版　　次：2016年4月第1版　2016年4月第1次印刷

开　　本：16

印　　张：20

书　　号：ISBN 978-7-5139-0547-3

定　　价：39.80元

注：如有印、装质量问题，请与出版社联系。

自 序

[相忘江湖 凝神沧海]

李敖曾经有诗云：

深情一片是冰心，事如春梦了无痕。

曾经沧海难为水，不将朋友作情人。

他责己严责人亦严，无论朋友、老师、同仁、至亲，交往中都有一个鲜明尺度，那便是沈休文的诗句"理来情无存"，是非问题，理为至上，公论之外，无妨把酒言欢。他与徐复观唇枪舌剑，对簿公堂，刚出法院大门，两人又一起到咖啡馆聊天喝咖啡。他为章孝慈举行捐助义卖会，要救挚友于危难之中；义卖现场，又签名出售鞭挞章孝慈爷爷的著作《蒋介石评传》，要"诛奸谀于既死"。他走近过钱穆，又离开了钱穆；他结交过柏杨，又离开了柏杨；他曾与余光中为友，但不久又视同陌路各奔"前程"；他曾与郑南榕联手，但最终因观点分歧断然分手；还有与同学施启扬、与老师王作荣、与作家梁实秋、与政要陈水扁、马英九、谢长廷……他们之间有过相识、相交、相知，但又因理念不同而相左、相离、相斥，渐行渐远。

这就是李敖。作为朋友，他热情奔放，周到细致，但在是非面前，他张牙舞爪、笔锋如刀。什么辈分、情谊、面子全在考虑之外，他要做的，是在"无忌"的心情下，为了真相和真理，自己究竟能够做多少？在"剃刀边缘"又能做多少？

正因如此，有的人害怕和他做朋友，有的人盼望和他做朋友。伴随着他的愤世嫉俗、荣

自 序

辱浮沉，那些师友故旧们，或敬而远之、退避三舍，或视若路人、不再过从，或在飞黄腾达"飞上枝头做凤凰"后，幽明异路，任其生灭。他亦就势拒人于千里之外，"背时独立抱寂寞"，旧友不补，新友不交，成为茫茫荒野山径中独来独往的夜行人。他发现，"只有你自己在想你想的、关切你想的。别人的面孔可能很友善、声音可能很亲切，可是那只局限于众生生活与世俗生活，除此以外，他们立刻变得无知、冰冷、麻木，比邻犹若天涯、相逢如不相识"。他为自己的觉悟感到释然。

南宋爱国诗人杨万里诗中说：

> 万山不许一溪奔，拦得溪声日夜喧。
> 等到前头山脚尽，堂堂溪水出前村。

敌友江湖望沧海，残山剩水我独行。诗中意境正好道出一位思想先行者为理想而战的处境。

通过本书的讲述，在这位文化怪杰身上，你可以看到他对待朋友、同学、老师以及牢犯、妓女、慰安妇时的快行己意，感受到那种久违了的狂飙与仗义，那种温厚暖人的冬阳般的古典情怀……

2015年7月 于殷都 面壁斋

目 录

第二章 · 从师纪

李敖老年不喜欢文游，原因是过去交往的人物太多了。从大作家梁实秋、孙陵、金庸、三毛、余光中，到『副总统』陈诚、将军宋希濂、『总统』陈水扁、马英九，到著名导演李翰祥、刘家昌……他从中感受到了人间的世态炎凉，对人性的看法也越来越悲观。

第一章

交友纪

一 董作宾父子的书法

董作宾父子都是中国甲骨学研究的大师，李敖和他们之间曾有过一段奇妙的缘分，结缘之物便是他们的书法。

起因要从李敖一位忘年交的老朋友说起。

20世纪50年代，李敖在台中一中读书，结识了同学庄因的父亲庄严老先生，他是李敖父亲在北京大学时的同学，毕业后到故宫博物院工作。国民党退据台湾后，他随"故宫"到了台湾，直到做上"故宫博物院"的副院长。庄严先生十分喜爱李敖的聪慧博学，经常写一些信和字给他，他也常去看望他，两人遂成为忘年之交。

有一次，庄严写信请李敖帮他代卖陶一珊印的《明清名贤百家书札真迹》，因为庄严为这书写了序后，陶一珊送他两套，他要卖掉其中一套以贴补家用。李敖很快将事情办成，庄严十分感激。他知道李敖喜爱文物，特别请他到"博物院"所在的北沟，利用他的职务之便，拿出馆藏的王羲之《快雪

◆ 董作宾

时晴帖》和《四库全书》一函请李敖观赏，这是李敖第一次看到国宝级的文物。

还有一次，庄严托李敖寻找《元秘史》版本，李敖在台中"中央书局"为他定到一种，庄严却忘了付钱，害得李敖许久不好意思去"中央书局"，直到有一天他见到庄严并当面提醒他付款，才了结此事。

庄严知道李敖酷爱书法，还特意请他的老朋友董作宾先生用甲骨文写了一首诗送给李敖，那诗的内容是：

> 风片片，
>
> 雨丝丝，
>
> 一日相望十二时，
>
> 奚事春来人不至，
>
> 花前又见燕归迟。

这是台北大学教授汪怡先生的小诗。他曾与董合作创作"集契集"，由董提供可识的甲骨文，他集成诗词，董以甲骨文书之，汪完成了任务，董却中途去世，后由其学生日本学者欧阳可亮代书成集。

董作宾在大陆时已是中国最著名的考古学家之一，有"一代甲骨学大师"之称。1948年，他当选为"中央研究院"第一届院士，同年底随"中央研究院"和自己相伴多年而不忍心分开的大批文物迁往台湾，任台湾大学中国古文和历史教授。李敖上中学时，他是"中央研究院"历史语言研究所所长，并创办了著名的"大陆杂志"。以董作宾的成就和声望，他的墨宝对一向崇拜奇人的李敖产生的影响不可低估。欣赏着国宝级的文物，收藏着国宝级大师的作品，李敖产生了做人就要做第一流人的志向，一种无形的动力促使他走上一条埋头读书勤奋治学的道路。

◆ 董玉京

有趣的是，通过这幅作品，李敖与董氏父子又有了一段后缘。

三年后，李敖考入台大历史系，十年后，李敖考入台大历史研究所，这种对历史的兴趣与董氏之间到底有多少联系，值得研究。但至少在文物方面，李敖已成为十分专业的鉴赏家。

四十年后，董作宾先生早已作古，他的儿子董玉京从医，成为台湾著名的心脏科医师、教授，并成为李敖的家庭医生，两人成为好友。董玉京除精通医学外，受父亲影响，从少年时代起便深深爱上了甲骨文，借行医之暇，沉醉于甲骨文与甲骨学领域，做出了巨大的成就。李敖想起他父亲曾为自己题写的那首词，忽生联想，乃请董玉京重写前词，并将父子书法放在一起观赏，成为两代佳话。

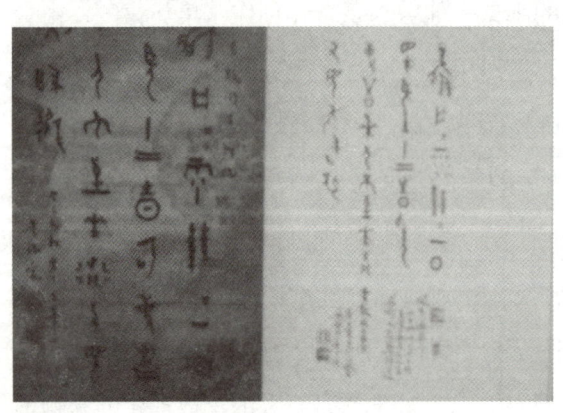

◆ 董玉京父子甲骨文墨迹

李敖有诗赞曰：

两代墨迹同一词，
雨丝风片亦堪拾。
四十年来花已老，
花老犹见燕归迟。

可惜的是，这两幅字后来在李敖义助慰安妇时被卖掉了，买主为台湾大学的陈昌耀医师。

_二 思想影响到李翰祥

中国大陆影后刘晓庆与李敖相见时，谈到的第一个话题便是他们共同的朋友李翰祥。著名歌星费翔是一个混血儿，他的中国妈妈毕丽娜谈到李敖时也提到了李翰祥：

> 李翰祥满脸骄气，李敖一身傲骨。

李翰祥是谁？他与李敖怎么会扯到一起？两人之间又有过什么样的关系？说来还有一段故事。

李翰祥，1926年生，东北辽宁人，是中国近代电影史上一位重要的电影艺术家，有"港台影坛风云第一人"之称。他执导的作品如《火龙》《江山美人》《雪里红》《梁祝》《西施》《扬子江风云》《缇萦》《后门》《倾国倾城》等在港台地区一度产生极其深远的影响。20世纪80年代，在大陆拍摄《火烧圆明园》《垂帘听政》等影片，在海峡两岸合作制片方面起到了示范作用。许多

◆ 李翰祥

◆ 中国大陆拍摄的《火烧圆明园》

人对他执导的电影耳熟能详，但却少有人知他来大陆之前曾与李敖有过一段密切的交往。这段交往在一定程度上影响到了他从影的道路。

那是20世纪60年代初，李翰祥已是香港影坛的风云人物。他执导的《梁山伯与祝英台》荣获第十届亚洲影展四项个人技术奖项，并创下了162天放映930场、72万观众的纪录。在台湾第二届金马奖评选中，他的《武则天》获颁优等影片，《梁山伯与祝英台》获颁最佳剧情片、最佳导演、女主角等六项大奖。演员凌波赴会台北，芳踪过处，数十万民众夹道欢呼，香港媒体讯之为"狂人城"。1963年的初冬，李翰祥受国泰及联邦公司支持，成立国联电影公司，凭借他的个人魅力，吸引了一批香港技术和表演人才渡海营建崭新的电影乐土。他于台湾省电影制片厂租借场地，开始了他的新一段创业历程。

李敖1960年做预备军官时，正是李翰祥的《江山美人》流行的日子。当时，军营里的大喇叭整天播的、老兵整天哼的，都是这部影片中的调子。待到1966年，由于《文星》杂志被查封，主编李敖亦陷入人生的低谷，经朋友康白（何伟康）的介绍，他与李翰祥相识。因是东北同乡，两人一见如故。李翰祥开办了一个明星讲习班，请李敖去做过一次讲演，然后请他到家吃饭。两人谈话十分投机。李翰祥说："你是最厉害的东北人，简直像绍兴师爷。"李敖说："你的《梁祝》也很厉害啊，那黄梅小调如今大街小巷都在传唱。可惜我至今还没有看过。"李翰祥听了大吃一惊："李敖啊，你这种朋友怎么能交！你不看朋友拍的电影！"李敖笑着说："现在你知道如何维持友谊了吧？最好你也别看我的书！"

李翰祥有个司机叫老举，原来是台湾电影制片厂龙厂长的司机，山东人，只要李翰祥和李敖在一起，他便没有好脸色。李翰祥感到奇怪，一日，趁李敖下了车，低声问老举："有什么不开心的事吗？"老举指着下车的李敖的背影说："人们都说这个人一肚子学问，一脑门子坏水，尖酸刻薄，笔杆子压死人，比刀笔吏还厉害。"

当时，李敖靠卖文为生已经无望，便偷偷摸摸帮出版社和杂志社编书，为了生存，他打破了自己不用笔名发表文章的纪录，这种无奈已超出他所能忍受的极限，但他很清楚，靠别人吃饭，就不可能有独立的人格，要特立独行，必须有经济做后盾，那就是要有钱！于是，他为水牛出版社编辑《罗素选集》，出版时挂上刘福增的名字，以此挣些小钱。《传记文学》主编刘绍唐对李敖亦援之以手，让李敖以"赵家铭"（"造假名"的谐音）的笔名写了许多文章，如《陈果夫与运动大会歌》《章太炎与胡适之的一些是与非》《蔡元培与胡适》等，以获取稿费。

但尽管如此，也不够他的花费，只好又做起倒卖旧电器的营生。当时美军顾问团在台北，市面上出售的冰箱空调等电器，大都是顾问团用过的二手货。李敖和朋友李世君合作，化名"OK李"（OK LEE），整天靠在英文报纸上登广告兜来旧电器，然后转卖。由于各界朋友的帮忙，一些外国人也愿意把旧电器卖给他，甚至还有新电器流至手中，如美军军眷毕丽娜、外国朋友包特菲尔德等都热情地帮助他联系货源，这样，他的生意做得红红火火。

为了出售旧电器，李敖广交朋友。每次成交之后，他都亲自动手，与工人一样干活。有一次卖了一台冰箱给李翰祥，李太太看到李敖亲自搬运，惊讶地说："怎么大作家做起苦力来了？"李敖嘻嘻笑着说："大作家被下放了，正在劳动改造啊！"

李敖曾在给老师殷海光的信中说：

> 我近来整日亦忙于谋生，旧债累人，甚苦恼。最近拟去一私人广告公司做事，代商人写广告词，所堪阿Q式自慰者，美国Sinclair lewis、Sherwood Anderson、Cimelia Otis Skinners诸文豪皆出身于此，今日之我，却正好逆其道而行之，呜呼哀哉！国民党统治下之独立文人！（我们这种人，"义不食周粟"！"渴不饮盗泉水"！）

这段文字，是对国民党专制统治的无声控诉。殷海光当时亦因文祸受到当局的迫害，但他的生活能力太差，只能待在家里气得胃痛，与之不同的是，李敖在愤而不屈之余，依然在夹缝中积极而顽强地生活着。他相信，"坚忍是我们这类人在目前的唯一'武器'"，自己还年轻，未来的道路还很远很远。

还是在1966年6月，李敖在困境中想办一个杂志、开一家书店，迫于自己的处境，他写信请父亲好友、"立法委员"王兆民（歌星王菲的爷爷）帮忙出面登记，登记后再"转让"给自己。他向这位"二叔"保证，杂志主要"反共产党，同时反'准共产党'"、"介绍世界现代化思想（如印行科学思想的书）"、"播种下一代（如印行少年儿童读物）"等等，决不会涉及"目前的政治和政党（包括'党官'）"，它只是"一个走投无路的爱国文人，置身一个小环境里对他小理想的一点小兑现"，但王兆民"淡泊自甘，静观万象"，还是没有跟他冒险去做这点"蓄艾的'功德'"，一个合作"小本经营"的"文化生意"之梦也就此破灭。

除了卖旧电器、做苦力，李敖还出售自己掌握的资料。于是，李翰祥找上门来。1968年12月8日，李翰祥打电话问李敖："我要拍唐伯虎的戏，听说有一部剧本叫《唐伯虎千金花舫缘》，你是否知道这个剧本收在哪里？"李敖说："在《盛明杂剧》中，这是武进董氏诵芬室刊本，在台湾很难找的。"李翰祥问："你能否找到，我有报酬。"李敖说："我试试看。"事实上，他知道该书"中央研究院"史语所就有，很容易得到，但故意不说。第二天，他告诉李翰祥："可以找到影印本，但要有一些花费，你需付一百美金。"李翰祥说："据说只有几页，太贵了吧？"李敖说："翰祥啊！知识很值钱啊！你拿这知识，可以编剧本卖大钱，别人提供知识，怎么不可以卖小钱啊？"李翰祥只好说："好吧，就一百美金。"

就这样，李敖不费吹灰之力轻而易举地拿到了那个影印本，从李翰祥处得到一百美金的报酬。但还没来得及和小情人夸耀，当天晚上就发起烧来，次日住进了宏恩医院。病愈时医药费花了4000元，折合美金正好是100元。李敖笑着对小情人鲁肇岚说："傥来之财，来得容易去得也快，不是好来也不是好走。等于唐伯虎先生代付了医药费。"

李敖与李翰祥来往最多的是在1969年，他们经常在一起吃饭、打牌。李敖打牌十打九赢，麻将桌上赢钱也成为他谋生收入的一部分。当时为生意方便，李敖买有一辆小车，虽然是二手车，但牌子很牛，凯迪拉克，也算是汽车阶级。导演刘家昌与妻子江青（曾饰电影《七仙女》《西施》女主角）自拍电影《生老病死》，想找一个假的制片人为他撑腰，制片人要阔，李敖因为有车，

◆ 导演刘家昌

被他看中，遂以购买李敖收藏的《古今图书集成》为交换条件，要李敖开着车替"演"制片人，李敖欣然同意。于是他又成了制片人。那年5月11日，李敖看刘家昌拍片回来，在刘维斌家吃晚饭，李翰祥和历史小说作家高阳等在座。李翰祥拿了高阳代拟的一篇启事给他看，并说："联邦公司如今处处违约，简直欺人太甚，我已经没法做了。必须登个启事，让人们知道内情。你看这样写如何？"李敖看了一遍说："高阳的文字有功力，但这篇启事写得不好，没力量。"李翰祥说："你再重写好不好？"旁边高阳、刘维斌也一致赞成，李敖就答应下来。第二天，他把启事写好，李翰祥看后大喜，立即送到各报登载。启事发表后，果然效果奇佳，李翰祥得到许多人的谅解与同情，他与李敖的交情也因之日渐加深。

1970年1月，台湾发生了一件大事：异议分子彭明敏在国民党特务的日夜看管中，居然神秘地偷渡出境跑了。由于李敖与彭有来往，国民党杯弓蛇影，立刻将他变成了日夜看管的对象，对他实施了长达十四个月的跟踪监视，直至他被捕。在这段时间里，他的朋友基本上都与他断绝了往来，李翰祥自然也在其中。但他与李翰祥的联系却并没有中止。

在1968年到1969年间，李翰祥的国联影业公司与国民党反目。整他的人给他扣帽子说他曾讲过"老头（指蒋介石）过去不用张学良所以大陆失守，现在不用李敖，台湾一定垮台"的话。在1970年8月31日出版的《大盗演李翰祥专辑》中，给他列出的罪名包括：

一、辱骂政府勾结文星李敖

二、翻版大陆影片隔海对唱

三、让渡轿车买电检处劣官

四、港台走私兼营春宫电影

五、不贴印花逃漏税金千万

六、负债千万依然挥霍无度

七、香港购买二栋豪华公寓

八、却向政府求援巨款养债

九、有关机关包庇不法特权

第一条罪状便与李敖有关。还有在当年7月公布的"党证组征字第111488号"在"五十八年8月3日"致治安机关的检举信中说：

……两年来亲见李翰祥君之所作所为，令人大失所望，不仅联络《文星》人物，安插《文星》干部，推行《文星》思想；且发现李君思想不纯、行为不正、人格卑鄙、品行低下；专以香港侨民特殊身份，诈骗政府、诈骗同业，将资金转入香港，将债台筑于台湾，本人五度请辞并于本年7月31日辞去一切职务，仅以一个国民身份、党员身份，列举五大项正式出面检举李翰祥，恳请明察秋毫，以凭不法，而免任其危害党国、危害社会。

这里的"文星人物"、"文星干部"、"文星思想"指的正是李敖其人。在该信所检举的五大项中，最重要的是第一项"政治思想部分"：

> 李翰祥在思想上渗有"共党毒素"，由来已久，过去所导《七仙女》、《状元及第》，目前所导《四季花开》（花为媒），均为共党极力提倡之地方戏曲，其原声带系由香港公司购回台湾，翻版重拍，与大陆隔海对唱，无异直接推行共党文宣政策；近一年来，更变本加厉，联络反政府反党国之东北同乡李敖，企图在电影宣传上配合其平日言行，达到反政府反党国之阴谋。李翰祥与李敖每晚网页餐叙，均以骂社会、骂党国、骂领袖为话题，并推崇李敖说"老头（指'总统'）过去不用张学良，所以大陆失守；现在不用李敖，台湾一定垮台"等话，李敖写李翰祥宣传稿，写李翰祥启事，写李翰祥传，李翰祥则介绍北平女同学费太太（美驻台情报武官之华籍夫人）与李敖过从甚密，有替李敖设法偷渡出境之可能。李敖曾有豪语：要在留台期间尽力协助李翰祥发展国联公司，比美文星书店，故推荐其在文星书店之得力助手陆啸钊为李翰祥主任秘书兼法律顾问，李敖自陆啸钊于本年6月1日起进入国联后，虽未常到国联坐镇，但经常与李翰祥陆啸钊电话联络。

还有人将李翰祥亲笔书写的笔墨断章摘句如下：

一、艺术有价，政治无情。

二、"一"片禁映，冷眼看媚日奴颜。

三、接受李敖忠告，把国联向新的路线发展。

四、黎明之前，需要忍耐、等待、坚持。

五、在蒋家夹缝中求生存、求发展。

与李敖交往，受李敖蛊惑，被李敖利用，帮李敖偷渡，与李敖一起反"政府"反党国，成为李翰祥的重要罪名。

后来，有人又造谣说李翰祥为李敖走私了秘密文件到海外，于是，警备总司令部保安处介入调查，在李翰祥家偷偷安上了窃听器，并对他实施"约谈"。

其实，在上述"罪状"中，许多内容皆属栽赃诬陷制造罪名，如介绍费太太给李敖、为李敖走私密件等皆非事实，李翰祥对国民党心怀不满有之，但说他"与共党隔海唱和"、有"反政府反党国之阴谋"则未必。李翰祥到台湾之初，曾当选十大杰出青年，领奖时主动朗诵"蒋院长的新诗"，这些行为都说明他与国民党"政府"之间并没有走到相互为敌的地步。李翰祥曾在《三十年细说从头》中回忆说：

我一生最恨的是"无名信"，也就所谓的黑信，无名信和做善事的"无名信"迥然不同，所谓善欲人知不是真善，恶恐人知方是大恶，"无名氏"是行善而不欲人知，无名信是作恶唯恐人知，属于"无胆匪类"之类。在台湾组国联公司的时候，为了催一家公司结账，而使他们怀恨在心，一方面支使他们的御用文人在报章杂志大写"李翰祥有才无德"的文章（可惜他们非但无德，而且无才，有的只是巧取豪夺不义之财而已），一方面向有关当局写无名信，还告发我是"匪谍"，并且在《明报》《晚报》刊载李翰祥为李敖带信的消息，再把报纸剪下寄到台湾警总，作为他无名信里的"铁证"，李敖的办法多多，何必用我带信。不过警总还真请我去问了几次话，这一块钱台币的邮票，还的确给我惹来天大的麻烦，等以后一定要细细地说上一说。

由于警总保安处的多次约谈，李翰祥对国民党的反感、愤懑与恐惧日益加深，最终导致他出走香港、澳门、美国、中国大陆，成为闻名世界的电影导演。真可谓"置之死地而后生"。他后来在承德拍戏，国民党当局邀他回去，他断然拒绝。他在中国大陆导演了《火烧圆明园》《垂帘听政》等影片，中国大陆60多个官方文艺单位全力支援，这一消息对国民党来说无疑是当头一棒，他们后悔失掉了这么一位得力的艺术工作者。当年李翰祥在台湾，替官方拍《扬子江风云》、替军方拍《缇萦》，相当投合国民党趣味。如今，国民党"闻鼓鼙而思良将"，千方百计想拉他回来，"中影"的梅长龄对李翰祥说："我可以担保你在台湾的安全。"李翰祥说："可是，梅先生，谁保证你的安全呢？"台湾当局见劝归失败，便动员全部新闻媒体，骂李翰祥利欲熏心，晚节不保，上了贼船。李翰祥说："此处不养爷，自有养爷处。处处不养爷，爷去投八路。"

就在李翰祥的《火烧圆明园》和《垂帘听政》公映后，李敖未能看到原片，但他根据影片的说明书专门写了一篇评论，对两部影片涉及的历史问题进行了讨论。他认为，影片对慈禧太后在评价上有溢美之处，且把慈禧的跋扈归罪于清朝制度更是与历史不符，慈禧太后正是破坏清朝制度的能手。因此，两片在历史真实性上犯了一些不该有的错误。李敖认为，两片在情节上的处理，应该加强垂帘听政的部分，这样更能表现出慈禧这位中国传统孕育出来的执政者的"毒辣"、"阴狠"、"自私"、"愚昧"、"贪鄙"和"举天下以奉一人"。以此来"寓爱深责切的微意，同时也给隔水相望的艺术工作者，做一次'不是猛龙不过江'的劝告"。

如今李翰祥已驾鹤西去，他的作品亦为许多人津津乐道，但少有人知道，他的离台与李敖居然有着一种密切的内在联系。文星李敖是李翰祥遭受国民党排挤打击的重要口实之一，李敖的思想也成为李翰祥远走他乡的一个重要心理动因。

_三 将琼瑶小说做靶子

20世纪60年代，在李敖的一生中有着特殊的意义。在这一时期，台湾的文化界发生了一场声势浩大的中西文化论战，在这次论战中，李敖作为西化派的领军人物，犹如一匹斜刺里冲出的黑马，纵横捭阖，天马行空，成为驰骋文坛的知名人物，人称"文化太保"。李敖成为台湾文化界家喻户晓的人物。

话说1965年，已是文化论战的后期，李敖突然游兴大发，乘车南下，来到了台湾著名的风景区——高雄大贝湖。这是当年他从军期间经常光顾的地方。

离开喧嚣的闹市，望长天一色，湖光旖旎，李敖完全陶醉在大贝湖的湖光山色之中。游玩途中，浏览街头的小报摊，突然，他为一本书所吸引，那便是当时正走俏一时的琼瑶的长篇小说《窗外》。

此时，由于情人王尚勤的离去，李敖"李代桃僵"结识了香港英文书院毕业的吴海蒂，她在美国海军情报中心做秘书。吴海蒂被电影《窗外》的导演看中，饰演剧中的女主角江雁容。在她一再推荐下，李敖有了读一读《窗外》的念头。于是，在旅馆里，他挑灯夜读，通宵达旦。看完之后，看着被自己批注得乱七八糟的《窗外》，他认为自己的又一个靶子找到了，他决定以此书为个案，对台湾文坛的陈腐风气开刀。于是，一篇文章的雏形在他的脑海中形成。

50年代和60年代初的台湾文坛，正是"反共文艺"、"战斗文艺"猖獗的年代。在这种文学主潮中，一些作家逐渐看穿了国民党"光复大陆"的神话，"身在异乡为异客"的焦灼和重返大陆家园之梦的破灭，使他们普遍患上了"怀乡病"。乡愁小说、乡愁诗、乡愁散文应运而生。他们写乡野传闻，忆故人旧事，状漂泊沦落之景，抒寻根归源之情，这种民族情、祖国情、乡土情亦成为当时文坛的一个重要现象。由于这种中性文学对当时的政治触犯较少，遂有了一块生存滋长的空间。琼瑶正是在这种中性文学中成长壮大的一位作家。

琼瑶，原名陈喆，笔名琼瑶、心如、凤凰等。湖南衡阳人。生于1938年4月。1949年随家迁往台湾。她出生于一个知识分子家庭，从小受到良好的家教，9岁时在上海《大公报》儿童版发表文章《可怜的小青》。16岁在台湾《晨光》杂志发表短篇小说《云影》，读高中时已发表作品200余篇。1963年，她的第一部自传式长篇小说《窗外》出版，一举成名。遂之又有《六个梦》《烟雨濛濛》《幸运草》《菟丝花》《几度夕阳红》等长篇问世，在港台地区引起轰动。60年代中期，台湾文坛进入一个"琼瑶热"的时代。

应该说，琼瑶是一位比较成功的言情小说家，美化人生的爱情理想是她作品的主旋律。她小

◆ 台湾言情作家琼瑶

说中的爱情观、婚姻观、家庭观的基本倾向是追求真情流泻的爱、忠贞不渝的爱、有文化有教养有道德的爱。她主张恋爱自由、婚姻自主、个性解放，以及家庭的民主和睦。这种温情软调的文学正好适应了60年代台湾社会新兴中产阶层的需要，面对紧张激烈的社会竞争，面对人际关系的冷漠和疏离，人们寻求着心理上的逃避和平衡，尤其是那些正值青春初萌而又面临升学或职业压力的少男少女，更是企盼在文学作品中找寻他们憧憬中的爱情王国，此时，多情善感的琼瑶为读者编织了一件件梦的衣裳，在蒙蒙烟雨和爱的浮云中进行爱的旅行。但由于她生活天地的狭窄，作品取材缺乏广度，思考领域缺乏深度，不可否认，对读者很难产生永久的历史震撼力。

面对文坛的种种现状，在文化思想第一线搏杀的李敖十分不满。他认为目前的台湾文坛就像一间没有窗的暗室，"人们摸到的，只是断烂朝报；呼吸到的，只是乌烟瘴气；听到的，只是鬼哭狼嚎"。他将台湾文坛的作家划为十派：新八股派、新之乎者也派、旧的吗了呢派、新鸳鸯蝴蝶派、表妹派、新剑侠派、新活见鬼派、广播剧派、古装派、新闻秀派。他认为此类文学"缺乏营养、缺乏气魄、缺乏不受精神虐待的自由，也缺乏一盏真正的'智慧的灯'"。因此，他除了在暗室中要"自造光芒"，号召人们"向积极、向上、面对现实的西文振作精神学习"之外，还要反击，对这种文坛怪象和粗制滥造的文学进行猛烈抨击。在文学乱象之中，他要找一个切入点，找一个靶子，如今，这个目标终于确定了。

李敖与琼瑶并不认识，就在他写作这篇文章期间，两人才有了第一次交往。那是1964年的6月中旬的一天，他应聂华苓、潘琦君、徐钟佩、张明、张兰熙、华严等女作家邀请，在华严家中吃饭。在这里，他认识了在文坛崭露头角的琼瑶。琼瑶亲切和善的面孔，成熟优雅的举止，沉稳智慧的谈吐，给李敖留下了比较深刻的印象，但对她的作品，李敖依然不敢恭维。他在极短的时间里，写下了长达二万余字的长文《没有窗，哪有"窗外"》，发表在1965年7月1日出版的《文星》杂志第93期。在该期的"编辑室报告"里作者写道：

> 琼瑶女士，以她的软弱的心灵，混沌不清的思想，老得掉尽大牙了的观念，借她的一本又一本的小说，哭哭啼啼地把我们年轻的一代带入一个可怕的噩梦。《窗外》这本书，就是一个显例，可是这本书却一版又一版的重印，甚至还要拍成电影，继续扩大它对青年们的麻醉。
>
> 我们认为，"暴得大名"的琼瑶女士是应该醒醒了，一个作家，如果仅仅以"媚世"的作品来取悦群众，这种做法是卑下的，不可取的。在此时此地，拿笔杆的人必须面对现实，向愚蠢、软弱和盲目挑战，绝不能再躲在烟雨濛濛的象牙塔里去做他的六个梦。

文章发表后，立即在社会上引起"原子弹的效果"。"中华日报"副刊于1965年7月21日、26日发表王集丛的文章《"反派"小生》和《先天性的毛病》，指出李敖是专门和人抬杠、唱反调的"反派"，这同样是一种"媚世"的做派。并对李敖的爱情观展开批评。1965年8月，"中华日报"又登出凤兮的文章《作家走出小世界》，认为李敖之文是在"钻牛角尖"，李敖劝告琼瑶应写的雏妓之类，在台湾只是"癣疥之疾"、"秋毫之末"，真正重大的课题应该是"反攻大陆"、"恢复大陆同胞已经失去的自由"。11月1日，《幼狮文艺》又发表隐地的文章《狂妄与偏激》，认为李敖"目空一切"、"狂妄偏激"、令人"生厌"。

一生骂鲁迅不止的女作家苏雪林也寄语琼瑶说："自古文章有真价，岂

◆ 苏雪林

因群吠损毫芒？"她骂李敖是"狗"，可见其憎恶至极。而琼瑶本人则在接受记者采访时说："李敖叫我去多发掘有关妓女、矿工、死囚一类的题材，这些问题，都是我生活环境范围里不可能有的题材，尤其是我认为'中国'的司法，是不会有冤狱的死囚。"琼瑶认为，李敖文章牵涉的问题，早就超过了对《窗外》的评论，到底什么居心，只有李敖自己心中明白。

在《文星》杂志上，首先是散文作家蒋芸撰文《象牙塔外是什么》，对李敖发难，她认为李敖文章充满了嘲谑和自我炫耀，批评琼瑶根本不够资格。该文发表后，先后有刘金田、张润冬、吴健等在《文星》发表文章，对蒋芸进行反击。刘金田在《象牙塔外是什么》一文中，批评蒋芸的文章软弱无力，"连人道主义的齿轮都扣不上"，同时，他把笔锋指向了国民党的御用文人：

更令我迷惑的是，那些搞战斗文艺吃饭的批评家，只会盲目地跟着推"炮"的谢冰莹开"卒"过河向空军军眷郭良蕙进剿，面对这股闺秀派的暗流、面对这些削弱战斗精神的作品、面对这些"待字闺中"的文字美人，却装聋作哑，不肯挺身出来点正义之火，扑文坛的花蝴蝶。而让眼前那一流卫道者把《窗外》捧上摩天楼，让

"不够资格批评"的李敖打了"明是非"的头阵，丢了一颗使闺秀派"心碎"的手榴弹，这是何等滑稽的事啊！

作者张润冬的《从"窗外"到"象牙塔外"》则从传统文化的角度支持李敖的观点。他认为小说主人公江雁容的悲剧一切都来源于传统，"传统中的不好部分是人性的枷锁"，要建立一个真正科学、民主的现代化国家，就必须先扫清传统的乌烟瘴气。

而作者吴健则以读者来信的方式对蒋芸提出忠告，赞扬李敖凭着对新思想、新知识对中西文化的深刻认识、对社会和国家前途的狂热的关切，凭着"虽千万人，吾往矣"的特立独行的勇气，凭着像鲁迅一样"粗俗、尖刻"的文字，向社会发出呐喊，震撼了我们这座"古老社会的大梁"，他"击倒了许多权威、毁去了许多主义"，这一切都并非出自仇恨而是出自他的爱心——"他想毁去古老、衰败的旧社会，然后从废墟中重建一片清新的朝气和希望"。但尽管如此，却依然有人向他攻击、向他投"帽子"，叫他吃上官司，这是多么的不公道。"历史是时代的一面镜子，文学是人群生活的写照，历史学家的笔和文学家的笔应该同样为人类文明担负起承前启后开展光明远景的责任。"

尽管有不少作者支持李敖，但就总的形势而言，李敖的处境愈来愈不妙。不仅琼瑶认为李敖别有居心，官方杂志亦利用"读者来信"落井下石，对李敖文章的性质上纲上线，如1966年5月22日《台湾日报》刊登读者投书，认为李敖文章"有意要和我们台湾现在的经济繁荣、社会进步作对，他的居心到底怎么样？我们不难看出来的"。琼瑶的男友平鑫涛执掌的《皇冠》杂志亦发表读者来信说：李敖"有意要和我们事实上的经济繁荣、社会进步分庭抗礼，他到底是何居心，我们实在不太了解"。这一切迹象都表明，无论是官方媒体，还

◆ 琼瑶和她的男友平鑫涛

是拥琼派的作者，都在努力将文学问题政治化，给李敖扣帽子，使问题升级，最终使官方动手。

李敖对此早已有所察觉，他认为这种典型的戴帽子战术，"一方面向当政者示谄，一方面向当政者示警，'花落谁家'尚不可知，但是'头落谁家'却早派定了"。面对危机四伏，他不仅没有知难而退，反而愈战愈勇，大有"占着茅坑穷拉屎"、"吃定了"的味道，1966年8月25日，他又以《窗外》为例写下了《我们应该打倒的滥套辞汇》和《论头不可乱摔》两文，对文坛上流行的"绮词丽语"式的"白话文"提出尖锐的批评。

此时的李敖，心情极其复杂。他自信、自豪和自持，但同时又对来自社会各界的攻击充满了愤懑和委屈。1965年，他在写给刘济民《人世间》的文章中表明了此时的心迹：

> 凡是肯正视现实的人，都该承认"李敖对青年人的影响力"这一现实。但是承认还不够，承认者必须反省这个社会给了李敖些什么？李敖又给了这个社会些什么？我不客气地说吧，这个社会给我的是不断的打击和封锁，而我给这个社会的，却是促进合理改革的热情与引线。

也许，这正是一个投身于思想启蒙的文人不可逃脱的宿命吧。

_四　陈诚去世前的约见

　　20世纪60年代后期，在李敖驰骋文坛、危机四伏的时刻，国民党的一些权要人士也先后把目光对准了他，他们有的出于同情和敬佩，有的则出于引诱和利用，纷纷通过不同的方式约见他。其中，位阶最高者当数时任"副总统"的陈诚。

　　1964年5月14日，李敖的朋友居浩然写信说"吴锡泽仰慕大名亟愿识荆不知能否约时一晤"，吴锡泽曾任台湾省"新闻处"处长，李敖想他找自己一定有公干，就跟他约见了。结果是"副总统"陈诚想见他，托吴先做安排。

　　5月22日10点10分，李敖在"总统"官邸见到陈诚。这位被称为国民党强人型的政治领袖已经67岁，面目清癯而友善。他

◆ 国民党强人型的政治领袖陈诚

身着黑色旧西装，左袖有四个扣子，右袖只剩下三个。黑裤黑袜，衣着简朴。在李敖眼中，他那寒酸的穿着与那豪华的大客厅很不相配。由于肝病恶化他正在家休养。他见李敖在打量自己的房子，便解释说自己并不喜欢住这么豪华的房子，但"总统"下令盖了，他只好从命。于是，李敖坐在大客厅的长沙发上，陈诚坐在侧面的单人沙发上，两人一聊便是两小时二十分钟。

陈诚说："读了大作《胡适评传》，非常佩服。适之这个人，我和他初次见面，是在民国24年，当时蒋梦麟请客，胡适也在场，他详细地向我询问江西'剿匪'的事，我们谈得非常融洽。胡适这个人知无不言，绝不在背后说别人的坏话，是个难得的朋友。"

李敖点点头："所以，我们都很怀念他。"

陈诚又说："你在回忆录中用了很多资料，这些资料都是很宝贵的。我曾收藏有不少资料，可是有一船资料在一次事故中沉没了。适之每次见我都劝我写回忆录。他的思想和'三民主义'已经很接近了。"

◆ 蒋梦麟

李敖说："是的，他的思想直到今天还在起作用。"

陈诚接着又谈到蒋梦麟，由蒋梦麟谈到自己的发迹，由自己的发迹谈到裁军，由裁军又谈到李敖，他说："李先生的老家在吉林，那个地方我到过。李先生是哪一年出生的？"

李敖说："就是你同蒋梦麟、胡适吃饭那年生的。"

他大笑说："那时你还没生呢！"

他又问："李先生现在结婚没有？"

李敖笑着说："没有。"

他说："'三十而立'才好。"又说，"今天台湾30岁以下的男士，只有你李先生和蒋孝文是名人。"

李敖说："今天台湾的年轻人很难出人头地，老一辈的高高在上，内阁年龄平均66岁，80开外的于院长、莫院长实在都该表现表现风气，该下台了。"

他点头说："你说的全对，我也该下台了。这个问题不解决，一定是悲剧。"之后他又说，"你李先生还不到30岁，你前途远大。"

李敖说："我在部队里看到老兵的一段自我描写，内文是：'我们像什么？我们像玻璃窗户上的苍蝇——前途光明，可是没有出路。'我的前途，我看也是如此。你陈公26岁时2月间还是中尉，可是9月就升少校了，4年后30岁就当少将师长了。如今一个青年军官，想从中尉升到少将，别说4年，14年也没机会啊！"

陈诚听了，为之默然。

会见结束时，陈诚说："我们谈的事情太小了，不知是否耽误了李先生写文章的时间。你还是要多做研究，你的前途远大。"他一边说一边把李敖送到门口，李敖上车了，还看到他在招手。李敖后来回忆说："他给我一种不久人世的感觉，人之将死，其言也善，他仿佛要对一个年轻人说些心头话，他找到了我。"

谈话后九个月，陈诚撒手人寰。

_五 和梁实秋的一段情

梁实秋是中国现代史上著名的散文家、学者、文学批评家、翻译家，国内第一个研究莎士比亚的权威学者，曾与鲁迅等左翼作家笔战不断，一生给中国文坛留下了两千多万字的著作，代表作有《雅舍小品》《英国文学史》《莎士比亚全集》等。其散文集创造了中国现代散文著作出版的最高纪录。他1949年到台湾，任台湾师范学院（后改师范大学）英语系教授，后兼系主任，再后又兼文学院长，1961年起专任师大英语研究所教授。

李敖与梁实秋的交往大约是在1964年，他的《胡适评传》（第一册）出版，梁实秋特意写了《读〈胡适评传〉第一册》一文为其捧场。当时李敖在文星威风八面，文星势力如日中天，文坛中人，包括余光中、梁实秋无不称颂，多有文章在《文星》发表。李敖与作家胡秋原论战时，梁曾以金门名酒两瓶赠送。李敖也善解人意，特请萧孟能买了当时艺坛走红的柳腰明星华怡宝的专场入场券送梁，老先生欣然前往。可见，在内心里，梁实秋对这位才华横溢的晚辈是非常欣赏的。但也许是迟暮的晚年心态，梁实秋对李敖的中西文化批评文章，并没有太多的回应。

在《文星》杂志被封杀之后，李敖的人生陷入低谷。此时，他过去的论敌们并未忘记他，胡秋原等人利用他们取得的李敖给胡适的一封信，开始对李敖

◆ 作家梁实秋

◆ 作家胡秋原

◆ 李敖故友徐高阮（素描）

做起了文章。

1966年11月7日，胡秋原等邀约国、青、民三党人士和若干文化界的朋友30人，在台北妇女之家举行声讨李敖大会。李敖故友徐高阮因过去对李敖的一些做法不满，与李敖疏远，此次会议，他也参加了，并当场油印公布了李敖在新店山居时给胡适的信，因信中谈到了李敖与严侨的关系，徐高阮称李敖是"对敌人投降的叛逆分子"。

原来，李敖在给胡适的那封信中，透露了他与严侨的交往并相约投奔大陆的往事。由于李敖的信中还有评论胡适的文字，与严侨的信也写得非常感人，胡适便经常把信拿给别人看。当他把这信拿给"中央研究院"的徐高阮看时，徐高阮却将信扣在自己手中。不久，胡适去世，此信遂归徐高阮所有。

徐高阮何许人也？他曾是"一二·九"学生运动的领袖，后投靠国民党。共产党曾派蒋南翔争取他未果。在西南联大，他与殷海光是同学。到台湾后，在"中央研究院"做副研究员，兼管图书室，与胡适走得甚近。

如今，徐高阮将胡适的信拿出来"杀"李敖，受到许多朋友的谴责，说他"卖友求荣"、"借刀杀人"、手段"卑鄙"，但李敖的反应却很冷静，李敖说："徐高阮等公布我的信，我一点也不在乎，因为信是我写的，我当然大丈夫敢做敢当。总之，我不怪他们公布我的信，我只是对他们公布的动机和目的，感到要吐口水而已。""徐高阮等是变节的共产党，变节的共产党是全世界最可怕的人类……"

不料，此信引起了政治嗅觉灵敏的胡秋原的重视。11月16日，声讨会后的第九天，胡秋原即在《中华》杂志第4卷第11号（总第40号）上发表了一篇文章，题为《徐高阮先生公布的胡适先生收到的一封信》，指控李敖是共产党的"间谍"，给李敖送上了一顶红帽子。于是，李敖致胡适的信，从论敌手中公之于世。

警方和司法机关则秉承当局的旨意借此机会迫害李敖。1966年底，在保安处魏宜智组长主持下，警务机关开始约谈李敖，重点追查他18岁时想和老师严侨一起偷渡回大陆的事。出狱不久的严侨也因此再度被捕，被关了30天，交代他同李敖的关系。不久，台湾"高等法院"首席检察官指令侦办李敖，并以"妨害公务"罪名提起公诉。李敖被警备总部约谈，俨然一"匪谍"。约谈后由特务陪同，让李敖去找保，李敖想"这种政治性的案子，谁敢保我？看样子只好找一位德高望重的有名气的大人物保一保，方不致连累他"。想来想去，他想到了梁实秋。

当李敖找到梁实秋谈及作保之事时，梁实秋竟当着特务的面婉言谢绝了，并说："你还是找别人保吧，实在找不到别人，我再保你。"

李敖在无奈之中又找到了他父亲的同学、"立委"王兆民，这位过去数次未帮上李敖"大忙"的善保"晚节"的前辈，终于有了一次"怀直气"的行动，他保了李敖。

当天晚上，梁实秋给余光中打电话，说"未能保李敖感到很难过"。

李敖得知此事，只是苦笑。在他心中，那个生龙活虎意气纵横大写《人权论集》的梁实秋已经不在了。

就梁实秋的处事原则和与李敖的交情而言，他应该援之以手。此次婉拒，可能是他过坏地估计了形势，感到出面作保，不仅不能保人，而且难以自保，故有此下策。李敖把梁实秋的举动看作是软弱和爱惜羽毛，实在是冤枉他了。25年后，他从出版的《王世杰日记》中得知一段梁实秋为自己游说的秘密：还是在他被陶希圣"请"出"文献会"时，梁实秋认为李敖如此人才，任其流落，太可惜了，于是他未征得李敖同意也没有告诉李敖，便秘密致信给"中央研究院"院长王世杰、历史语言研究所所长李济，希望能任用李敖。王世杰在1965年12月20日写道：

◆ 王世杰

有李敖者，日前在文星书店因所刊《蒋廷黻选集》，对余被免"总统府秘书长"（民国42年12月）与签订"中苏条约"两事，做侮辱性抨击。"中央党部"谷凤翔等促余向法院控诉其诬毁。余殊不愿给此等人以出风头之机会。惟余对此两事为避免牵涉他人过失之故，迄未发布文字，抑或是余之过。李敖为台大毕业生，有才华而品行不端，梁实秋于52年五月曾推荐于"中研院"史语所，李济之以其行为不正，不愿收纳，余遂拒绝之，彼即因此怀恨。

王世杰言李敖因梁举荐未果而"怀恨"在心，自然与事实不符，因为李敖对此事压根就不知道。真正的原因倒是王世杰等人惧怕胡秋原。当时胡秋原正与李敖打着官司。在1963年9月10日日记中，王世杰曾写道："台大毕业生李敖甚有才华，与胡秋原涉讼（彼等均以诽谤为诉由）。余颇欲成全李敖学业，劝彼等中止诉讼，但似不能说服胡秋原。"可见王世杰不接受梁实秋的推荐，真正的原因是怕惹恼了"立法委员"胡秋原，说李敖"品行不端"只是一个假托而已。从这段材料中，我们可以看到梁实秋稳健的一面，他在自保前提下，还是有识才、惜才、荐才的气度的。若干年后，当李敖了解了梁实秋的这种"高谊隆情"后，自是"感念"不已。

由于李敖与严侨之事已是十几年前的旧事，并且，魏宜智在调查中搞清楚了这是徐高阮等私人间的借刀杀人之计，研判若由官方出面整李敖，对官方不利，最后决定不了了之。徐高阮等人的阴谋才未得逞。

李敖与梁实秋从此也再未联系，直至20年后的1987年5月，李敖为《文星》版权事再次与梁取得联系。五个月后，梁实秋就去世了。李敖感叹说：

十年来，梁先生与我比邻而居，古人"天涯若比邻"，我却"比邻若天涯"，梁先生说他自己在台湾过的是"苟且偷安、逃避"的生活，我却不屑如此。双方有这么大的差距，多么"天涯"呀！

_六 凭真牌就可以赢他

在《文星》杂志被国民党当局查封之后，李敖生活无着，与李世君以"OK李"为代名，在英文报上登广告收购外国人的旧电器，转手出售，从中赚钱。

当时，由于演艺圈内购买力强，李敖就此结交了许多此道中人。这些人大多好赌，李敖也因缘随之，成了他们的赌友。

◆ 蒋光超

李敖遇赌甚精，每次上场总是赢多输少，赌来的钱竟成了他的一笔不小的收入。赌友中有李翰祥的经理外号"刘必跟"者，他对李敖总是不服气，总是在李敖的每张梭哈牌后，必然跟进，认为可有奇迹出现，结果，十打九输。有一次，他输火了，开的支票不认账，反倒去派出所报了案，说李敖与蒋光超联手诈赌。法官竟也立了案，开庭调查。在庭上，李敖说："凡诈赌者，必然联手者交情很深，方有可能。可是我当天晚上才认识蒋光超，难道是我们上辈子串通好的？"被告蒋光超也在旁证实当晚才认识李敖。法官于是问"刘必跟"："你告李敖、蒋光超诈赌，有何证据？""刘必跟"说："我那天记了日记，有我自己的日记为证。"李敖说："这叫什么证据！如果他日记里记我是匪谍，难道我就是匪谍？这种日记太可怕了！"法官认为李敖言之有理，连连点头，并问他："你到底会不会做假牌？"李敖说："假牌实在不会做，但真牌打得极好。"说着朝"刘必跟"一指，大声道："这种人牌打得这么糟，凭真牌就可以赢他，何须做假牌！"

后来，李敖被警总逮捕，办案人员对他说起这次诈赌之事："原来我们想趁机用诈赌罪整你的，因为这样会连带到蒋光超，并且也没人相信你会诈赌，才放弃了那条思路，不了了之了。"

_七 和徐复观对簿公堂

且说在20世纪60年代初，李敖发表的《老年人和棒子》，可谓一石激起千层浪，在台湾学界引起广泛反响，由于文章中批评了他的母校台湾大学以及学坛大牌人物李济、沈刚伯等人，为了缓和这些学界前辈与李敖的关系，台大历史系教授许倬云主动站出来从中调解。

许倬云是江苏无锡人，1930年生，台湾大学历史系毕业，后获台大文科研究所硕士、美国芝加哥人文研究院博士。也许是感到自己与李敖同为校友的缘故，他以老学长的口气与李敖谈话，试图使李敖与李济等学界前辈和解，但他的极力斡旋被李敖严词拒绝。1963年11月5日，他再一次约李敖、萧孟能、余光中去他家，因为他腿不方便，李敖同意去了。当天，李敖有日记如下：

一、南港来的消息，李济读了文章，拍了桌子。

二、夜在吴相湘家，沈刚伯托他转告我："在过去，我没说过李敖什么坏话，虽然我也没帮他什么忙；从此以后，我也不会说他什么坏话，当然我也不会帮他什么忙。"孙德中在座，对我说台大文学院，在台湾还算是好的。我说，正因为文学院在台湾有领导地位，所以我们该更要求它有生气。

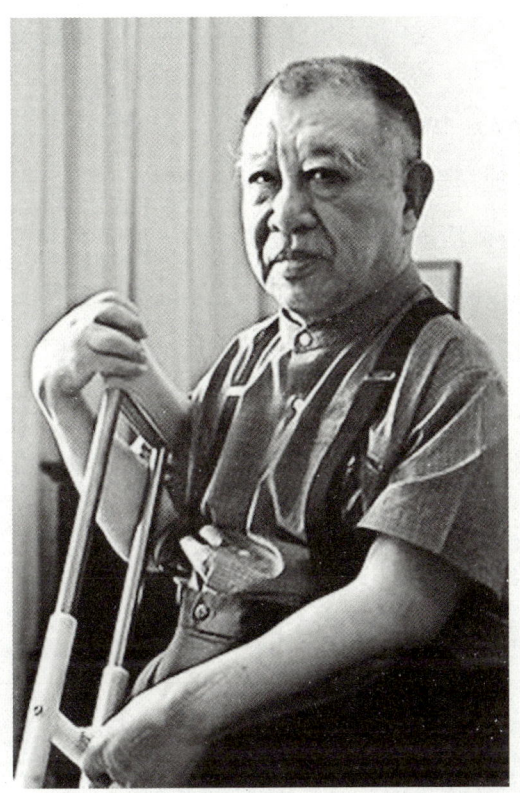

◆ 许倬云（左）

◆ 熊十力（右上）

◆ 徐复观（右下）

三、夜在许倬云家，互恶声相向，光中在座，颇劝慰。

四、晚与孟能决定，拒与李济晤面。

就在李敖与学术界大腕们拒不言和、执意己见的时候，著名学者徐复观又站了出来，向李敖发难。

徐复观，原名徐佛观，湖北浠水人，1903年生。在中国新儒家的行列中，甚至在整个20世纪的中国学术史上，他是一个具有传奇色彩的人物。1923年，他考入武昌国学馆，从师王季芗、黄侃治国学。1926年从军，任营部中尉书记。1928年留学日本，先入明治大学攻读经济学，两年后入日本陆军士官学校步兵科。"九·一八"事变后，因反抗日本侵略中国而入狱，后被遣送回国。1931年"九·一八"事变后，在国民党政府军队任团长、军参谋长、师管区司令，次年，官至蒋介石参谋总长办公室联合秘书处秘书长随从秘书、侍从室第六组副组长、党政军联席会报秘书处副秘书长。1937年"七·七"事变后，曾参与指挥湖北阳新半壁山、山西娘子关等战斗。1943年受命任驻延安高级联络、参谋，与毛泽东等中共领导人有交往。6个月后返重庆，任蒋介石侍从室机要秘书，并被授予少将军衔，是蒋介石十四位核心幕僚之一。

也就是在他成为少将眼看要飞黄腾达的这一年，他的人生道路发生了奇异的变化。

这一年，他读到了自己的老乡熊十力先生的哲学著作《新唯识论》，敬佩之情油然而生，遂萌发了拜师之意。正好，熊十力也在重庆梁漱溟先生主持的勉仁书院教书。徐复观便试着写了一封信，表示仰慕之情。不几天，熊十力给他回了信。在信里，熊十力除讲了一番为人治学的道理外，还说到后生对前辈要有礼貌，批评徐复观来信字迹潦草，诚意不足。这封信对徐复观的启发与感动，超过了《新唯识论》，他立即去信道歉。经过几次通信后，熊十力约徐复观来书院面谈。徐复观没有想到，这一见，竟然会改变他的人生命运。

这一天，徐复观身着陆军少将军服，大踏步走进了熊十力的宅院，面对这位学界泰斗，他故作谦虚地问："请教老前辈，有关治学一途，我该读什么书？"

熊十力也不客气，说："可读王夫之的《读通鉴论》一试。"

徐复观充满自信地说："这本书我很久以前就已读过。"

熊十力面露不悦之色："你并没有读懂，应该再读。"

过了不久，徐复观再次拜访，向熊十力汇报："谢谢前辈指点，我又将《读通鉴论》重读了一遍。"

熊十力面露喜悦说："不妨谈谈你的心得。"

于是，徐复观侃侃而谈，历数王夫之书中的观点错误。熊十力未等他讲完便破口大骂："你这个东西，怎么会读得进书！任何书的内容，都是有好的地方，也有坏的地方。你为什么不先看出他的好的地方，却专门去挑坏的，这样读书，就是读了百部千部，你会受到书的什么益处？读书是要先看出他的好处，再批评他的坏处，这像吃东西一样，经过消化而摄取了营养。譬如书的某一段该是多么有意义，又如某一段理解是如何深刻，你记得吗？你懂得吗？你这样读书，真太没有出息！"

这一番痛快淋漓的痛骂，搞得自我感觉良好的新科少将呆若木鸡，半天回不过神来，但也正是这一骂，使他从此大彻大悟。事后他回忆说："这对于我是起死回生的一骂。恐怕对于一切聪明自负、但并没有走进学问之门的青年人、中年人、老年人，都是起死回生的一骂！近年来，我每遇见觉得没有什么书值得去读的人，便知道一定是以小聪明耽误一生的人。"

就这样，两人的交往愈来愈密切，师生之谊亦愈来愈厚。有一天，熊十力语重心长地对他说："你是个军人，但应该知道学术与文化的重要，亡国者，常先亡其文化；欲救中国，必须先救学术。"这两句话使徐复观思考许久，他的人生观亦随之发生了根本性的变化，他认为自己的性格和志向不适合从政，决定去政从学，埋头学术。甚至听从老师的建议，将名字由"徐佛观"改为

"徐复观"。

1946年，徐复观以陆军少将退役，致力于学术研究，曾参与《学原》月刊的创办与编辑。1949年赴台，并在香港创办《民主评论》半月刊。1952年受聘台中省立农学院兼职教授。1955年受聘东海大学教授，兼中文系主任。1958年，与牟宗三、唐君毅、张君劢联名发表《为中国文化敬告世界人士宣言》。60年代的徐复观，在中国文化研究领域已著述丰硕，学术影响波及海内外，被称为中国新儒家第二代代表人物。

在李敖等人倡导西化、反对传统文化的风潮中，徐复观站出来维护道统力挽狂澜，实在不足为怪。但他的军人作风和官方背景却使其文章羼入了太多的情绪色彩和政治因素。比如，他在文章中写道：

以胡适为衣食父母的少数两三人……豢养一两条小疯狗，专授以"只咬无权无势的人"的心法，凡是无权无势的读书人，无不受到这条小疯狗的栽诬辱骂。

最近一年来，台湾大学里有一二人利用一个特殊学生，把上自校长、下至助教，骂得一塌糊涂。

……李×骂沈刚伯拒绝朱光潜到台大来任教，这对沈也有影响。

这些含有人身攻击的言辞，让通晓法律的李敖抓住了小辫子。纵使徐复观声名显赫，他也要讨个说法。他认为，写文章批评士林败类、台大黑暗的，除了自己，并无别人，按照文明社会的诽谤律，无他人可适用此一情况者，纵未指明姓名亦构成诽谤，所以徐复观骂"小疯狗"自然构成诽谤，何况他文中还用了"李×"字样，更除李敖外别无他人了。于是，李敖一纸诉状把徐复观告到了法院。

但徐复观在法庭上一再辩解，说自己并没有写出李敖的全名，并不构成"诽谤"，于是，在他与法官及李敖之间便有了如下有趣的辩论：

> 庭问徐（复观）：比较明显的是辞《新闻天地》中的李×。你文章中甲教授所说的李×，是李敖吗？
>
> 徐答：甲教授说的是李敖，但我蓄意避免诽谤，所以称李×。
>
> 庭问：是否指李敖？
>
> 徐答：我蓄意避免诽谤，所以不说这个名字。
>
> 庭问：你是说你不知是不是李敖，所以写李×。
>
> 李（敖）说：审判长，他已承认李×就是李敖，他已很明确地指出是我。
>
> 庭问徐：甲教授所讲的李×，你确定是李敖吗？
>
> 徐答：不能确定，我等于新闻记者做记录，为了蓄意避免诽谤，把别人说的名字写成李×。
>
> 庭问李："利用"和"指使"是诽谤的意思吗？
>
> 李答：我控告徐复观诽谤的语气有两件，这两件是有关联的！如果他在《新闻天地》中所写的李×是指我，那么他在《民主评论》中所骂的"汉奸的奴才"和"小疯狗"，也是对我的诽谤。影射也足以构成诽谤罪的，何况他已明确地指出是我。
>
> 庭问徐：你在以前未看过这本《废人废话》吗？
>
> 徐答：李敖向我提出自诉后，我才看到的。我认为一个名词，任何人认为恰当，都可以加上的！洪炎秋写的《废人废话》说李敖

是"小疯狗"，我事前完全不知道！

庭问徐：你说应该洪炎秋负责吗？

徐答：应该中央书局负责。

李敖此刻插话说：应该徐复观负责，因为在这之前，只有徐复观骂我"小疯狗"。

徐说：如果我文字说李敖就是小疯狗（转向李敖问），你总不能说是一两条呵！

李说：你写过"这条小疯狗"！

其实，无论徐复观如何辩解，其文中所指，读者一看就心知肚明，法庭上的巧辩只是一种不敢负责任的诡辩而已。由于徐复观的少将背景，且一度得到蒋介石的信任和支持，所以，被国民党控制的法院也极力为其开脱，说"李×"是李敖，"尚属不无质疑"，因此判徐复观无罪。

走出法庭，徐复观邀李敖喝咖啡，李敖欣然前往，两人边喝边聊。徐复观心血来潮，突然说："你李先生真是怪人，你念古书，念得比我们还多还好，你却主张'全盘西化'！"李敖笑而不答。

◆ 走出法庭，徐复观邀李敖喝咖啡，李敖欣然前往。

李敖单告不成，后来又找到一个机会，把徐复观、洪炎秋双双告上法庭，但在1965年11月2日，台中地方法院法官郑学通裁定驳回。李敖提出抗告，并把对郑学通的指责登在《文星》第98期，即《文星》被官方封杀前的最后一期，官方不但封杀杂志，也同时对李敖下手，国民党司法行政"部长"郑彦棻（李敖称"郑矮子"）以"语涉侮辱"法官为名，下令检察官林奇福对李敖提起公诉。最终，法官判李敖有罪，如了郑彦棻所愿。

1966年1月6日下午3点，李敖从法院回来，突然接到徐复观的限时信，约他到中国大饭店喝咖啡。李敖如约前往。面对这位状告自己的文化思想界的后起之秀，徐复观的思想是矛盾的，凭着学者的良知，他对李敖的才学和思想发自内心的欣赏。也正因如此，两人扯了两个半小时还兴犹未尽。

徐复观向李敖解释说："我提倡中国文化，是因为中国文化是一个不可放弃的好武器，我们不能把任何可抓的武器留给敌人。若能从中国文化的研讨中推出中国文化中本有自由民主的因子，岂不更好？"

李敖笑着说："那和阿Q的摆阔又有什么区别？"

徐复观表情诚恳："从内心讲，我极不希望你被抓起来。"

李敖满不在乎地说："抓起来就抓起来！我认倒霉！可是我一旦被抓起来，从当局、国民党，直到你们这些跟我打群架的文人，都要背上恶名，背上害贤之名，背上迫害青年之名，看你们失不失立场！看你们觉得划得来划不来！如果你们不在乎有伤'令誉'，我绝不在乎坐牢！大家如果玩得不漂亮，硬要给世界人士看笑话，大家就走着瞧！"

面对这位无所畏惧的青年，军人出身的徐复观由衷佩服。为了表白自己，他把胡秋原拉自己共同打击李敖的前前后后一一说了出来，以求得李敖谅解。对此，在当日的"备忘录"中，李敖作了如下记述：

一、"张大义"即胡秋原。

二、胡秋原希望徐复观就"张大义"此信做一复信，徐以已与我碰面，不愿再生事，故拒绝。

三、今早徐电话给胡，胡在电话中甚表示不痛快。

四、……

五、徐又转达郑学稼欣赏李敖的话。

六、徐说他与萧同兹无仇怨，且有信赞彼再娶，只以孟能刊文攻击，故不得不"找他父亲算账"。我说此与萧同兹何干？他说不如此，实在划不来。

七、徐说稍待时日，愿意给《文星》出他的书。

八、……

九、徐甚盼我能和他无条件和解，我说无条件恐怕很难，让我再想想看。

十、这次"和谈"，拖得愈久，愈有利，至少在"和谈"期间徐对《文星》之攻击，必暂停止，此点胡必不快。如因徐而拉郑学稼成功，则可孤立胡秋原。

从这一"备忘"中可以看到，在状告徐复观的案子里，李敖面对的并非一个徐复观，还有对李敖怀恨在心暗中发力的胡秋原。

_八 三十年的拉锯官司

在中西文化论战中，李敖曾经反复强调，他写文章的真正意愿是"减少论辩，指出趋向"，并说"我要使中国民族朝'科学'、'民主'、'现代化'的西方'趋向'上走，而不走传统、保守、反动的路，我的着眼点是整个的古老民族，而不是几个臭文人和臭笔仗"，然而，他的目空一切、狂放不羁的批评文字，还是在文化界触动了一批人，引发了一场混战。

在被他批评的人中，最吃不消的便是文化"超越前进"论者胡秋原。

胡秋原，1910年生，19岁时已出版《日本侵略下之满蒙》等三部著作；1931年创办《文化评论》，主张文艺自由，自称"自由人"；1933年，参与抗日反蒋的"福建事变"，任文化宣传部主任；1934年，创办《时代日报》，主张抗战到底；1939年，任"国防最高委员会"秘书；1943年，任"中央日报"副总主笔；1945年，创办《民主政治》月刊，主张民主与统一；1947年，当选国民党第一

◆ "自由人"胡秋原

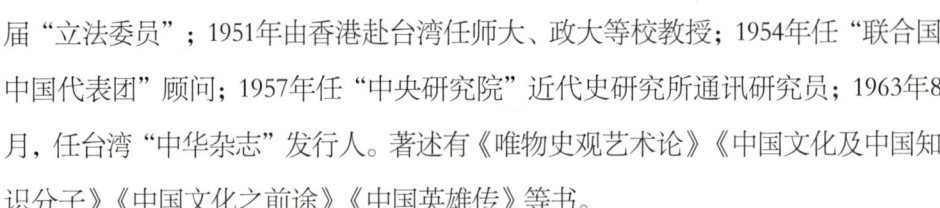

届"立法委员"；1951年由香港赴台湾任师大、政大等校教授；1954年任"联合国中国代表团"顾问；1957年任"中央研究院"近代史研究所通讯研究员；1963年8月，任台湾"中华杂志"发行人。著述有《唯物史观艺术论》《中国文化及中国知识分子》《中国文化之前途》《中国英雄传》等书。

从这番履历看，胡秋原是一个横跨学界、政界、出版界诸领域的重要人员，绝非等闲之辈。

关于中西文化问题，胡秋原的主要观点是超脱传统、超脱西化、超脱俄化而前进。他说："我们对于世界文化，使有可取者，即不是中国的，亦当学习之，况中国固有者乎？使无可取者，即是中国的，亦当摒除之，况非中国者乎？发展自己之长并兼有他人之长，这不仅是我们应有的目的，也是中国文化与学者的一个重大的精神。"他主张："由门户之争解放出来，发展中国人之聪明才智，创造新中国的新文化，以求超胜古人、西人。"李敖在《给谈中西文化的人看看病》一文中，把胡秋原的观点列为第11种病，即虚矫的"超越前进病"，其实质仍然是以传统文化为本位。他批驳胡秋原说："这种虚矫又是不实在的侈论，显然是中国士大夫浮议性格的遗传。这种新文化的创造者实在是一群夸大狂的病人，他们的好高骛远实在是贻误青年的恶疮。自古谈中西文化，最叫座的是他们，信徒最多的是他们，最大言炎炎的也是他们。"

面对李敖的批评，胡秋原在《文星》第53期上发表了一篇长达6万字的文章，进行反驳。胡秋原批评李敖是"西化青年的标本"，批判"老先生吴稚辉、青年李敖都主张全盘西化，而走到何典文体"，并说，如果"全国青年皆为李敖，我承认中国无望"。另外，胡秋原根本不相信批评他只是李敖一人所为，他在文章中称李敖是"豪奴"、"猘犬"、"小军阀"、"文化废人"、"骷髅姿态"、"背后有中年有老年"、"有传授有计划"、"有组织攻击"、"有参谋团、顾问"、"危险打手"、"幕后人"等等，胡适在世时，他怀疑"幕后人"是胡适，胡适死后，他首先怀疑的，就是李敖的老师姚从吾、殷海光、吴相湘，再就是陶希圣。这种猜疑直到30年后他85岁高龄，因赴大陆谈统一问题被台湾国民党开除党籍时，当一切都曲终人散往事如烟时，他已不再提什么"幕后人"了，而是认为当年的西化论者，"完全是受外国人麻醉"所致，"且有被外人用来进攻大陆的危险"。

为了反击胡秋原的人身攻击，也为了"寻求历史的真相"，1962年10月1日，李敖在《文星》第60期发表《胡秋原的真面目》。第二天，"文献会"的陶希圣为拉拢李敖，告知他要多加小心，胡秋原可能会以政治大帽子来压他。第三天，陶希圣又与李敖谈话，说胡秋原正在搜罗李敖文章中句子，以构成违反三民主义及"总裁训词"等罪名。果然，第四天（10月4日），报上便登出胡秋原控告李敖的消息。

由于论战的双方态度都很激烈，相互使用了许多挖苦、讥讽甚至谩骂的语言，所以还没有就学术问题正式交锋，就陷入了情绪化的攻击。

李敖抓住胡秋原的历史大做文章，他先是揭露胡秋原在30年代曾写过一部《唯物史观艺术论》的著作，系由"神州国光出版社"出版，而该出版社又是由一批反对蒋介石的人士创办的。接着，又在《文星》第60期上，发表了《胡秋原的真面目》，正式揭露胡秋原的老底。文章说，胡秋原早年参加过共产主义青年团。1934年，福建发生了反蒋抗日的"福建事变"，胡秋原又参加了反蒋的"福建人民政府"。事变之后，他去苏联避了一年半的难。抗日战争时期，他回国为国民党办党报，又撰写了大量"亲苏"的文字。1949年到1950年，国民党在大陆的统治崩溃，台湾政局又不稳定，胡秋原便避居香港，准备做共产党的顺民百姓。后来见台湾政局稳定，便到了台湾，并立即来了个180

度的大转弯，大写"秋原抗俄文字"。但有一次被派"出国"，他又在英国偷偷与共产党接触，回来后受到国民党党纪处分。李敖尖刻地写道："他是一个反复多变的人，由于反复多变，政治上，自然也就不能被一再信任。因而在心理上，他有了一种幻想的被迫害症，也就是躁狂症，被虐狂。他的自高自大自我膨胀，过分重视自己，使他老觉得有人想打击他，他完全不能了解，何物胡秋原？胡秋原何物？谁要打击这样一个宦海失意和学界走板的人呢？"最后，李敖给胡秋原送上了一顶"亲共"的红帽子。

胡秋原在指斥李敖是"西化太保"的同时，也开始给李敖查三代。他揭出李敖的祖父曾在东北做过"马匪"，父亲曾在王克敏伪政权下当过官，因而给李敖扣上了"土匪后代"、"汉奸儿子"的帽子。

他还说，李敖和文星有强大的后盾，"这后盾即我说的参谋团，其中有教授，包括一个教逻辑的，有我们的同业新闻界人士，还有政治上的权威人士等，这是一个奇异同盟"，"反胡集团的组成分子为青年，后有中年，有老年，有比我更老的前辈"。他还一口咬定，有许多机关和人士在利用李敖。其中，那个"教逻辑的"，当然指的是殷海光。

在用文字反击李敖的同时，胡秋原以"立法委员"的身份举行记者会，又到法院以"诬陷、诽谤罪"控告萧孟能、居浩然和李敖。

对此，李敖毫不畏惧。他没钱请律师，便买了一些法律书，开始备战。谁知论战战友居浩然的太太找到胡秋原的太太，由太太级出面，双方先行达成和解。对此，李敖感到十分不快。萧孟能的亲朋也纷纷找到李敖，力劝他和解。说不要道歉，只要声明所说不实，表示遗憾即可，但李敖觉得，这是个"是非"问题，不是"人情"问题。"为了真理，我六亲尚且不认，何况非亲非故的胡秋原和非亲非故的萧孟能呢？"于是李敖断然拒绝议和，他说："我所说的都是实的，也无憾可遗，不行，不和就是不和！"

1962年10月4日，胡秋原正式在法院以"诽谤"为名对李敖提出控告。

11月22日，法院再次开庭。原被告双方刚到庭，旁听者已

◆ 李敖在法院外

济济一堂。有人好奇地问："哪个是李敖？"前往旁听的徐复观在人堆里说："就是那个小孩子！"在旁听席上，还有很多年轻人，他们是李敖的支持者。台大法律系的学生还向李敖丢来一张条子：

李敖：

别出言太意气，留心构成侮辱法庭罪（Contempt of Court）。

台大法律学会

李敖微笑着朝他们点点头。

在法官的提问中，李敖有问必答，谈笑自若。面对李敖的轻松愉快，胡秋原一副气鼓鼓的样子。其律师悄悄对法官说："李敖诽谤别人如儿戏，他现在在庄严的法庭上，居然还一直在笑！"

休庭后，李敖马上被一群人包围。有人问他："为什么不请律师？"他笑

着说："我的律师被胡秋原先生请去了！"

同学马宏祥的父亲是位"国大代表"，他问李敖有何感想，李敖说："你们'国大代表'制订的'宪法'第11条我太相信了，我以为它会给我保障！"李敖指的是"言论自由"。

晚上，李敖应朋友之邀去看电影、吃饭、喝啤酒。在马路上还有人指点说："那就是李敖，是祸首！"

李敖的不屈不挠使胡秋原陷入被动之中，他意识到这样下去对他的名声不利，颇欲和解。他同法官说："我并不想打官司，像居浩然那样，只要'稍稍给我过得去一点'，我就可以撤回。"但由于李敖的坚持，萧孟能也随之寸步不让。

回到台大研究所，台静农教授笑着对李敖说："这个官司真奇怪，被告反倒不肯和。胡秋原这下子可完了！"

就这样，官司打到1963年的秋天，法官做出判决：李敖、萧孟能，罚钱；胡秋原，也罚钱。法官张顺吉说，因为告人诽谤的胡秋原也诽谤了他告的人。

"地方法院"判决后，双方不服，都上诉到"高院"。"高院"受理后，双方曾多次到庭辩论，但法官们仍难做出决断，只好一年又一年地拖下去。

1965年5月，李敖反诉胡秋原。

同时，李敖又在"台中地方法院"状告中央书局（为徐复观印刷诽谤李敖的文字）诽谤罪。"中央书局"请了两名律师来打官司，李敖没有律师，单枪匹马，最终于1966年3月胜诉。"中央书局"被罚款新台币1500元。这也是李敖有生以来打赢的第一个官司。但他与胡秋原的讼案却从此拖了下去，自1963年起，一拖11年。

也许正是胡秋原与李敖在论战文字中的相互攻击，当时在美国读博士的自由主义文人林毓生对这场笔战的看法持否定态度，他在给殷海光的信中说：

"最近小妹寄来五本《文星》，是关于文化论战和胡（适）先生的，读了令人非常气愤！文化海港上居然能听到征战的号角，固然是可喜的现象，但两方面都是不学无术一派胡言，这仍然是从前绍兴师爷耍笔杆，舞文弄墨的作风，真是如何得了啊？"

1966年9月4日，台湾青年党领导人左舜生从香港来台湾，和李敖相见，有近两个小时的谈话。第二天，他在"中央日报"上发表《记留台北三周的观感》，其中讲道：

> 近年台湾一部分的言论（包括短篇文字与专著），可能有若干也说得过分一些（或在文字上故意卖弄聪明，使人不快），不免与政府及社会若干人士以难堪的刺激，但我们必须知道：人民（尤其是青年）对政府及占有有利地位人士的责难，或对一般现状表示不满，往往不免过分，这在一个专制或民主国家，都是司空见惯的事，用不着十分认真，尤其懂得在今天有同舟共济必要的朋友们，更不可运用刀笔的方式，非把少数人置之死地不可！大家必须了解，真正要阻遏言论自由或禁止某一类书籍发行，并不是一件容易办到的事。

这段话显然是为李敖而发，因为胡秋原曾写过一本《同舟共济》的书，左舜生在文中呼之欲出，更为明显。

胡秋原与李敖、萧孟能案拖到1974年时，李敖已因叛乱罪被捕，"高院"趁此机会把胡秋原的诽谤之言一律改判无罪，有罪的只剩下了李敖和萧孟能。李敖在回忆录中谈到这场官司时曾经说：

　　这官司造成我跟胡秋原结了一辈子梁子，在他告我30年后，我找到机会告他，他赔了我35万，我嫌少，坚持把他家贴上了封条，至今封条犹在，而他老得无力出庭了。曾祥铎劝我，"得饶人处且饶人"，我说："30年前，胡秋原整殷海光、整我的时候，你为什么不向他说这句话？"——我为人好勇斗狠、有仇必报，并且没完没了！于胡秋原案上可见一斑。

　　其实这并不是尾声。李敖信奉的原则是："小人物只会算'投资报酬率'，大人物却会算'投资报仇率'，注意那一掷千金肯去报仇的人，他们是人中之圣。"

　　1981年，李敖在《永远失职，永不失业》一文中，点名批评胡秋原在"立法院"鼓动政府用出版法整人民。之后，他又写下一系列剖析胡秋原历史的文章，如《胡秋原有反俄远见吗？》《蒋总裁口中的胡同志》《胡秋原冒充伪部长》《胡秋原怎样迫害殷海光》《从迫殷到批胡》《为胡秋原的迫害举证》等等，指出胡秋原反复多变、捏造历史、自吹自播的性格，胡秋原自然怀恨在心。1990年4月13日、6月12日，胡秋原连续在"中央日报"显要位置刊登批评李敖的大幅广告《李敖诈诬六奏》《殷海光纪念会韦、胡、夏三人广播李敖谎言》，结果被李敖抓住把柄，于同年9月27日，一纸诉状将胡秋原及"中央日报"发行人石永贵告入法院。该状一共列出胡秋原犯"诽谤罪"的30条证据，诸如"骗子"、"卖国"、"汉奸"、"走狗"、"流氓"、"无赖"、"充当美国之线民"等不实之词，台北"地方法院"受理此案，几经曲折，最终于1991年10月4日，由台湾"高等法院"判决李敖胜诉，判处胡秋原"散布文字指谪足以毁损他人名誉之事，处拘役肆拾日"。李敖在当年11月29日有记录如下：

胡秋原诽谤我，刑事方面判决确定，判处拘役40天，缓刑两年；民事方面，被我索赔400万，郭律师今天上午代我会同法院执行人员，到台北县新店中央新村第五街11号胡秋原家，假扣押他的住宅产权。由胡秋原的媳妇应门，胡秋原自楼上下来签字。"封条"就贴在他的书橱旁边。法院书记官对胡秋原说，你们打官司解决吧。胡秋原无奈诺诺。郭律师告我经过，我闻而大笑。

对此判决，胡秋原并不甘心。后来，他在自己控制的"中华杂志"和《"立法院"公报》等刊物又连续发表多篇攻击李敖的文章，结果被李敖揪出其中的诽谤文字，再次将他告入法院，并要求经济赔偿200万元，胡秋原亦不停上诉，不愿赔偿。又是几经曲折反复，终于在1992年由台湾"高等法院"判决胡秋原在赔偿李敖35万元基础上，再次赔偿165万元本息。胡秋原拿出35万元之后，以无钱为由拖着不赔，李敖要求法院将胡秋原家的大门贴上了封条。

但两人的冤仇依然未了。1999年6月17日，大陆《新民晚报》《法制文萃》又爆出新闻：《台湾一桩10年（编者按：实为30年）文字官司最新判定：胡秋原赔偿李敖百万》（编者按：实为927261元）。不久，胡秋原又告李敖在文章中讲殷海光被台大解聘事时（指李敖《我的殷海光》一文）对他构成诽谤，法庭听信胡秋原提供的证据，而对李敖提供的人证则不予采信，2003年10月30日，台湾"最高法院"判李敖赔偿胡秋原160万元。此时，胡秋原已93岁，李敖也68岁了。

真可谓没完没了，没完没了。

_九 扑朔迷离的财产案

1980年8月，李敖与胡因梦离婚。就在两人婚变的同时，国民党""中央日报""带头以专论形式对李敖的议论展开攻击，省政府的《新生报》干脆用漫画骂李敖是狗⋯⋯

所有文章的目的就是要把李敖批倒斗臭，让他在群众面前抬不起头，说不出话。据李敖讲，官方控制的各家报纸，在发表李敖的文章和新闻与批评李敖的文章和新闻的处理上，是以30：1的比例进行的，而且关于李敖的文章和新闻，即使发错了也不按《出版法》和《中国新闻记者信条》给予更正。

在官方一路追杀李敖的喧嚣中，出现了萧孟能控告李敖"背信

◆ 萧孟能控告李敖"背信侵占财产"

侵占财产"案。对李敖而言，真可谓雪上加霜。

1980年9月9日，李敖与萧孟能对簿公堂。

事情起因乃萧孟能1977年4月20日避债离台时与李敖签下的一个字据，该字据内容如下：

> 查李敖先生住所所有关于本人之字画、书籍、古董、家具等（文件与信函不包含在内，系本人存寄，托李先生代为保管，未得本人书面之同意，任何人不得领取。）均系本人移转给李敖先生以抵偿对其所欠债务者，应该属李敖先生所有。特此证明。

要读懂其中奥妙，还得从头说起。

那是在李敖出狱之后，萧孟能请李敖帮助处理财物与债务，以新台币一百万元为酬劳。两三年下来，李敖办事精明细密，萧孟能比较放心，两人之间合作愉快，并未出现什么裂隙。1979年，萧孟能离台赴智利，为防债权人在他的财产上做文章，乃委托李敖全权处理未了事宜。返台后，双方办理移交手续，发生了财产纠纷。在涉及的诸多事项中，就有这张各自解读、备受争执的字条。

李敖称"萧先生欠李敖债还不出，并为李敖坐牢时他的无情无信有以弥补"，故立下字据将字画、书籍、古董、家具等"给了李敖"。而萧孟能则称该字据是为了想摆脱一些债主，"双方通谋虚伪而书立"，将财物转移到"安全地带"，以免被债主拍卖或拿去抵债。

在上述字据之外，萧孟能告李敖涉嫌侵占、背信的项目还有十数条之多，特列如下：

周其新支票13张，共计130万元（侵占、背信）。

坐落台北市士林区的天母静庐房屋（侵占、背信）。

为方便处理事务，萧孟能交付李敖的相关文件、契据、支票、现金、图章（侵占）。

存于水晶大厦十二楼之文件档案及文星书店存留书稿虽有归还，但对李敖有利之部分已被抽取（侵占）。

书籍、杂志15000册（侵占）。

《文星》关门时，李敖亲笔所写借款一百二十余万元之明细账单（侵占）。

中国合成橡胶公司股票五千股之一半的退股金一百万元（侵占、背信）。

李敖名下708-5128号电话一具（侵占）。

萧孟能字据四纸（含水晶大厦屋顶可使用之物）：①关于古董字画抵偿债务的字据；②周其新票款贴现的字据；③水晶大厦十二楼工程费用的字据；④水晶大厦屋顶房屋使用权的字据（侵占）。

擅将花园新城房屋退租（背信）。

作家冯作民的债务（背信）。

据萧孟能概估，上述被“侵占”的财物全部价值达新台币两千万元以上。

对此，李敖表现得异常镇静，称萧孟能自诉事实完全不实。两人之所以失和，乃是因为自己仗义执言，在萧孟能离婚一事上，帮萧的前妻朱婉坚说了话，以此触怒了萧孟能，在其女友王剑芬的挑拨下，捏造不实之词来控告他。双方相互指证，各执一词。案情涉及了萧孟能的发妻朱婉坚、女友王剑芬、李敖的妻子胡因梦、女友刘会云、弟弟李放、故友张白帆等人。中间又有国民党"军机处"王升主持的"刘少康办公室"介入，案情错综复杂，扑朔迷离，一波三折。

两位曾经肝胆相照的文化明星，如今因钱财而闹翻，扯下脸皮"对簿公堂"，这一轰动性的消息占尽了当时的报纸版面。且看其中几则报道的标题：

萧孟能告李敖背信侵占，交朋友十九年为钱闹翻（台北《联合报》）

当年文星忘年好友·十九年后反目为仇/萧孟能控李敖背信侵占/李敖昨记者会提出十条辩解（台北《民生报》）

萧孟能沉痛说经过/错把兄弟看待/深悔所托非人/自觉有责任免有人上当（台北《中华日报》）

轰动台北文化界大新闻/萧孟能控李敖诈财/胡因梦说丈夫不对（香港《明报》）

舆论认为，李、萧19年的关系盘根错节，如今兄弟阋墙生出龌龊，不知会扯出多少隐私八卦来，各家媒体兴致勃勃、拭目以待。

在一个多月的案件审理中，李敖与萧孟能经过一轮又一轮的你来我往、唇枪舌剑，在两次庭审之后，1980年10月14日，终于迎来了一审判决：萧孟能自诉李敖背信侵占案缺乏积极证据，对被告人所指控的犯罪行为，尚属不能证明，李敖获判无罪。

萧孟能表示不服判决，于10月27日向台湾"高等法院"提出二审上诉。

话说李敖此时正准备办一份杂志，利用这块阵地来继续同国民党战斗。这便是后来风靡台湾十年之久的"千秋评论"。

创办这份杂志的构想来自于日本的一位思想家河上肇。河上肇从1919年起办个人杂志，共出了105期，除六期外，都是他个人的文字，对日本当时的思想界影响极大。但他后来因杂志惹祸，被当局逮捕入狱。李敖从这位异国思想家身上得到了灵感，也想办一份思想性的杂志，最初起名叫"李敖评论"。消息传出后，有人赞成，有人反对，当时的《时报》杂志有一篇石敢言的文章颇具代表性。他说："以李敖的本身条件、经历和现仍有的支持读者来说，李敖比大多数人更有资格办杂志，更应该办杂志，更能发挥杂志对社会的功能性。……然而……杂志是社会舆论，不是个人舆论；杂志从事探索真理的工作，不能成为真理独断的刽子手。'李敖评论'则毫无疑问的充满着个人主义、英雄崇拜的色彩，相对的则欠缺作为社会公器基础。'李敖评论'何异于'个人评论'或'片面评论'？……我们乐于见到李敖出面办杂志，乐于见到李敖在杂志里开辟'李敖评论'专栏，用以评鉴社会之事或人，用以反映不平或揭橥理念、思想……但是，我们坚决反对李敖搞个人权威，把杂志存在的基本意义抹杀，把杂志的反应功能极端化、一己化。""敢请李敖把'李敖评论'改名为'千秋评论'或'肝胆评论'或'事实评论'或其他任何客观化的名称。"为了不在杂志名称上搞"名词之争"，李敖吸收了石敢言的建议，就把杂志定名为"千秋评论"。

1981年4月18日，按照官方"出版法"第九条规定，李敖顺利地申请到《千秋评论》杂志的执照。谁知，就在执照发下来的第55天，在与萧孟能官司一审胜诉后的第六个月，1981年6月17日，地方法院又重新裁判李敖在"背信侵占财产"案上有罪，以"侵占罪"判处李敖有期徒刑六个月。

李敖不服，写出了一万多字的再审声请状，被法院驳回，并通知他报到服刑。

1981年7月10日，李敖收到台北市市长李登辉的来函，说：

一、准台湾"高等法院"1981年6月29日剑刑勇字第二六号函略以：李敖因侵占罪经判处有期徒刑六月确定。

二、依"出版法"第十一条第三款规定，被处二月以上之刑在执行中不得为杂志之发行人。

另，同法施行细则第十六条各款所列情事之一，未依同法第十条之规定申请变更发行人登记，注销其登记。

李敖从这里似乎嗅到了官方借此案封杀《千秋评论》杂志的硝烟。他们要压迫言论自由，但又师出无名，于是，便利用这场官司给他换个罪名来整他。

在该案判决后，李敖曾对二审判决逐条加以批驳，指陈办案法官林晃、黄剑青、顾锦才三人"不承认亲笔字据"、"不承认科学鉴定"、"窜改笔录"、"代裁证据"、"捏造配偶"、"歪曲情理"、"对银行作业茫然无知"等七条枉法"笑话"，以致构成冤狱。在1981年7月9日给司法院长黄少谷的公开信中亦对该案判决给予一一否定。后来，他又指出，二审的裁定，与国民党"军机处"王升主持的"刘少康办公室"有关。王升如果不介入，萧孟能绝无胜诉之理。连萧孟能的律师李永然都承认："在法律的层面上，我们打不赢这场官司。"（另一倾向萧孟能的说法是，萧孟能之所以胜诉，乃是他在二审中出示了自己拥有的唯一一件"铁证"——李敖为萧理财时记录收支的

"账卷"复印本，致使李敖"当庭变色"、"无法应对"，萧孟能遂得以起死回生。）

这里的是非曲直，也许只有当事人双方心知肚明了。不过摆在眼前的事实是：由于李敖的败诉判刑，他不仅要坐牢半年，而且刚刚申办的杂志《千秋评论》亦随之胎死腹中。因此，李敖认为，自己坐的依然是"政治牢"。

至少在李敖的心中，是一场单纯的财产官司染上了浓厚的政治色彩。这也是他后来博得许多人同情的一个重要原因。

如此看来，是萧孟能无意里帮了国民党？还是国民党有心中成全了萧孟能？真是阴错阳差、纠结难分。但正应了海明威一部小说所言："胜利者一无所获。"国民党把李敖捕入笼中，不仅没有减弱他的斗志，反而愈挫愈勇，遭到他连续十多年的沉重打击；萧孟能刑事胜诉，不仅分文未得，而且惹得李敖讼性大发，"千刀万里追"，自己的生活从此不得安宁。

依李敖"报怨以直"的性格，他对萧孟能决不会善罢甘休。出狱以后，那种"明白而立即的报复"便一步步展开。他先后以自己及其弟李放、女友刘会云，以及朱婉坚等人的名义，检举、控告萧孟能民事、刑事案件达35件之多。萧孟能缠讼多年，疲于奔命，为怕搞乱讼期，误了庭审，还特意制作个一览大表。其女友王剑芬二十年后依然谈李色变："那一时期，萧孟能简直就是在法院上班。"

1982年2月，李敖女友刘会云出面检举萧孟能窃占土地，两年后，萧孟能被台湾"高等法院"判拘役50天。

萧出狱后，刘会云又以萧孟能、王剑芬非法买卖转让外汇违犯了"国家"总动员法为由，将两人告上法庭，1985年5月23日，萧孟能、王剑芬被二审判决有罪，萧被判服刑四个月，王被判服刑三个月。同时，由于萧孟能欠萧太太钱，又被告进法院，王剑芬家被查封，李敖代为执行，除依法留下一桌一床外，全部席卷而去，最后搬沙发时，李敖说："孟能、剑芬，现在免费让你们坐五分钟，要坐快坐，再不坐就没机会了。"据说事后，王剑芬将家中重新装修，把家具都改为嵌进墙里。李敖听说后笑着说："下次如再去，除非找爆破大队，恐无他法矣！"他听说王剑芬考取了台湾电视台的编剧，马上派人找法院去查扣她的薪水，王剑芬只好离开了台视。

早在1984年8月16日，李敖就曾提起自诉，就萧孟能自诉李敖背信侵占案中一项，指明为不实诬告，经双方轮番上诉，1986年3月1日，台北地院判决"萧孟能意图他人受刑事处分，向该管公务员诬告，累犯，处有期徒刑六月"。萧孟能不服，上诉高院，审判长劝谕双方和解。李敖开出的和解条件是萧孟能必须书面承认1980年8月26日自诉李敖侵占案错误，现案方可不再追究。萧孟能"殊难接受"，于是双方又是重审、上诉、重审、上诉，直到1988年7月底，台湾"最高法院"判决萧孟能诬告罪成立。此时，萧孟能已经68岁了。在疲惫与恐惧之中，在面临第三次入狱的前夜，萧孟能携女友王剑芬逃往美国，受到台湾警方的通缉。从此，萧孟能再也没有回过台湾。

回首萧、李官司，在令人扼腕叹息的同时，难免会生出无数疑窦。对李敖而言，为什么自己会在二审中败诉？难道仅仅是政治因素在起作用？是所有法官都在偏袒萧孟能，还是其中另有隐情？连自己的妻子都"阵前起义"，难道真如他所说，胡因梦只是"无情"而在作"伪证"？在挖出的萧孟能"诬告"自己的"内情"之外，其他"侵占"罪名，又有几多是假、几多是真？如果自己坐的真是"冤狱"，为什么后来没有平反的记录？对萧孟能而言，为什么一定要以刑事罪告发，而不附带民事赔偿？这样的结果除了把对方打入大牢，自己又能得到什么？据萧孟能后来回忆，当时打官司的目的之一，就是要惩罚被告的不义，没想到律师外行，没有同时附带民事赔偿，因此官司虽然是赢了，却拿不回被侵占的财物。若想再打民事官司，则必须拿出一笔钱，相当于被侵占财物的价值来"假扣押"那些相关财物，但此时萧已经济拮据，"无钱来继续缠讼了"。这种抱怨"律师外行"的说法，对学经济的萧孟能来说，似违背常识和常理。而李敖的回忆是：萧孟能并非没有要求民事赔偿，他在变成通缉犯后，"又在'最高法院'六件民事判决中全部败诉。——他想要李敖的钱，可是一块钱都没要到。"为什么在一审中把不属于"侵占"的内容也列入其内？难道真如法庭所言，是"意图他人受刑事处分"？以身上有35件之多犯罪嫌疑的历史，即使告李敖胜诉又能说明多少自己的无辜与正义？又能博得多少局外人的同情？

佛语云：佛魔一念间。人性中的善与恶有时就在一念之转，谁能说得清楚两个曾经水乳交融亲如兄弟的血性男人，在分道扬镳对簿公堂之时，心灵中曾经有过怎样激烈的挣扎与斗争？

2004年7月23日，萧孟能病逝于上海。李敖在凤凰卫视的《李敖有话说》节目中作出了最快的反应。谈起文星时代的峥嵘岁月，他充满了怀恋之情。此时的李敖也在垂垂老去，他手挂木杖，坐在台北永和豆浆店的椅子上，这里曾是当年文星书店的所在地，他缓慢地品着豆汁，似乎在品味着那段爱恨交织的历史，感受着那份苍茫而沉重的记忆。

是耶，非耶，得也，失也，它留给后人的，也许会是一个常解常新的谜。

_十 同施启扬幽明异路

施启扬，台湾台中人。1958年毕业于台湾大学法律系。1962年获台湾大学法学硕士学位。1967年获联邦德国海德尔堡大学法学博士学位。回台湾后，历任台湾大学副教授、教授，国民党中央委员会第五组副主任、青年工作会副主任，台湾"教育部"常务次长、政务次长，"法务部"部长。是国民党第十二届中央常委。1988年任"行政院"副院长，期间经历俞国华、李焕及郝柏村等人出任"行政院"院长。1993年连战出任"行政院"院长后，转任国家安全会议秘书长，隔年"司法

◆ 施启扬

院"院长林洋港辞职，施启扬出任递补院长的位置。1999年将院长一职交棒给翁岳生后，卸下官职退休。

从施启扬大半生的经历可以看到，他走的道路完全是一条从政之路，与李敖的自由主义似乎风马牛不相及，但两人在不同的道路上却又有着许多奇妙的

离合与悲欢。

1949年暑假，李敖跳班进了台中一中，分在初二上甲班。当时初二上有甲乙丙丁戊己六班，教室相连，因此认识了许多同学，其中之一，就是施启扬，他在戊班。

当时李敖眼中的施启扬，高高的个子，斯文得很。有一天，不知为什么，施启扬惹毛了外省同学陈士宽等人，结果被狠揍了一顿。这件事给李敖留下深刻的印象。到高中时，李敖与施启扬同分在高一上甲班，且是同桌，两人渐渐熟悉起来。他们常到对方家里玩耍，成了好朋友。施启扬为人少年老成，像个小大人，脾气虽好，但也喜欢争辩。李敖当时读书已颇具规模，在知识方面成长极快，在班上好放厥词，颇为张狂。许多同学都吃不消他，有个同学叫王文振，辩不过他，气得写匿名信丢到李敖书包里骂他消气。施启扬有时也参与争辩，但亦难逃李敖的口舌修理。有一次，同学王新德对李敖说："你不要同施启扬争辩了，这个人头脑不行，何必浪费唇舌。"

高二时，李敖因不满学校的制式教育，主动休学回家自学。就在他面壁养气的时候，施启扬跑来找他，说："王孟仁老师最近老是看我不顺眼，我也不知因什么事得罪了他，你和王老师能说上话，请你帮我给王老师说说情。"王孟仁是李敖父亲的好友，北京师范大学化学系毕业，为人鹰隼精明，讲一口流利的日语。他住一中宿舍，日式房子，娶了个台湾寡妇。人深沉又爱写打油诗，李敖偶尔登门同他聊天，还算谈得来。为了施启扬，李敖敲开了王老师的门。未料到刚说明来意，王老师便面露怒容，说："施启扬是职业学生，早晚会大做国民党狗腿！"搞得李敖莫名其妙，败兴而归。

1955年，李敖考入台大历史系，在大三、大四阶段，他住温州街73号，台大第一宿舍第四室。施启扬当时在法律系法学组，常来看他，两人之间关系依

◆ 孟大中

然很好。并且，施启扬的一次"义举"给他留下深刻的印象。

李敖的好朋友孟大中在物理系，他的父亲孟昭常和他母亲早年在印度离婚，离婚后他和弟弟孟大强都随父亲到台湾读书，母亲仍在印度。有一次聊天，聊到服兵役的话题，孟大中说："如今谁愿意服兵役啊？但这是法律，又有什么办法？"李敖说："像你的情况，可以想办法，你父母是离了婚的，如果他们的离婚证书上你们兄弟俩是跟了母亲，你们即可视同侨生，就可以在台湾免除兵役，不必再当国民党的鬼兵了。"孟大中听了，为之心动，说："你能否帮我假造一张离婚证书？"李敖说："可以，不过其中的法律问题得找施启扬。"孟大中说："那就拜托了。"于是，李敖很快找到施启扬，告以原委，施启扬欣然同意，便亲自起草，捏造了一封符合当年印度离婚情况的"离书"，其中每一细节，包括币值换算，都做得天衣无缝。造好后，由李敖亲自刻印两枚，作为证人印章。然后对孟大中说："你最好去找台大训导长刘良钊，他当年也在印度，与你爸爸是旧识，可请他做人证。他当年在西南联大时外号'查婆婆'，乐于助人，又为人糊涂，如告之以离婚时兄弟跟了母亲，他一定会跟着说模糊记得，这样在'离书'之外又可以多一人证。"孟大中点头称是，乃依计行事，结果事成，兄弟俩果然免除了兵役。李敖在1958年7月10日的日记中写有"夜大中请我和启扬晚饭"的记录，记的就是事成后孟大中为表感谢，请他和施启扬吃饭的"庆功宴"。

施启扬能和自己一道义助朋友，这令李敖对他另眼相看，两人的友谊更进一步。在写大学毕业论文期间，李敖的论文题目是《夫妻同体主义下的宋代婚姻的无效撤销解消及其效力与手续》，因论文内容涉及中国法制史问题，曾请施启扬陪同一起拜访了法学院的载炎辉教授。施启扬曾多次向李敖借书，两人互通有无，已是十分要好的同学好友了。

在李敖的大学同学中，应该说，施启扬是他认识最早时间最长的一位朋友。1958年，李敖大学毕业返回台中，等待南下入伍做预备军官。施启扬在给他的来信中，还谈到借书之事：

> 敖兄：
>
> 　　大函敬悉，谢谢您。在校时劳费您代借书籍，至以为谢，并在此致感激之意。您要当兵了，而且是最坏的一种步兵，7日入伍，我因学校有事（现在在系里任助教，无法随便跑）不克返台中送行，又未能到您家吃炒饭、见见静波，甚觉可惜。萧启庆已考取研究所了（罗某亦取了），今后可以劳烦他代借书了。我记得上次在您寝室，见您曾借得商务《万有文库》里的《唐律疏义》，不知您从何

处借得，如尚记得请以后来函时，顺便惠示，因萧启庆对多处书籍恐无阁下之熟悉，故先问妥。专此敬颂近安。

并请向静波问好

启扬上 9月5日

李敖从军后，施启扬在与李敖的书信往来中，依然谈到借书之事：

李敖兄惠鉴

……我很感激您及萧先生，因为我需用的书籍大都是劳费您代借的，谨在此致最高谢忱，并请您在给萧先生函中代我向他致谢意。我向您借的书除《唐令拾遗》《中国妇女生活史》，明日携往萧先生处请他还给图书馆外，《唐明律合编》《明律集解》及《故唐律疏义》假如可以继续借而不麻烦的话，就准备再借下去，因为我的报告必须再加修改补充，现共有七万字，我很想利用假期再加补改。萧先生说他可以将《唐明律合编》等之书改换他的名字继续借，如果您认为不会打扰他，就要麻烦他了。

……

启扬 敬上 12月10日

1961年年底，李敖在《文星》开始兴风作浪。施启扬退伍后回台大教书，两人时相过从，据李敖回忆，施启扬的法制史研究几乎全靠他提供资料。至今，他还保存有施启扬的一张借据：

启扬借：

一、支那身份法史

二、《中国婚姻史》

三、《东方学报》

四、《婚姻与家庭》（中、日文）

五、《现行家属法论》

六、《中国亲属法》

元月21日

1964年，台湾发生了彭明敏、谢聪敏、魏廷朝被捕案。当时施启扬正在德国留学，彭明敏是他的老师，后两位则是他的同学。得到消息后施启扬曾写信向台湾当局抗议。但这一抗议带来的后果是，他在1967年回台后，被当局"靠边站"了一段时期，使他深知政治的利害。此时，他给李敖来过一信：

李敖兄：

　　近况可好，甚念！我已于6月底回国，将在法律系任教，现住在基隆路学校招待所。最近在正澄那里看了《大学后期日记》。

　　听赵天仪说现在有车子，有时间欢迎来玩！专此 并祝

　　近安！

弟 启扬 上 10月22日

收信后半个月，11月6日，李敖与施启扬见面，五年阔别，相见甚欢。"中午连家立请于李园"，"施启扬在座"；18天后，"汪中磊请于美而廉"，"施

启扬……在座"；9天后，"施启扬请我于李园"；11天后，"与施启扬去中德文化协会看材料，请他于美而廉"……从李敖的记述看，这段时间是两人交往最密切的一段日子。此时的施启扬，名片上印的头衔是："德国海德堡大学法学博士、台湾大学法律系副教授、"行政院法规整理委员会"研究委员、律师"。此时的施启扬在仕途上并没有露出明显的飞黄腾达的迹象。

1968年，施启扬成为国际关系研究所副研究员，兼任国民党中央设计考核委员会委员。此时，李敖因《文星》已垮，处境日恶，但施启扬依然有电话给他，说："我看到4月23日的香港《大公报》，有张其义写的专栏文字，标题是《台湾的'文星集团'事件》，可看出中共方面如何看《文星》被封，请你注意。"这年10月28日，施启扬与李钟桂在台北中山堂光复厅结婚，由国际关系研究所主任吴俊才证婚，在他所有的外省同学中，只请了李敖一人。可见李敖在他心目中的地位。

但在李敖眼中，施启扬正日渐"归正"，心渐不纯，他记述说，有一次他写信给施启扬，借老师吴俊才的关系卖一套《古今图书集成》给国际关系研究所，施启扬却在经办中要了红包。红包是虹桥书店翻印的《社会科学国际百科全书》，价值新台币2800元。想想多年来的朋友交情，李敖感觉到心中怎么也不是滋味。

还有一次，有外国友人向李敖要台湾钳制言论自由的法令资料，为了使译名准确，李敖找到施启扬家，请他代译成英文。他犹豫了一阵，慢慢翻译如下：

出版法 The Publication Law

社会教育法 The Social Education Law

戒严法 The Martial Law

台湾省戒严期间新闻纸杂志图书管制办法 Rules Governing the Control over the Newspapers, Magazines and Books during the Martial Time

内政部台（47）内警字第22479号函 Letter of the Ministry of Interior to Police Organizations〔No.Tai（47）Nei-Chin-Tze22479〕

为了使施启扬安心，李敖当场照他的译稿抄了一份，将他的笔迹留下。刚走到门口，施启扬冒出一句："李敖兄啊，也该为政府留点余地啊！"李敖听了大吃一惊，没想到他会说出这样的话，马上意识到这位老兄大概跟国民党搭线搭得有眉目了，于是激愤地说："启扬啊，这样的政府，它给我这种人留了什么余地呢？"从此以后，两人再没见过面。

1970年12月11日，每年一次的台中一中同学会在台北举行，地点在桃太郎餐厅，李敖没有去，但他事前写信给林益宣请假，全信如下：

益宣兄：

今天收到你寄来的台中一中同学会聚餐请帖，抱歉这次我不能来了。

从彭明敏偷渡后，我即被跟踪，直到今天，已十个多月。每天二十四小时，专车一辆，四人小组，侦视不停。我如来参加同学会，一定带给老同学们不方便，于心何忍？

老同学中，谢聪敏也被跟踪，是三人小组。不过跟他的是警察，跟我的一开始是警察，后来改为警备总司令部的特工。

老同学中，"飞上枝头做凤凰"——在世俗眼中，飞黄腾达者——亦有之，施启扬是也，已官拜国民党中央五组副主任。启扬是好好的念书人，何苦如此？一定是书念得太多，念糊涂了，这话并非背后骂他，当他面，我也这样说过。

弗罗斯特（Robert Frost）说他选了更少人走的路，所以结果就大不相同。（Two roads diverged in a wood,and I/I took the one less traveled by,/And that has made all the defference.）二十年前同聚一堂的老同学，如今竟"幽明异路"（这四个字没用错）如此，思念起来，好不可叹！

请代我向各位致意。如这封信给各位传观一下也无不可。

祝你好！

李 敖

1970年12月6日

这封信写出后三个月，1971年3月19日，李敖被捕。之后便是五年零八个月的铁窗生涯。在坐牢的最后一年，他被送到土城"仁爱教育实验所"接受"洗脑"。狱方将李敖与谢聪敏、魏廷朝、李政一四人开了专班。在请来的"上课"者中居然有施启扬的弟弟施敏雄。施敏雄过去常跟在李敖和施启扬身后做跑腿的，如今居然装作不认识，李敖亦冷眼相向，一言不发。深觉施家兄弟，为谋干进，竟不入流如此。

李敖出狱前，施启扬已由"中央"五组副主任调为"中央"青工会副主任、代理主任。李敖出狱第二个月，他又升任"教育部"常务次长，后来又升为政务次长，再调为"法务部"政务次长。

1981年8月10日，李敖第二次入狱。在入狱前的几天，他写了一封信给施启扬，内容如下：

启扬兄：

昨天中午收到台北地检处七十年执字第5000号传票，要我在8月10号下午3点报到服刑，我想了想，决定还是写这封信给你。

关于我又遭到冤狱的情况，我有《给黄少谷先生的一封公开信》发表，这里不详谈了。我要谈的是：在我这六个月的刑期中，你所掌管的监狱，究竟是以什么样的方式对待我？监狱内部的情况，为你所深知，为我所略知，你是我三十二年的老同学，你我立场不同，但是交情应在，我以项羽最后"吾为若德"对老朋友马童的心情对你、告诉你：我不愿在你任内写公开信给你，或写《台湾古拉格群岛》（the Gulag Archipelag）发表。我希望你依情理法注意我这六个月的牢居生活，我想这样对大家都好。

"浮云一别后，流水十二年。"我现在重读你写给我的四封信、重读你在大学时期的大作、重读你给章铨、廷朝、静波三位的信……回想我们当年的交情，真有不胜今昔之感！呜呼启扬，知我心哉？

问你好，也问新娘子钟桂好（写到这里，我又想起新娘子结婚那一幕，俊才老师证的婚，恍然如昨。我的冤狱，已告诉俊才老师，他有电话给我，说注意此事，顺便告诉你）。

李 敖

1981年8月4日

施启扬收到信后，曾打电话给李敖的女友刘会云，谈了他跟李敖的多年交情，并请她转告李敖，在他的权责范围内，一定会对李敖有所照顾。但李敖在回忆中说："事实上，他为了避嫌，我看不出他对我有何照顾。"

1981年11月23日早晨，李敖在土城看守所篮球场运动的时候，一狱警匆匆忙忙跑来，对李敖说："所长紧急通知，'法务部'次长到所里来了，想见见李先生。"李敖说："可是，我不想见他啊！"狱警以为听错了，说："是'法务部'次长啊，你也不见？"李敖点头说："对！"狱警大惑不解，无奈而去。消息传开，许多人都称奇，说李敖架子可真大。那天，施启扬是陪"监察委员"来视察，顺便想见见李敖，但没想到吃了李敖的大架子而返。

1982年2月10日，李敖出狱。出狱后的当天，他便召开记者招待会，揭发土城看守所的黑幕，揭露国民党司法的黑暗，并且发表他在出狱前就已写好的长达三万余字的文章《监狱学土城？——第二次政治犯坐牢记："天下没有白坐的黑牢"》。这篇文章以大量证据揭露了国民党土城监狱中的黑暗现象，比如狱中人满为患、狱吏虐待囚犯、窃取囚犯私信、让囚犯代办公务、私自放人、刑讯逼供、索贿受贿、凌虐犯人、滥用械具、垄断专卖、强索探监人财物、轮奸囚犯家属、故意刁难人犯、克扣囚犯伙食等等，给监狱中的种种黑幕来了个大曝光，以此回击官方对自己的迫害，证明李敖是打不垮的，"虽千万人，吾往矣"。

此文发表不久，就有李敖的书通过黑市流入土城监狱，龟山监狱亦有犯人捎话李敖，希望他为他们打抱不平。2月27日，花莲看守所发生喧闹事件。由17名犯人闹起，警察局派武警前往弹压，才告平定。3月8日，新竹少年监狱又发生暴动事件，1476名人犯全体出动，监狱急调镇暴部队（三个中队）及新竹警方各分局人员弹压，才告平定，暴动长达24个小时，监狱设备几乎全毁。"法务部"监所司副司长王济中公开发表谈话，说作家李敖出狱写文章，引起社会大众注目，给了少年受刑人心理上的后盾，认为闹得愈大，愈能得到社会大众的支持与同情。所以，李敖难辞其咎。"行政院长"孙运璇在院会里对

◆ 李元簇

狱政表示疑虑，李元簇亦对李敖"点名批判"。但一些议员出于选票及其他目的，却拿李敖所揭露的事实对官方不断提出质询，党外人士更不放过这一与执政党掣肘机会。在满城风雨中，施启扬最初保持沉默，后来亦加入"法务部"批判李敖的阵营，他说："李敖所写，讯息多是间接得自传闻，并不可靠。"李敖立刻撰文反驳，说："这位'法务部'次长连监狱押房都不敢实际去看，他得到的讯息，又直接到哪儿呢？他比我还间接啊！"

虽然在官方媒体，李敖的文章遭到轮番轰炸，但终于导致了"法务部长"李元簇的下台，施启扬反倒成了受益人——升任"法务部长"。

在李敖眼中，施启扬的本质是"十足的官僚，胆小怕事，但求做官，其他推托"，实在不足道也。在他"法务部长"任内，李敖曾写过几封信指责司法与狱政黑暗，不但寄给他，并且一一公开发表。施启扬除了请老同学程国强回过李敖一次电话外，再也没有回音。于是，李敖在1984年10月6日的公开信里写道：

启扬老兄：

我在周清玉发行的《关怀》第35期上，写了一篇《你有郑文良，我有赖文良——给施启扬的公开信》，已于10月5日上市，我盼你找来一读，如果你老兄还重视舆论的话。

我这篇文章是应周清玉主持的"监牢暴行与监狱人权"座谈会而作，因我概不参加任何集会，故以书面代之。在我文章后面有座谈会摘要，中有刘峰松的谈话，（略）启扬老兄，你看了上面刘峰松这些谈话，你到底作何感想？如果是做官，当然你可以一切视而不见、一切掩耳盗铃、一切说我们是"幻想"；但是，如果是做人、做有良知有血性的知识分子，你恐怕就无法这样拖下去，你怎能把所学和所用变成两截、把你精湛的法学只当成谋干禄的工具而不当成救世的良方？所学和所用绝不能变成两截的，如果变成两截，那就真的"读圣贤书，所学何事"了！

也许我要求你改善积弊已深的狱政，是一种苛求；但我要求你面对积弊而不掩饰它，应不算苛求。你如果没有力量去改善，我们不全怪你；但你没有勇气去承认、去面对、去辞职、去不做这同流合污的官吏，我们就要怪你了。你是我的老同学，又是我爸爸的学生，我实在忍不住要再写信正告你。请你回我一信，明确表明态度，不要再托国强转话来，如果你老兄眼里还有老同学的话。

李 敖

1984年10月6日

但是，此时的施启扬已经不是二十年前的施启扬了，他已完全成为"官场中人"，走上了一条与李敖完全不同的为官之路，两人从此再也没有来往。

十一 结识孙立人的参谋

李敖在台湾大学读书时，他的同学陈良槩经常跑到新店安坑监狱去探监，他后来得知，监狱里关着的，是他的哥哥陈良埙。

陈良埙，1922年生，黄埔军校第18期学员，毕业后分发到郑洞国、孙立人的中国驻印军陆军新编第一军军部作战科，管理战报事物，后跟随孙立人做随从参谋。

◆ 陈良埙

孙立人在抗日战争和国共战争中表现突出，有"中国军神"、"丛林之狐"、"东方隆美尔"之称。他到台湾后，被授予陆军二级上将，先任陆军总司令，后任"总统府"参军长。由于他对时任"国防部"总政治作战部主任的蒋经国以政工制度破坏现代军事体制有不满之意，遂遭情治单位调查，并称他与美国有不正常联系。1955年5月28日蒋介石召见孙立人，当着他的面说："你打仗不行。"6月，台湾当局便以他与其部属少校郭廷亮预谋发动兵变为由，对其实施看管侦讯。8月20日，孙立人"兵变"事件公开化。当天，政府以"纵容"部属武装叛乱、"窝藏共匪"、"密谋犯上"等罪名，革除了他的"总统府"参军长职务，不久，他

◆ 孙立人

被判处"长期拘禁"，其亲信部属一一被调离军职查办，前后有300多人因与本案有牵连而被捕入狱，作为随从参谋的陈良埙自然亦在劫难逃。

据说当年孙将军在位时，坐火车去巡视，连早餐都由陈良埙亲手做出，可见两人关系之深。李敖对孙立人心怀好感，连带着，对这位同学的哥哥亦充满了同情和敬意。但他没有想到，三十年后，他与这位孙参谋竟有了一段难忘的交情。

时间是20世纪80年代后期，李敖住在台北敦化南路一座大厦内，他注意到隔壁大厦里，有一家烟草代理商的董事长，经常从他门前走过。此公脊梁笔挺、缓步前进，头上永远是刚理过发的模样，身上穿着极为考究。冬天是黄色呢大衣，夏天是半筒袜短裤，脚上皮鞋永远是亮亮的。他一边走，嘴上叼着的烟斗还一边冒着烟雾，举止形貌，活像一位英国绅士。但那索寞的神情，却又使人产生谜一样的神秘感。

李敖对此公十分好奇，某日经人指点方才恍然大悟，他就是陈良埙。

一个偶然的机会，两人相识了。陈良埙说："我早就知道李先生就在隔壁，但你太大了，大得就像你楼下停着的那部凯迪拉克轿车。所以，未敢造次前来拜访。"

两人成为朋友之后，在川菜餐厅等场所，曾有多次聊天。在李敖印象中，陈良埙说话极慢，点菜过奢却吃得极少，表情永远是眼睛笑成一条缝，开每一位餐厅小姐的玩笑。一次，李敖与好友江述凡一起吃饭，陈亦在场。江述凡说话本来就慢吞吞，但看到陈良埙说得更慢，居然急得沉不住气，鼓着胖嘟嘟的脸抗议道："陈先生，你话说得太慢了，我等不及啦，该我说啦！"李敖在旁大笑。陈良埙也笑，他丝毫不以为忤。

据说有一次，陈良埙买过一个玩具大便，丢在朋友家中，故意作弄朋友，其顽童性格，由此可见一斑。

那时，李敖为孙立人案做历史平反，先后编了《孙立人研究》《孙案研究》等书，曾请著名作家曾心仪访问陈良埙，曾心仪回来说："这个良埙，讲话不着边际，遮遮掩掩，使人弄不清楚真相。"他的这种玩世态度使他的同案受难者亦不无微词。李敖曾当面对他打趣说："是不是你被抓后受不了威胁利诱，出卖了孙立人？怎么大家都不谅解你？"陈良埙听后，笑而不答。数年后，他心血来潮，突然给李敖写了一封信，并故意将李敖写成"李傲"，而且盼"老弟有以教我"，信中附有他于1990年3月写给调查孙案的三个"监察委员"的信，信中说：

余俊贤陶百川王枕华知悉：有关孙立人将军事件，由于汝等不明五权宪法之精神，未能做适当之处理，致仍有数十人蒙难入狱，且有屈死狱中者。观汝等之调查报告书，余等曾专函质疑，迄今经年，杳无音信。汝等居庙堂之上，乏大臣气节，可谓无耻；处重要案件，听命于权贵，是亦伤廉；任冤案形成，不依法纠正，诚属不义；对质疑信件而置不作答，乃不知礼。礼义廉耻俱丧，何以为人？厚颜偷生、贻羞万世子孙事尚小，对后世历史无法交代则罪大矣！"监察院"之形象被汝等败坏无余，汝等有以说明否？陈良埙字。

作者玩世之态，跃然纸上。

某日，陈良埙见到李敖，取出一张照片给他看，照片中孙立人昂首在前，他阔步在后，两人都足蹬马靴，其威风凛凛之态毕现。李敖说："看你一副将军模样、上将模样，为何只干到一名中校？"陈良埙笑着说："中校还是坐牢后派令才到的呐！坐牢后还升一级，也要知足啊！"其洒脱之态，令李敖肃然。

一位孙案受难者对李敖说："陈良埙当年只是少校，但外号'副司令'。"可见他的"炙手可热"与"权倾一时"。李敖认为，孙将军是何等精明干练之人，陈良埙能够"伴虎如伴君"，得孙将军信任，一生以之、九死无悔，若非双方皆有过人的条件，安能如此开场与收场？

在编撰为孙案平反的系列书籍之后，由于事务繁杂，两人见面日少，直至陈良埙七十四岁时因肺癌去世。但在李敖眼中，陈良埙虽然一生只做了一件事，就是做孙立人将军的随从参谋，然后坐牢，再没任过任何职务，但他"能力过人、才气过人、资质过人、智勇过人"，因孙案被嫉被诬，于中校而绝，于烟草商人的事务中了却后半生，实乃人间最大的不公平。中国古诗云："何世无奇才，遗之在草泽。"从草泽四望，天苍野茫，李敖看到的不仅是陈良埙的悲剧、孙立人的悲剧，也是孙案受难者和中国人民的共同悲剧。

_十二 宋希濂将军的自传

早在1985年，中国文史出版社曾经出版过一部回忆录，书名叫《鹰犬将军》，作者是国民党著名将领宋希濂。很少有人知道，这部书的问世与李敖有着一种神秘的关系。

宋希濂，字荫国，1907年生，湖南省湘乡县（今双峰县）杏子铺溪口村人。1924年考入黄埔军校第一期学习，学校期间曾加入中国共产党，中山舰事件后与共产党脱离关系。1926年随蒋介石参加北伐。曾任七十一军军长、第十一集团军总司令、新疆警备总司令、华中剿匪副总司令兼第十四兵团司令等职。1949年12月在川康边境沙坪被人民解放军俘虏，后作为战犯接受改造。1959年12月大赦。1980年宋赴美探亲，后定居美国。1993年2月13日，因患严重肾衰竭在纽约逝世，享年86岁。

宋希濂一生中最值得骄傲的业绩主要

◆ 宋希濂

有三个：一是1937年的"八·一三"淞沪抗战，他以"誓死保卫祖国"的壮志，率部一举攻入汇山码头，迫敌败退回舰，战威轰动全国；二是1938年率军与日军对抗于大别山脉，在富金山、沙窝雨战役中重创日军，毙敌4506人，伤敌17380人，国民革命军最高统帅部通电全军赞扬，并获华胄荣誉奖章和奖状；三是1944年5月，为策应远征军与驻印军反攻，率部冒蛮烟瘴雨进围龙陵，先后攻下滇缅边境被日军盘踞经营已久的平戛、龙陵、芒市各强固据点，歼敌逾万。国共内战中担任华中"剿共"副总司令，兼第十四兵团司令官。1949年12月19日，在大渡河沙坪被解放军包围并活捉，关押于北京功德林监狱。1959年12月4日，特赦。后派任全国政协文史资料委员会委员，并先后担任第四届全国政协委员，第五、六、七届全国政协常务委员等职。1980年，宋希濂赴美探亲，后定居美国，并于1982年8月29日在纽约创立"中国和平统一促进会"，任总顾问。1984年2月28日又在华盛顿发起建立"黄埔同学会"，任副会长。1988年4月当选全国政协（主席李先念）祖国统一联谊委员会委员。在垂暮之年，他广交朋友，为祖国的和平统一大业做了大量有益的工作。但他的行为也遭到部分亲国民党报纸文章的攻击，称之为"中共鹰犬"。于是，他将自己的生平回忆，集成一书，书名就叫《鹰犬将军》。

在宋希濂将军为自己的回忆录写的"前言"中，有一段话提到了李敖，文中说：

> 1980年我到了美国，会见了不少老朋友，结识了许多新朋友，虽已是垂暮之年，总乐意和大家谈论祖国的统一和加速祖国四个现代化。当过美国国务卿的基辛格曾说过："中国将是21世纪世界上最强大的国家。"美籍华裔学者现任旧金山大学校长吴家玮先生根

据这句话加以引申说，这应该是香港、台湾与大陆统一后的中国。他希望旅美华人应该群策群力，促进祖国的统一和现代化。我十分赞赏和同意这种意见。我认为凡属承认自己是炎黄子孙的每一个中国人，都应为这个伟大目标而努力！但也有已经完全丧失了国家民族意识的极少数民族败类，指责我是充当中共的鹰犬，台湾一位著名的政论家李敖先生为此写了一篇《鹰犬将军》（见附录），纽约的《北美日报》转载此文时加了编者按语，其中说："宋希濂将军

◆ 宋希濂回忆自己的生平，集成一书《鹰犬将军》。

在垂暮之年，身在美国，远离国共两党，但因屡屡出面呼吁祖国统一大业而为人争议。这里被争议的焦点是宋将军应该效忠于自己的国家民族，还是应该效忠于政党，甚至效忠于领袖个人？显然宋将军选择的是前者。这对仍然受着几千年封建意识影响的人来说，是很难理解的。"我的思想和少年时代一样，那里是救亡图存，现在是祖国的统一和祖国的富强。《北美日报》编者的这几句按语，可说是我这位行将八十高龄的人一生的总结。我十分感谢这位素无一面之缘的李敖先生为我所写的《鹰犬将军》，并决定用这篇大作作为他的书名。

从上述文字可以看到，宋希濂将军的书名源于李敖的一篇文章。该文写于1984年，当年的4月4日台湾"中央日报"登出一则消息，标题说："宋希濂等甘为中共鹰犬 香港侨团联合声讨 呼吁侨胞团结自强"，李敖看到后大感不平。两个月后，6月7日清晨，他花了两个小时，写成《鹰犬将军》一文，其中指出：

国民党"中央日报"骂宋希濂"黄埔败类"、"甘为中共鹰犬"，但我们遍查宋希濂的记录，却满篇都是"黄埔之光"、"甘为中国（国民党）鹰犬"，他在四十三岁以前的青春，都在为国民党做鹰做犬、做忠鹰忠犬，出生入死、肝脑涂地；他五十三岁以前的生命，又在为曾做鹰犬而付代价，陷身大狱、劳改终年。为什么他在五十三岁出狱后开始转向？开始"此度见花枝，白头誓不归"，为什么？宋希濂到了美国，已不在大陆，不在中共的控制之下，他为什么不"投奔自由"？为什么不颐养天年，少说几句？为什么要甘为鹰犬成性，一而已矣，继之以再？甘为老K鹰犬之未足，又甘为中共鹰犬？这是为什么？……（编者略）看来看去，只有伟大的国民党能够提出真的答案了。可是国民党只有伟大，没有答案，抹杀老鹰老犬，培养新鹰小犬，就是国民党的答案；国民党是绝不反省自己的，国民党是永不认错的，这一切过失都怪到人家头上，就是国民党的答案。

该文发表于6月15日出版的"千秋评论丛书"第三十三期上，由于当时李敖的书几乎期期被禁，不能合法出版，故少有人知。但不知何人竟把它偷偷带

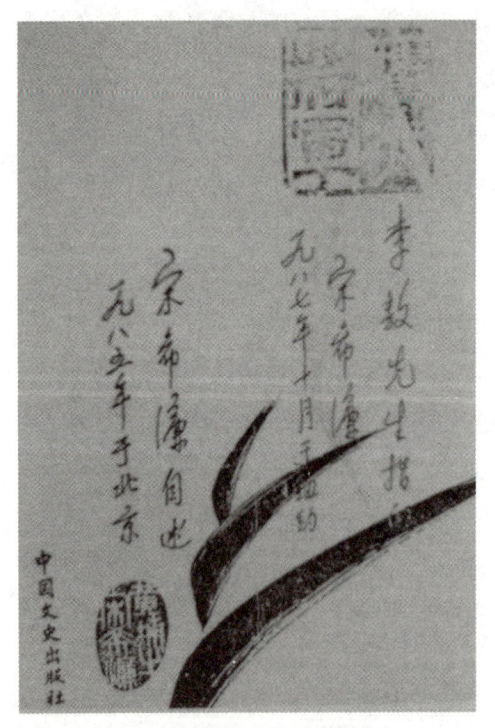

到了美国，在9月3日、5日的《北美日报》上转载，结果让居住美国的宋希濂将军看到了，于是，也成就了他正待出版的自传的书名。

《鹰犬将军》在大陆出版后，1987年10月，宋希濂将军亲自签题"李敖先生指正"一册，托人送与李敖。感于宋将军的好意，李敖有了将该书在台湾出版的构想，于是于次年7月28日写信给宋希濂将军，信中说：

◆ 宋希濂将军亲自签题"李敖先生指正"一册，托人送与李敖。

　　"希濂先生：承赠大作《鹰犬将军》，早由傅朝枢先生转到，极为感谢。大作定名，且以我的那篇文字遥应，益感先生盛德。隔海隔世，却能结书缘如此，想来令人欣庆。" "年来成立出版社，刊'真相丛书'，已出《蒋介石研究》等十余种，虽为官方党方忌恨，然九死无悔，发愿要揭发真相，不容彼辈欺苍生而误后世。《鹰犬将军》在海外风行，憾未能在台湾出版（台湾有一盗印本，排成杂志尺寸，且多删节），我打算不计困难与折损（官方党方捣乱，困难与折损不可胜计，我的著作，被禁已达百册之多），出一台湾版，专此征求先生的同意。因此书在市场销售上必遭困扰，无利可图，先生与我，也均不志在为利，故拟采赠作者书三百本方式，折抵稿酬，聊表敬意。如荷先生俞允，希望先生：一、能为台湾版写一新序。二、能有增订之文，盼能一并刊入。三、惠借照片，俾便制版。台湾版拟用铜版纸制作封面及图片，品质当远胜大陆版，非敢以骄大陆版也，求小异以成大同，复结书缘于两岸耳！" "如蒙惠示，请寄舍下——'台北市敦化南路496号金兰大厦12楼'，务必寄挂号，以防意外。" "台湾地小人狭，殊少河山之趣，亦乏游兴。昨天因控台中市政府之便（台中市政府警总非法在家母住所抄家扣书），转道来南投县溪头森林一游。半夜在国民旅舍774室读书写作，特奉书先生。此时万籁俱寂，静中密筹'通书'之策于三通之外，快何如之！顺请大安。李敖。1988年7月28日。"

　　李敖的这封出版邀请引起宋希濂将军的极大兴趣，于是他在37天之后的9月5日回信给李敖，信中说：

李敖先生：

　　奉诵惠书，深感欣幸！仆来美九年，常向友人道及阁下才华过人，文采风流，尤以风骨傲然，虽以文字罪系狱数次，仍然不为利诱、不为势屈，良可敬佩。数年来得读大作多篇，言之有物、言之成理，击节赏叹，惊为旷世奇才。我曾和江南、大风等谈及足下作品之可贵，在于有根有据、逻辑性强、无懈可击。仆虽不学，但对是非曲直，尚能略断一二，足下尚在壮年，幸愿好自为之，天下有道，必将脱颖而出；天下无道，亦必流芳百世。……六七年前，在大陆任何企业都是国有化，印发《鹰犬将军》一书的文史出版社亦不例外，发行时负责人对我说版权各一半，我将大函和大风研究过，以征求他们同意为妥。已于数日前发出，估计无问题，因印发台湾版只是为了扩大影响，非为图利，但恐获复尚需时日耳！

当年10月27日，宋希濂又托美中民艺学会的李蓝女士带信给李敖，并详谈出版事宜，商谈中，李敖表示，考虑到出版中可能会遇到的麻烦，此书所印册数不会太多，本着"旨在扩大影响，非为图利"的原则，对原著不删不改，"我敢印，对内容的'反动词句'我就全部敢负责，我不怕国民党找我麻烦。去法院吗？我去过两百多次了；坐牢吗？我可坐多了。"

其实，至于版权问题，李敖心里明白，在当时的情况下，如果大陆出版方谈不通，即使没有宋的授权，该书也照样可以出，但他希望宋将军能多提供一些资料，以便使新版本更有特色，因此，为了不使宋将军为难，他尽量等待宋将军处关于大陆出版社方面的回音。关于这方面的意思，他在一次与居住美国的大风谈了，大风亦将李敖的心意转告了宋将军。1989年2月7日，宋将军给李敖写信如下：

李敖先生：

　　祝您新春快乐！在新的一年里，万事胜意。李蓝返纽约后详述与你会谈经过，深以为慰。正拟具体进行时，文史出版社突来信提出两点：一、版权不能转让。二、出版后要送给他们三百本。我得信后深为愤怒和厌恶，故暂搁置。日前大风兄转告尊意，深感足下雅量。我曾去信文史出版社痛斥他们的无理。如出版能实现，将来最多给他们三十本就行了。由于台湾统治集团中仍有一部分人对大陆敌对意识未减，故拙著稍迟出版，可能亦是一件好事。总之，我即照尊意搜集一些照片及几年来发表过的一些谇论，陆续挂号寄来。至于序言，李蓝意最好就请大笔一挥，不超过一千字即可，未知能荷同意否？

　　专此奉告。

　　敬祝健康！

宋希濂
2月7日（正月初二）

　　这封信后三个多星期，宋希濂将军即给李敖寄来15份资料，并在信中说"将来拙著付印时，哪些可以采用，取舍由您核定。照片正搜集中，不久当可寄来"。3月30日，李敖复信如下：

希濂先生：

去年9月5日信收到后，旋由李蓝小姐携10月7日信来，面商出书诸事，想蒙转达。后以彼方中变，我向大风先生提出变通办法，先生亦觉可行，甚感先生与我皆能就大处着眼，成此佳话。今年2月7日先生惠后，3月3日寄来各件均收到，一俟先生寄下照片等，即可发排，并悉遵尊意处理（中国文史出版社在照片处理上太模糊，无法翻制，故必另找原照及其他照片，以光新版也）。……《鹰犬将军》出台版后，如有可能，我想把汪东林的《宋希濂今昔录》等亦予新版，该书前面的照片原版，亦盼先生代为留意。"《鹰犬将军》以外，先生平生其他零碎见闻，一定还有不少，极盼能以拾遗方式，一条条写出。例如先生所知蒋的种种，当不止于尊著中所忆数点，如能以札记体裁，随意写出，其珍贵有趣，自不待言也。……海外及故国山水之胜，当遵先生之嘱，有机会当往一游。目前为大量工作所困，恐动弹不得。每想及先生以八十康强，尚遨游于祖国山水之间，真令人歆羡也。

即请大安。

李敖

1989年3月30日

这时，宋希濂已赴大陆，等读到李敖的来信并回复时，已是当年的11月11日，宋的回信如下：

李敖先生：

首先我对您致以深切的歉意。由于健康欠佳、心情不怡，7月初从大陆回纽约后，一直拖延了三个月才写信给您。

一、我在北京和文史出版社负责人几次商讨，最后才说服他们，不争版权，只要不修改原书的主要内容即可。他们提出不管你印多少册，要送给他们三百本，我说估计最多印五千册，要三百本是太多了，以不超过一百本和对方商谈，最后他们同意了。

二、我这本自传于1986年冬开始发售，二万五千册到1987年就售完了，去年我到云南、四川，今年到长沙，还有不少来纽约的故旧，向我索书，无以应命……我的自传发售得这样快，主要是除亲朋故旧外，有不少做史料工作者和喜爱研究历史的青年，都希望了解一些实际情况。所以，如果文史出版社再印两万册在大陆发行也会有销路……（编者略）尊处如印五千册，估计在台售出三千册，在香港可售一千册，在美加等地可售一千册。请您审势决定。

三、有几位好友对我说：书名题为《鹰犬将军》，未免太自贬了，不如自传为好。这当然是好意……（编者略）

四、寄来照片十八张，有十一张是我在抗战期间（包括一·二八淞沪抗战）获得的，还有一些奖章和纪念章就从略。另有青天白日最高勋章在1949年战场中遗失了。附来的是从张达钧《四十年动乱新疆》一书中剪下来的，我希望印在第一张之后，其余的由您安排。

您上次来信嘱我就过去和蒋介石见面多次，谈话内容回忆记述，我在当团长以前，见蒋次数不多，三言两语就完了。我之所以被蒋"器重"，是在"一·二八"淞沪抗战强渡蕴藻浜击敌侧背、解庙行之危的那一战役。以后见面有些关键性的谈话，在书中基本上写了。俟回忆另有所得时再告。

敬礼撰安。

宋希濂 敬启

此时，李敖出版社已成立一年有余，并顺利出版了沈醉的《军统内幕》一书。沈醉作为国民党老将中的觉悟者，早在1984年就托李敖的朋友许以祺送书给他，并赠诗曰："天生此怪杰，可惜在台湾。"沈醉在给许以祺的信中说：

这位朋友除了他的学识渊博使我敬佩外，而他一身傲骨，更使人无限崇拜，在此世风日下之时，有这样敢顶逆流而上的人实不多见，台湾有统一之日，我首先要见的不是我几十个亲人，而是这位使我最崇拜的人。

为了"张正义而昭来者"，李敖对沈醉的《军统内幕》亲加配图，加以出版。现在宋希濂的著作又正式列入他的出版计划。

1990年4月，《鹰犬将军》（台版）一书终于在台湾与读者见面，该书除纠正了大陆版本的一些错字外，对其中一些数字、地名、人名、中英文译名等史料上的出入也进行了严格的校对和补正，全书以铜版彩色配图，且新增附录十篇，无论从内容还是到装帧都焕然一新，是大陆版难以比拟的。

从以上李敖与宋希濂的通信记录可以看到，台版《鹰犬将军》的出版是李敖与作者经过十分漫长曲折的商谈过程之后才得以完成的。李敖以一个历史家的眼光，在资料的更新与增补上做出了很大的努力。更为重要的是，通过该书的出版，李敖试图展现的是这位将军对祖国的挚爱真情。在李敖眼中，宋希濂将军"在抗日方面的功勋之烈、志事之苦，本来已是一个完美的、不朽的句点"，但他对中国命运的关注，对海峡两岸生离死别的忧患，更让人感念。在宋希濂寄给李敖的文件中，有七十八岁和八十二岁两段文字最令李敖"动容"，他写道：

我今年七十八岁了。自1924年黄埔军校毕业后即服役军中，一直到1949年底止，在这二十六年中，没有一年不打仗；我也几乎是无役不从，曾受伤过三次。我这一生，确曾身经百战。我对于中华民族这一百多年来所遭受的无比苦难和产生的巨大变化，是亲身经历和耳闻目睹的，是这个时代的历史见证人。我深深地理解到战争带给人民的悲惨苦痛。因此，我对于大陆和台湾之间的争端，一直主张和平统一。我坚决反对祖国的分裂，也坚决反对内战。来美四年，在子女们的关怀下，享天伦之乐以终余年，无心过问国事。但由于我是一个国民党的老兵，常常有人来问我的意见或者邀我参加某些座谈会，我总是以反对分裂、反对内战、希望和平统一、希望国家建设得日益强大，作为发言重点，完全是出于一片爱国热忱。但有些人听不进去，诬蔑我是在为中共搞统战。

几年来台湾统治集团坚拒和谈，并高唱"反攻复国""以三民主义统一中国"等高调，但自己并没有实力进行反攻，妄想大陆人民起来推翻中共的统治也只是一种幻梦。长此拖延下去，最后势必导致战争，这是人们的常识，也是事物发展的规律。如果局势发展到要打仗，不论双方胜负如何，可以断言，牺牲最多的必然是台湾同胞，损失最大的必然是台湾这块地方。……我已经八十二岁了。……我认为，四十年的分裂局面是人为的，人为的东西都是可以改变的。分裂的原因我们先不要去管，应该着手的是努力结束分裂的局面。邓公小平提出了"一国两制"，做出了大设计；经国先生生前开放了去台同胞回大陆探亲，为两岸人民做了好事；登辉先生继任，声明继续开放政策不变，受到了广泛好评。如果不只开放探亲，而且也可以开放通商，来往的人多了，经济互惠了，这统一便完成了一半，然后在"一国两制"的前提下进行和平竞赛，振兴民族，造福同胞。凡是为了这个目标做出贡献的人，定将在中国历史上留下大书特书的一页。

李敖对此高度赞赏，他说，宋希濂将军"以大好青春为祖国效命，以出生入死为祖国献身，以垂老叮咛为祖国招手。牧野鹰扬于上，鸡鸣犬吠于下，他以一生的辛勤血泪，在在向我们呈现他在为国家民族做了鹰犬。做鹰犬也有不同的境界，他为自己和我们，提升了这一境界。我们怀念宋希濂、怀念宋希濂、怀念这位令人敬重的'鹰犬将军'！"

_十三 和刘辰旦的"大字报"

大约在2002年，台湾"国立科学工艺博物馆"登出过一个特展广告，题目为："刘辰旦书画暨文房清玩收藏展"。内容如下：

特展简介：

自11月8日至12月11日于北馆一楼左侧廊道与二楼咖啡艺廊展出"刘辰旦书画暨文房清玩收藏展"，刘辰旦曾是台南市橄榄球宿将也是高空跳伞高手，曾经从万余尺高空带相机腾空跃飞，在不张伞之情况下，自由滑翔，边取镜头，曾获国际摄影比赛等多项奖牌，也举办多次摄影展，名噪一时。

特展说明：

六十年代，正是白色恐怖大兴时期，当时刘辰旦被怀疑与接二连三发生的爆炸案有关，因此一批台大弟子陆续被捕入狱，从此陷入暗无天日的刑求，后因卡特选举主轴为"人权外交"，国际人权组织多方营救才顺利出狱，此时已是五年八个月之后的黄昏时刻。在这漫长的岁月中，为消磨时间，他以牢房为工作室，以厕所门板为桌面，每日三到六小时醉心于书画意境中，借此为消杀百般寥苦的狱中生涯；无心插柳竟成荫，这项"工作"随着他出狱竟也变成一种习惯，回首迄今也伴他大半辈子了。刘之所以号称六大山人，是因为他长住六号牢房，牢房中只有上下、左右、前后六片天地，在这天地中唯他最大，因自号六大山人。

刘之书法功力，苍劲古拙，碑味颇重，然有帖派之飘逸出尘，书体有其个人笔触之魅力，是难得的书法家。其水墨画有山水、逸笔花鸟、人物、禅画等。书法则大小作品皆备，有笔落惊风雨之慨；书画作品碑帖并兼，有大风堂之气势，曾获一代大师张大千先生之赞赏鼓励，奠其书法之导向。绘画方面，则善以笔简意赅来表达意象，尤以纯水墨画有其独到之处，颇有禅味，受八大山人、大丁影响甚深。刘辰旦的水墨观念在牢中受到中西画法的冲击，中西合璧，激荡出现今独树一格的画风。他的西画作品无师自通，用色鲜明大胆，不拘泥于形式画风，强调自在随兴，不墨守成规，与一般通俗画作相比之下，更显其脱俗不凡。曾先后于国内外举办过个展六次。

目前是凌克港湾股份有限公司董事长——刘辰旦表示，书画与收藏纯粹是个人嗜好，本身并非职业画家，书法与画画都是当年牢房岁月中所积累的兴趣，此次开画展主要是要将自己的心路历程与社会大众分享；他经历过恐惧、濒临崩溃，也走过死亡边缘，在暗无天日、遥遥无期的牢狱生涯中如何沉住气、明心见性，借由己例与杰出画作的证明，勉励世人在穷途末路之时，能够不自甘堕落、自我放逐，在最黑暗的时期反而能够激荡出最弥足珍贵的成就。

这次展出内容，除多幅刘昔日未曾发表过之中西画作外，特别邀约将往昔点滴珍藏的文房清玩，如笔、墨、砚、文镇、笔山、注水、水洗、笔筒、笔搁等等展出，其中更难得展出市价约200万的鸡血石印刻章16只，十分难得。更具看头的是，刘提供当年被捕入狱、狱中无供纸的情况下，拿"毛边纸"（以前厕所的卫生纸）来作画的真迹；还有还有，想知道在当初戒备森严的白色恐怖时期，刘辰旦怎么将"判决书"偷偷携带出来的吗？在十一月立冬之时，来"国立"科学工艺博物馆，一同来感受这位大师的功力及风采。

人们也许不知道，这位奇特的书画家刘辰旦，在常人难以忍受的黑牢苦难中能坚强地挺过来，与一位铁窗难友有着密切关系，这位难友就是李敖。李敖与刘辰旦因政治的吊诡而坐牢，而相遇，而相知，又因相互的关怀与帮助而走出了失望与痛苦的阴影，各自谱写出一段非凡的人生乐章。这里面有一段罕为人知的牢中真情故事。

1970年和1971年，台湾连续发生两起针对美国的爆炸案，震惊海内外。警方最后擒得同案嫌疑犯八人，李敖算一个，此外，分别是谢聪敏（彰化人）、魏廷朝（桃园人）、李政一（台南人）、刘辰旦（台南人）、吴忠信（台南人）、郭荣文（台南人）、詹重雄（台北市人）。这七个人，除谢聪敏、魏廷朝是李敖的老同学外，其他人李敖均不认识。直到1972年2月29日，第一次秘密审判开庭时，李敖才第一次见到他们。

显然，这是一起冤案。

在同案犯中，有一个戴黑边眼镜的男子，长得虎背熊腰，结实无比，他就是刘辰旦。

在牢里，李敖与刘辰旦被分押在楼下，属同一走道。李敖先住2房、后转11房、再转8房，刘辰旦先住13房、后转12房、再转6房。因为都住在同一走道两旁，虽然隔离关押，也偶尔见面，两人从此就熟悉了。在李敖住11房时，刘辰旦住6房，两房相对，从高窗可以隔道相望。李敖房中因为有书桌（用书物垫起的半截门板），他可以站在桌子上，很容易望到窗外。刘辰旦没书桌，但他身体好，可以门框垫脚，纵身一蹿，攀住高窗，也能望到窗外。于是，当一方发现走道上没有看守时，就会用暗号联络对方，从高窗通话。刘辰旦呼叫李敖的暗号是吹口哨，吹的是电影《坦克大决战》中的一段音乐，李敖呼叫他的暗号是唱英文歌，歌词是："Sister! Sister! Do you hear me?"这是他入狱前刚看过的电影《火雷破山海》中的一句。暗号接上后，为防看守发现，两人常以"大字报"形式交流。即把纸裁成长条，用毛笔写掌心大的字，自左向右横写，暗号过后，再一张张从窗口自左向右慢慢传送，颇似闹市区的霓虹灯广告。传看后马上撕碎，从马桶冲走，片纸不留。

一天中午，趁牢犯们都在酣睡时，两人又传起字条，此起彼落达两小时之久。李敖因有克难桌垫脚，并不显太累，而刘辰旦每传一次，都要飞跃上窗一次，再跳下换新的字条，故每次跳下，地板砰砰作响，累得呼哧呼哧，依然乐此不疲。

当李敖住8号房时，刘辰旦住6号房，同在一排，自然不能传"大字报"了，于是转为呼叫。有时候，刘辰旦将消息写在小纸条上，将字条封在生力麦袋内，佯作送面，请外役转给李敖。有时候，把字条藏在菜盆里，通过7号房的难友传过。李敖十分谨慎，怕被查出影响到狱方对自己的读书优待，故从未给对方传过字条。刘辰旦也不在乎，依然不断地向他传递信息。

冬天来了，刘辰旦得知李敖怕冷，特意请他姐姐买药送来，并传字条介绍

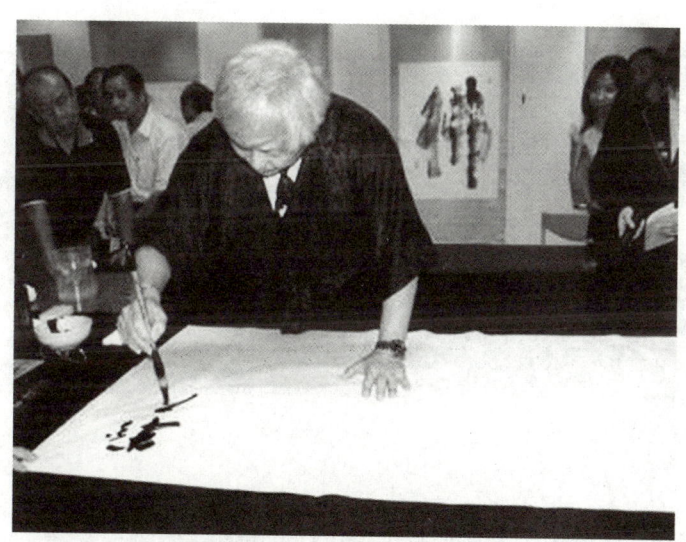

◆ 刘辰旦泼墨挥毫

◆ 刘辰旦和感情深厚的姐姐

◆ 刘辰旦的作品

各种御寒方法，比如用干毛巾浑身干擦生热等等。

1975年4月25日，李敖正在小房里独自看书，忽然看守送进一个生日蛋糕，原来是刘辰旦请姐姐特意为他买来的。这种体贴与细心，使李敖十分感动，他感到刘辰旦真够朋友。同时，他对刘辰旦的姐姐也充满了敬意，这位伟大的女性，在弟弟受难期间，她把本来打算买房子的退休金全都花在救弟弟上面了。

刘辰旦的爱好是书法和绘画，字学张大千，惟妙惟肖，每次将其作品传过来，李敖都大加赞赏。在刘辰旦过生日时，李敖特意送给他一本大画册，并在上面用毛笔题写了一首藏尾小诗：

生不逢辰，

坐以待旦，

日久天长，

河清人寿。

四句最后一字正好集成"辰旦长寿"字样，刘辰旦收到后，非常喜欢。

在与难友的交流中，李敖了解到，两起爆炸案均非刘辰旦等人所为，很可能是国民党官方借刀杀人制造出来的假案。刘辰旦曾对李敖说："季贵成（时任台北市武警大队少年队长）要我们担下来台南新闻处及台北美国商业银行爆炸案。他们说虽然明知这两件爆炸案不是李敖等八人干的，但是破不了案他们不能交差。所以季贵成出面刑求的目的，就是要求我们担下来，以免他们吃上'破不了案'的责任。"正因如此，在1975年复判前夜，李敖给军法处的"书面意见"中特意提到：

关于所谓爆炸案部分——虽然跟我无关，但我愿为李政一、刘辰旦、吴忠信、郭荣文、詹重雄五个小朋友做他们"人品的证人"，这就是说，我相信他们不是做这种事的人，他们的诬服，是被刑求的结果。我请求审判长先生给他们做无罪的判决（附带声明一点，在进这军法处大门以前，我跟他们并不认识，所以我的请求，可以说是客观的，值得审判长先生参考的）。

他不知道自己这段文字能否为那些无辜者改判减刑，但他在用一种独特的方式表达着对难友们冬阳般的善意。

李敖出狱后，与刘辰旦常有来往，刘辰旦对李敖的关怀亦一直不断。1987年5月9日，李敖为查扣禁书事控告高雄市政府，南下出庭，落脚在刘辰旦家中，李敖见到了一起因案受难的大嫂，也见到了刘辰旦的两个儿子。刘辰旦家的三楼，是一个画室，李敖在这里看到了刘辰旦琳琅满目的作品。刘辰旦说："7月25日到30日，我要在高雄市中正文化中心台湾文物陈列馆举办一次'刘辰旦书画展'。"李敖说："我要写一篇文章赞助你。"于是，返回台北后，他用六个小时时间写出了一篇万字长文：《刘辰旦——患难见真情的朋友》，寄给了远在高雄的难友。

1991年11月30日，刘辰旦从高雄来台北，两人畅谈两小时。谈话中，刘辰旦问："你为什么不去大陆看看？"

李敖笑着说："大陆能去看吗？—— 一路看台湾，我已经对台湾失望了，别再叫我对大陆失望吧！"

刘辰旦说："我在北京时，齐白石的儿子表示，不要老是说什么假画假画，说久了，你的真画也没人敢买了。"

李敖笑了，他认为这话倒别有意味。谈到当下的异议分子，刘辰旦说："我们过去冒险犯难反国民党，是玩真的。人家看我们，好像看马戏团空中飞人，飞来飞去，下面是没有安全网的。今天则不然，今天可安全多了。都是摔不死、没有危险性的空中飞人，谁又要看啊？"

李敖点头称是。

刘辰旦虽然早已改弦更张，走向从商和艺术之路，但李敖与他依然是无话不谈的好朋友。

十四 借力使力孙陵"下水"

孙陵，就是20世纪40年代文坛上出现的长篇小说《大风雪》的作者，早期"东北作家"队伍中重要的一员。早在国共合作时期，孙陵住在重庆。毛泽东、周恩来、王若飞特意去看望他，并邀请他"回哈尔滨工作"，但他却拒绝了。他跟上了蒋介石，并且受中央调查统计局局长叶秀峰之邀，加入了国民党。与叶单线联系，做起了"文学侍从之臣"。期间，他为国民党政府起草了"现阶段本党文艺工作诸问题刍拟"，拟具了"各项工作方针、实施步骤及具体办法"等文件，不久，随国民党逃台。他是"东北作家群"中唯一跟国民党逃到台湾的作家。

孙陵到台湾后，继续"以蹈海之决心，从事反共之呐喊"，撰写了著名的《保卫大台湾》歌词，配曲后经蒋介石选中而广泛流播。当时兼管国民党文艺活动与统战工作的张道藩在台湾《新生报》读者联谊会的演说中讲过一句话："台湾文艺界的反共风气，是孙陵先生提倡起来的。"足见孙陵这首歌词的意义。但孙陵性格单纯，不擅官场钻营之事，到60年代初，已闲散在家，穷困潦倒，耽于诗酒与回忆之中。

这时，李敖已经在《文星》发表了《老年人和棒子》《播种者胡适》《给谈中西文化的人看看病》等重要文章，成为家喻户晓的文化明星。但朝野的攻击也随之开始，李敖似乎感觉到了那张愈拉愈近的无形大网。他的女友王尚勤

◆ 孙陵

当时与孙陵之女孙婉是好朋友，常去孙家。一天，孙陵得知王尚勤与李敖的关系后，非常高兴，问她："李敖是个很了不起的年轻人，能不能带来一起吃饭啊？"王尚勤笑着答应了。李敖听说后，若有所思地说："也好，我正好有一事想请他帮忙呢。"于是，一段"借力使力"的"操作"就此开场。

　　1963年1月初，李敖应约来到孙家。他的到来对失意赋闲的孙陵无疑是一种精神安慰。两人相见，谈得十分投机。李敖将他看作老前辈，言谈之中充满了尊敬，这令孙陵十分高兴。之后，两人开始书信往来。4月15日，孙陵邀李敖喝红露酒，谈兴甚浓，孙陵说："弟为性情人，而兄为理智人，或可配合，相得益彰。"李敖说："很好，我回去想想再给您回话。"之后，李敖特意将自己保存的珍贵抗战资料《文艺工作》（孙陵编辑）相送，孙陵大喜，自然又是"盼与一醉，以消块垒"，并将自己出版的著作多种请文星书店代售，因为他"觉'文星'颇有生气也"。

1964年10月8日，李敖又与孙陵见面，并送他四罐奶粉，孙陵非常高兴，交谈中，他竟希望和李敖共办一个刊物，分手后，又在一日之中连来两信，其中写道：

> 现在确实需要一个真正的文艺刊物，我念念不忘，只是缺少资本。有十万元就可以起来。……最好如李翰祥的办法，由书店投资，我们负责交"货"。或由书店出版，我们当伙计，皆无不可。
>
> ……在"小方块群"中，你有学问、有思想、有干劲，确是"独步"。《浪子回头》《对好人播音》《从乡愁到大气派》《原子弹二十岁感言》《发财的真价值》……我极为欣赏，很是一位积极的人物。只是这样的人太少了。"三个臭皮匠"可以成事的，我的"雄怀大志"，你有何锦囊妙计相助？在文艺一方面，"舍我其谁"？
>
> 我的理想是先办一个刊物出来，再成立一个新的团体，办一个文艺专科学校，这些事不会赔钱。一般小人要挡也挡不住的。——只是要和"资本家"们合作才行。"土财主"和暴发户我都无来往，这是唯一缺少的条件。

此时的李敖，并未把孙陵看作理想的合作人。在他眼中，孙陵"忠良气短"，已是"过气"的"东北作家"了。孙的文章不脱30年代文人的通病，"除内容架构上的问题外，在文体上大都浮词和套语"，"最多绮丽用语"，让人想不到作者竟是位北方大汉。大汉子写文章故作小儿女之言，娘娘腔是也。所以，李敖认为凭孙陵的程度是难以引领时代的。孙陵的"理想"在李敖眼中也只是一种"空想"，是全无可行性的"空头抱负"，"他陷进国民党的框框里，已经既老且废了"。但他并未就此冷落孙陵，而是"废物利用"，打起了他的小说《大风雪》的主意。该书在大陆时期就已出版，但到台湾后却遭查禁。查禁理由荒谬无稽，经孙陵与官方反复交涉，才告解禁，但并未再版。李敖写信给孙陵鼓励他再版。孙陵听从了李敖的建议，并在新版《大风雪》书后增加了关于本书解禁的奋斗史料，受到李敖赞赏，称之为"中国禁书史上的好材料"。孙陵备受鼓舞，在1965年5月1日给李敖信中说：

> 当时的压力之大、方面之广，一言难尽。"他们"动员了我所有的朋友来"劝阻"我的反抗，实际是压迫我反抗，我真是孤军奋战。……
>
> 我的确是为了一个"原则"而奋斗，当然也反证了查禁机关的无知横暴。最后他们终于挑出一个"俄帝字汇"来，向中央和安全局提出正式报告，指那唯一的俄帝字汇是"爱新觉罗氏"。安全局和中四组的人，迄今引为笑谈，以如此无知之人，负如此重大责任，国家不亡，尚有天理么？可是，这些人是谁任用的？为何要用他们？他们不还是洋洋得意么？可叹可悲，无过于此！

李敖对资料有着高度的敏感，孙陵的小说一般般，但此信所揭示的那些"触目惊心"的查禁内幕却引起他的关注。于是他写信给孙陵，诱导他把这些

"查禁机关"的内幕一一抖出来，由《文星》发表，"以存一代信史"，孙陵接受了，他在5月14日的回信中说：

> 我最恨保安部的蛮横！（比张大帅厉害多了！）倘换别的作家，无弟历史和关系，岂不要吓都吓死了！可是，弟乃由爱国活动造成许多历史关系（想不到保护了我）。一位纯粹职业作家，不吓死也必搁笔，这损失岂非政府的和社会的？拿这种作风来反共复国，岂非痴人说梦？可是，那些人还受鼓励，未受制裁，我真想写一篇《向国民党中常委请教》的文章。

李敖正是看到了孙陵的这种特殊的遭遇和背景，才"出主意"让他把官方查禁出版品的黑暗写出来，自己负责发表。孙陵果然听从，很快把2700字的《关于〈大风雪〉解禁的一些感想》寄了过来。该文揭出许多《大风雪》被查禁中的详细内幕，查禁部门的"渎职违法，构辞诬陷"不言自明。同时作者还提出：

> 保安司令部为了查禁我的《大风雪》，前后制造了那许多罪状，不但没有一条是真实的，并且恰好与事实相反。《大风雪》这本书当然早已解禁了，并且现在又重新出版了！可是，保安司令部是政府机关，政府对于这样严重错误的失职人员，有无惩处？我遭受了那么严重的损失，对我这无故被害的作家，又有什么补偿？我觉得这实在不像一个真正重视文艺工作的政府对待文艺作家所应有的态度！更不像是对待一位矢志救国、著有成绩的作家所应有的态度！"总统"一再指示文艺工作的重要，政府机关应当实践"总

统"的指示，才能算是真正效忠领袖，只是敷衍故事，不能在工作
上实践，甚至枉法渎职，反道而行，如何能算效忠呢？而一个有效
率的政府，必须赏罚分明，功过分明，实事求是，不作调人。不然
的话，又如何能够激励士气？斗志昂扬？至于真正的文学艺术，当
然更无从谈起了！

　　李敖收到孙陵的文章后，与陆啸钊的《从〈心锁〉到〈林丝缎影集〉》、
李声庭的《〈妨碍风化〉与禁书》一起，配成一组"炮弹"，发表在《文星》
第92期（1965年6月1日）。这几篇文章分别从中外理论与实例，对禁书问题做
了一个"正本清源"的强打。尤其是孙陵这篇"捧着皇上打太监"的妙文，很
快引起国民党官方的注意。6月11日，国民党中央党部第四组主任谢然之写信
给"教育部长"张晓峰（国民党中常委兼中央总动员会议文化组召集人），言
"该书既经解禁有年，事情早已告一段落"，故建议将该书之附录"允宜删
除，以免外界对政府发生不良印象"。孙陵接到张晓峰转来的"建议"后不以
为然，只答应再版时撤销，但谢然之坚持要他立即"改装撤销"。孙陵十分恼
火，亲自给谢然之写信，说自己的作品系"爱国文学"，受到查禁纯系"保安
部少数职工弄权"，他们不足以代表政府。当时本拟召开记者会详加说明，为
"顾念大体，一再隐忍"，如今事过多年，将这段历史附录卷末，"以使各界
明了真相"，自己是受害之人，"有说明全部事实经过真相之绝对权利，亦有
义务为真正爱国文运有所贡献"。至于答应"再版时删除"，只是自己作为党
员"退十步想"的一种让步，并不表明自己是错的。如今让"即为删除，重新
装订"，对欠债甚多的作者而言，实难"旧债未清，又欠新债"，除非官方对
此必需费用"予以补助"。

谢然之当然不会同意给孙陵"补助"，只是继续纠缠。孙陵气愤难平，写信给李敖，言"谢然之出面，已扯了两个月，我想再写一篇《〈大风雪〉还要再查禁吗？》，大概要一万字左右，请你和某先生谈谈，可刊载否？"李敖感到又要有"窝里反"的好资料了，立刻回信表示："篇幅和刊登全无问题，尽管畅所欲言就是。"于是在1965年8月13日，孙陵的第二篇掀底文章《〈大风雪〉还要再查禁吗？》出炉。他亲自送到文星，并留言给李敖："于极忿中写成此稿"，要和官方的查禁行为"摊牌"。但就在该稿付排的前夜，孙陵这里有了变化，他显然受到了"不可知的压力"，如惊弓之鸟般要求"暂缓发表"。李敖为顾念他的处境，尊重了他的意见，但又不甘于让这篇奇文胎死腹中，便写信给孙陵，要他相信由自己"擅自处理为好"，孙陵答应了，并约李敖见面，表示自己的难处。李敖只好说："那就暂时不发表吧！"

孙陵的这篇文章在李敖手中尘封了18年。直到1983年，孙陵去世，"国民党"中央日报""登出了《悼念作家孙陵》的文章，并登载了"行政院长"孙运璇在"立法院"的讲话，言"政府对出版物的各项处分，也都订有救济的途径"，李敖认为全是胡扯，他想到了18年前与孙陵合作揭发"查禁机关"的往事，于是把封存18年的《〈大风雪〉还要再查禁吗？》大白于天下，"作为我个人为他独开的一次追悼会"。李敖在文章中说：

> 看了孙陵的报告，使我们一方面感慨于"写书一何苦，禁书一何蛮"！一方面感慨于"禁书一何易，解禁一何难"！看了千万禁书中，只此一册《大风雪》在大风雪中解冻，我们还能相信孙运璇"有救济的途径"的鬼话吗？书一遭禁，就是禁定了，我们不要自取其辱，我们还是赶写另一本吧！

_十五 朋友的"样板"陈彦增

李敖青年时代喜爱交友，应征入伍时，有数十位同学前来相送，用"好友如云"来形容一点也不为过。但随着岁月的流逝和人世的沧桑，昔日的朋友大都各奔东西，或疏远、或绝交、或反目、或死亡，能够一生友情不断常相过往者实已凤毛麟角。在这凤毛麟角中，"小老弟"陈彦增应该算一个。

李敖与陈彦增本是台湾第一届大专院校联合招生时共同考入台湾大学的同学，两人的专业是，陈彦增学经济，李敖学法律。但由于李敖对台大的法律教育的反感，入学不到一年便自动退学，参加次年的联考，复考入台大历史系。此时，陈彦增已是经济系大二学生，外号"小老弟"。当时，两人同住温州街73号台大第一宿舍，是一座四合院式的住宅。同在一间寝室——第四室，十个人，五张床，上下铺，在寝室东南角的床上，李敖睡上铺，陈彦增睡下铺，两人还共用一张平面不足一平米的书桌。

李敖读大学时酷爱读书，买来的书籍资料自然很多，两人共用的桌面常被他的书籍占去大半，有时甚至整个书桌都堆满了他的资料，搞得陈彦增"无地自容"。于是，忍无可忍之下，"小老弟"发起了牢骚，他在桌上给李敖留下一首打油诗：

◆ 在后来李敖的朋友中，"小老弟"陈彦增（第一排）应该算是其中之一

乱七八糟一大堆（河南音读第三声）

李敖是个邋遢鬼，

真想一棒打过去，

不是打断你的腿，

也会打歪你的嘴。

李敖见诗后，自感有愧，"收敛"了许多，并且当面向陈彦增道歉。

李敖性格豪爽，为人处事出手大方，加上与罗君若谈着恋爱，开销之处甚多，常常向同学借钱，陈彦增就是其中的债主之一。有一天，他向陈彦增借钱时抱怨说："手中没钱，恋爱都恋不起了。"陈彦增说："何不打份零工补给一下。"于是，他揽起了给各院校送报纸的活计。每天清晨四点半，当别的同学还在酣睡之中，他已走出宿舍，或冒风寒，或冒雨雪，骑着单车赶到台北火车站附近的派报社，批好各报后再沿着台大医学院、法学院、最后则是宽阔的校总区，分送给各办公室以及学生宿舍。在这种辛苦的劳动中，最令他感到新鲜刺激的也许就是他有一项难得的特权，那便是可以堂而皇之地进出女生宿舍，碰到早起的女教官，除了说声"早"之外，还可听到一声"辛苦了"。这种每天的例行工作，他要进行到七点半方能结束，然后匆匆忙忙赶去上第一节课。但是干过一段后，由于太累，一个人顶不下来，便邀请陈彦增一起做。后来，他因事情太多索性撤出不干了，陈彦增依然在做，并将这活计一直干到了毕业。

由于送报纸的报酬要到下个月才能拿到，所以批发报纸的钱必须先由个人垫付。这样，在陈彦增的抽屉里便经常会存放一些隔天去买报纸的本钱，那抽屉也常不落锁，室友们有时会从中拿出一些应付急用，之后再如数归还。有这样的方便，李敖自然少不了从中受惠。每次从中取钱，总是留下条子，写上几天之内"璧还"的承诺。有一次，他实在不能按时还钱，便拎着几本藏书送给他。陈彦增问："你给我书做什么？"他说："按照承诺当还你钱，可眼下没有，只好折价抵债了。"陈彦增说："我不需要书，我需要钱。"他说："实在对不起，要钱没有，要命有一条，但你不能没有我这个朋友，还是收了书罢。它们都是我精心收藏的，将来会升值。"陈彦增无可奈何地说："李敖啊，你把朋友当成当铺里的朝事了。"李敖乐呵呵地连连说"对不起对不起"，陈彦增的抱怨也就在这笑声中平息了。

俗话说"日久见人心"，在长期的交往中，李敖与陈彦增不仅在生活上互相帮助，而且成为无话不谈的好朋友。在李敖的大学日记中曾多处留有与陈彦增交往的记录，如：

晚饭后与彦增坐校钟旁看书，看小孩子们向下水道里丢石头。

与彦增言恋爱就做不得人，恋爱之事只好俟诸奇迹和他日了，谁让女孩子有这些不识货的劣根性呢？

劝彦增少写日记。

夜与彦增、水发言修养之意，颇自稳。

彦增来信："今后我想按你所说——干点正经事，不再乱跑了。""你对我的点化有很大的作用，今后我将行我的'卖车态度'，我希望阁下亦试行之。"

彦增去年为本室所题春联：
密斯小姐多多有，
补考重修样样无。

夜与彦增在景家谈到十一时半。

夜与彦增庄因及宏祥在景府谈，我愈来愈感到我所走的路是对的，女人一定要彻底的anti掉，重要的是"彻底的"，即使闹一两天即忘（痊）的情绪也不可以了。甘地赴孟买参加圆桌会议之前，一位古伽拉德青年诗人打电报给他：

你已经吞了许多苦药，

再勇敢地喝干这最后一杯毒酒吧！

这是我今天晚上的一个大醒觉！我要英雄些，英雄气息英雄气概一些，Be a hero！（1959-6-25）

送彦增《青年的人生观》（文星书店版，徐道邻著）一册，午与彦增合宴孙英善于寿尔康。（1959-6-27）

1959年5月12日，为给陈彦增过生日，李敖代表另外两位同学特意上街买了三本书做生日礼物，附信寄给陈彦增，并在每本书上都题了字：

彦增生日　愿这本书带给你更多罗曼蒂克的梦幻。1969年5月13日。翁袁孙李名不正肃。——题《巴黎忆语》。

彦增生日　1959年5月13日李敖率松燃祝泰英善一同以此虚无主义的杰作奉祝。——题《父与子》。

彦增生日　此曲只应天上有，斯人莫道世间无。聊以此书寄贺足下。1959年5月13日松燃与祝泰和英善跟李敖有志一同。——题《近世十大音乐家》。

李敖大四快毕业时，陈彦增已经结束了预官生涯，从凤山陆军步校回到台北，并到母校看望昔日的朋友。看到老债主返校，李敖自然欢乐无比，适逢陈彦增生日，于是，他坚持提议要为他热闹一番，并且做打油诗一首以兹庆贺，那诗是：

彦增小朋友，越交味越厚，

认识快四年，同声又同臭。

今天过生日，却不肯度寿；

不去电影院，不吃酱爆肉，

不喝洗脚水①，不念紧箍咒。

专门闹情绪，坐看脸蛋瘦；

又不爱说话，老把眉头皱。

李敖不还债，钱又嫌不够，

要骂不敢骂；要揍不忍揍。

借钱没利息，反要打折扣。

气得小老弟，到处去求救。

东挪又西补，得前乱拼凑。

穷得流眼泪，好像夜壶漏。

无心恋王妈，

也不想那因为吃醋而想把你擦擦擦的阿Q。

---

① 《水浒传》中孙二娘对武松说："由你奸似鬼，喝了老娘洗脚水。"

从诗中可以看到，正是陈彦增对李敖在经济上兄弟般的帮助，才使他们结下了深厚的友谊。

李敖做预备军官时期，陈彦增已到屏东任教职，两人的交往日渐增多。由于陈彦增已参加工作，在经济上对李敖的支持也日渐增多，这是李敖感念最深之处。有一次，陈彦增给李敖寄去50元，并附诗一首：

> 追风怯鬼唯侠魂，
>
> 莽莽天地寥无人。
>
> 跨海行云三万里，
>
> 笑他肖子与肖孙。
>
> ——诗人节恭请敖兄斧正打油一首。
>
> 　彦增 一九六〇年端午正午
>
> 　并以五十元慰劳劳苦功高的李排长。

收到诗与钱，李敖感慨万千，在日记中写道："故人多为'冰炭敬'，实令我受慰不少。"晚饭后，他亦赋诗一首和之：

> 卧龙高卧兵器排，
>
> 又爱朋友又爱财，
>
> "难兄难弟"能怜我，
>
> 四十五十寄钱来。

他们在书信中交流人生心得，并时相过往，在李敖的日记中留下详细的记录，且举几条如下：

> 彦增在屏东女中有新职，请吃牛肉蒸饺于平津饺子楼。

> 彦增约本周"劳军"，函报之。
> 午后与英善、彦增、新汉聚会于高雄之南风。

> 彦增所居为陋室，但自言"有丝竹之乱耳，有案牍之劳形。"

> 彦增请看电影——《大洪水》（他已看过）。

> 彦增来片约星期日去高，一片报之。

> 彦增请晚饭于新亚粤菜馆。后集体逛街，在大新撩起模特裙子看，众大笑阻。

> 散场时遇庄因、彦增在候，乃陪看一场，后彦增请吃饭，我请他们吃咖啡于双美堂。送彦增上车后与二爷在车站长谈。

> 会彦增于万国冰店转赴南风。

> 请彦增看《骑兵队》。出与彦增言，打仗须有东方人精神方行，盖投降前尽力之标准无法衡量也，为了人道，其实打仗的本身

就是不人道的。彦增请于真川味夜饭。

彦增来信："李敖有心人也，在意志里生活，周身是力量。"
彦增赞我意志，新汉来两信亦和之。马戈信说彦增"他很佩服
你"，此点深念之。

彦增抄赠板桥《浪淘沙》，中有"明日不知晴也未，红蓼花残"。
最喜此二句，信谓："你信中所云堪称知我，奈何朋友闻此种信件不多，
李敖待我何其啬也，我何尝不想接受你一些贝多芬式的性格。"

据陈彦增回忆，在屏东九个月间，两人除了见面，他共收到李敖明信片
十二张，信四封，留条一张。尤其是陈彦增在感情上遇到危机时，李敖更是关
怀备至、常相劝导，比如他在一封信中写道：

彦增：

女人虽暂告"消停"，但仍有"东山再起""重作冯妇"的可
能，仍不能担保她不施诡计诱你心软；仍不能担保你心血来潮吃一
口回头草，故老夫特再申警告，提醒你一次，盼勿再"自迷"也。

我回台中一次（谋职），台中似无我容身糊口之可能，即使代
课亦不可得，老太太说我臭名满古城，亦对我事袖手（也许是"束
手"），总之不予援手就是了，她并说："退伍后十天半月，勉强
可住，久则恐难相处。"其言甚是，故迩来颇为出路焦急，姚老头
说肯帮我，不知帮到个怎么样的程度。

新生活如何？有鱼上钩否？"老渔翁，一钓竿，小白脸，住宁

安……"盼你

走好运！尚义好。

敖之 一九六〇年十二月四日

1960年5月，在陈彦增生日前两天，李敖就在日记中写道："彦增五月一日生日，以不得外出购礼物，只写一信与之，劝'多多努力''生日紧张'……"生日那天，他又记道："阴历四月六日，彦增生日。"可见他对这位老朋友的细心。

在波澜壮阔的"文星"时代，李敖与陈彦增依然保持着密切的联系。当时，李敖居住在"国泰信义公寓"顶楼，每隔个把月，陈彦增便带着孩子去拜访，顺便也让孩子见识见识这位文化怪杰丰富的藏书。可是好景不长，突然有一天，李敖对他说："以后不要来了。"他问："为什么？"李敖说："你看见门口那辆计程车了吗？"陈彦增说："是有一辆，曾有几次上前喊车，总说有事不载客。"李敖说："那是专门监视我的警总特务，他们二十四小时轮班看守，除了要掌握我的行踪，还要了解所有进出我家的客人，为安全起见，以后你们就不要再来了。"

陈彦增听了感到十分震惊，但他并没有把自己的安全当回事。为了不引起特务的注意，他想出了一个办法。李敖的隔壁邻居是朋友陆啸钊，两家之间的楼顶平台有一'间道'可以相互穿越。于是，他们便先进入陆宅，再偷渡到李家。可是，这样来访过几次后，似乎被人发现，平台上的"间道"被阻断，行不通了。陈彦增只好又从正门进去。进去时他和孩子们有说有笑，堂而皇之，故意不把监视的特务放在眼里。李敖见他们如此上楼，以怪罪的口吻说："你怎么还来？"陈彦增说："为什么我不能来？"他说："难道计程车不在了吗？"陈彦增说："在呀，我还向司机打了招呼，用手指了一下你楼上的屋子，表示就是来找你的呢！"李敖说："哎呀，你还是要注意点。有几位从海外回来的朋友，他们知道我的处境后，都是打电话打个招呼，很少有人来。"陈彦增问："难道只打个电话就够了？他们都说些什么？"李敖说："没说什么，无非是行色匆匆、时不我予、未克登府班荆道故请予谅解之词。"陈彦增问："朋友落难，他们不应该这样躲起来啊。"李敖说："人嘛，也没什么。不过，他们要是不来电话，我还真不知道他们回到台湾了呢。"

之后不久，李敖被捕，关进了新店的军人监狱。他与陈彦增之间，便只能以明信片往来了。陈彦增曾说："用明信片有几大好处，一是光明——检查起来很方便；二是规矩——字即使写得再小，也不会超过'二百字'的标准太多；三是经济——只花五毛钱。"

大约是李敖坐牢的第三个年头，有一天，陈彦增收到一封李敖托朋友转来的信，信中感叹当年一些老朋友在出境时，他曾有所赞助，如今他身处"冰雪"却未见有人"送炭"过来，人间炎凉以此，实在令人心寒。陈彦增读后颇有感触，他想起清朝一位学者的《金缕曲》来，那学者名叫顾贞观，他的朋友"江左三凤凰"之一的吴兆骞，因江南科场案受牢狱之灾被举家流放到宁古塔（李敖的老家），顾贞观填词代信以表慰藉，词中写道：

季子平安否？便归来，平生万事，那堪回首？行路悠悠谁慰藉？母老家贫子幼。记不起、从前杯酒。魑魅搏人应见惯，总输他、覆雨翻云手！冰与雪，周旋久。

泪痕莫滴牛衣透。数天涯、依然骨肉，几家能够？比似红颜多命薄，更不如今还有。只绝塞、苦寒难受。廿载包胥承一诺，盼乌头、马角终相救。置此札，君怀袖。

　　我亦飘零久，十年来，深恩负尽，死生师友。宿昔齐名非忝窃，试看杜陵消瘦。曾不减，夜郎僝僽。薄命长辞知己别，问人生，到此凄凉否？千万恨，为君剖。

　　兄生辛未我丁丑，共些时，冰霜摧折，早衰蒲柳。词赋从今须少作，留取心魂相守。但愿得，河清人寿。归日急翻行戍稿，把空名料理传身后。言不尽，观顿首。

　　这首词后来传到当时"主流派"纳兰性德手中，看到词作感动得痛哭流涕，力保囚徒，被充军塞外二十年的吴兆骞终得活着回来。陈彦增感到眼前情景与此词甚合，乃信笔由之，草成一词，放入钱物之中一同寄与李敖。词中写道：

　　敖之平安否？待归来生平万事，细做回首。此去新店虽不远，难见狐朋狗友。咫尺天涯古来有，岁暮天寒多怕冷，莫怪他疏懒少行走。多盖被，少发抖抖。

　　我亦飘零久，依然是误人子弟，养家活口。年年难过年年过，母老家贫子幼。老孟传书今到手，读之令人心酸酸，"雪中送炭"何必多求？言不尽，增顿首。

　　收到陈彦增的信和钱物，李敖感动万分，他真正明白了什么才是患难之交的朋友。

　　出狱之后，李敖与许多曾经的朋友断绝了来往，唯独陈彦增除外。不仅两人之间常有联系，两个家庭之间也常相过往。1982年12月，李敖有一篇访谈录叫《答陈依玫》，是他与80年代大学生的心灵对话，在海峡两岸影响甚大，但许多人不知道，那位能够走近李敖零距离对他进行采访的陈依玫，不是别人，正是他的老朋友陈彦增的爱女。那篇访谈录使她一举成名，如今，她已是台湾新闻界的一个重要人物了。

除了生活上的关心，李敖与陈彦增之间更多的是文化上的交流。1991年9月29日，陈彦增请李敖与小屯在天母吃饭，其间他送李敖一张照片，是他在日月潭九族文化村照的。照片中一柱状石雕，上扎红带，旁有卧碑，碑上有文字，李敖认真地看着那段文字，内容是：

赞曰：

维尔屌神，

人类之英，

性本温顺，

见色乃挺，

风流人物，

祸害之根，

传宗接代，

无我不灵，

男女不孕，

请找此君。

宜乎永享俎豆，

垂万世以长荣。

陈彦增看他一脸认真的样子，笑着说："在性文化方面，你该是专家，这篇碑文值得好好研究一下。"

李敖说："你说得不错，对这样的石雕我早有所闻，对岸的大陆就有很多，有的还是自然生成的，当然女阴雕像也有，不过这篇碑文倒蛮有意思，可谓'生殖器崇拜'之新猷。就文字看，有些句子实在不怎么样，不过也有胜境，从民间文学角度看，应该算写得比较好的一篇。"

其实，关于性文化的文章，李敖在青年时代就已开始关注，并在这方面写有多篇研究性文章，老朋友的这幅照片，不过是给他的研究增加了一个实例罢了。

在李敖与陈彦增都步入老年之后，两人在生活上的交往日渐增多。每年的4月25日，是李敖的阳历生日，这一天，他几乎都会与陈彦增在一起吃饭。1995年，李敖六十岁生日，有人为李敖安排在圆山饭店，备席60位，陈彦增亦在被邀之列。他送上的祝词是：

> "甲"而不"花"，
> 六十算啥，
> 青山常在，
> 有豆有瓜。

他解释说："李敖文采甲天下应该是没有问题的，至于操行成绩，他对真情、善意和美感的执著，列个甲等也该是绰绰有余。至于'不花'，至少在他身上就有三不花，一是头不花——未生华（花）发；二是眼不花——尚未戴老花眼镜；三是心不花——自他婚后，即未见再闹男女之间的花边新闻了。至于'豆'和'瓜'，不妨当作小儿女来看。"

李敖听了，哈哈大笑，接着他的话一本正经地说："你说得对，对我而言，那种'一杆枪、一身债'的苦日子再也不复返了。"

如今，作为李敖心目中的至交，陈彦增早已从台湾中兴大学企业管理系教授任上退休，但他与李敖之间的友情却日益浓厚。李敖曾戏称："和我李敖做朋友是很辛苦的事，因为我在交友上要求甚严，稍不留神就可能被我修理，因此，我基本上是新朋不交旧友不补，陈彦增是我在老朋友中保留下来的一个样板。"

十六 与"台独国父"生前事

20世纪80年代，李敖在带头办杂志的同时，亦与诸多党外人士联手合作，共同办报办刊，来推进台湾的民主化进程。在他联手的对象中，最主要的有邓维桢、邓维贤的《政治家》系、许荣淑的《深耕》系、周清玉的《关怀》系、林正杰的《前进》系列等等，但关系最深、持续最久的当数《自由时代》系的郑南榕。

郑南榕，1947年生，台湾人。台湾大学哲学系毕业，深受殷海光、李敖等自由思想的影响。曾于《政治家》发表《李敖，不要走！》一文。1984年3月，郑南榕请李敖挂名总监创办《自由时代系列》杂志，要为"争取100％自由"而斗争，深得李敖赏识。

李敖曾经回忆当时的办刊情景：

办杂志要登记，办周刊要登记，三日刊也要登记。登记了，让你出一期，就把你周刊吊销一年，一年以内不准再出了。那我们怎么办呢？我们登记几十个周刊，就用这种方式。你看，主要的头衔叫时代，叫时代周刊，一会儿自由时代周刊，被你消灭了，第二个礼拜，我们又登记了一个叫先锋时代周刊，先锋时代周刊被你查禁了，我们又来了一个民主时代周刊，就是我们手中有五十几个执照。你每个礼拜查禁我一本杂志，扣留我的执照，一年不得出刊，我就换个执照，出另外一本。那读者就感觉出来了，凡是有"时代周刊"这个字眼的，就是我们的杂志，前面那个名字换了，张王李赵都不重要，杂志呢，就是这个杂志。

郑南榕就是前面提到的"五·一九绿色行动"的发起人。

在办《自由时代系列》杂志的同时，郑南榕积极参与并推动成立"台湾民主党"的行动，后来又策划了"百万人签名运动"，在思想界与政治圈中成为一名焦点人物。1986年6月2日，国民党当局以康宁祥系张德铭控郑南榕讼案为借口，将其逮捕。郑入狱后，李敖又亲自送上10万元到他家里给他的母亲表示慰问，并一人承担了郑南榕杂志亏本的损失50万元。

李敖与郑南榕在争取言论自由、鼓吹人权、民主等思想方面是一致的，但在政治观点上两人却愈来愈见分歧，其中最大的不同便是，郑南榕逐渐地走向了"台独"的道路。1989年3月6日，郑南榕电邀李敖为杂志五周年写几句话，李敖写了《言论自由还是第一优先》一文，来表明自己的立场，两人曾有过一次长达40分钟的电话对谈，李敖在电话中反复举证，告诉他"台独"是一种梦幻，"我们要牺牲，但是不要为

◆ 李敖（中）与郑南榕（右）在政治观点上愈来愈见分歧

梦幻的理想牺牲"。

但郑南榕并没有听进李敖的劝告，还是走上了"台独"的不归路。

"五·一九"事件，郑南榕被捕，坐牢时，他跟李敖说："李大哥，请你帮我一个忙。"李敖说："什么忙？"他说："我知道你坐过牢，你跟监狱里面的这种黑道上的兄弟有关系。我的烟瘾太大了，我希望在坐牢的时候能够抽烟。你能不能找黑道的兄弟供给我烟，使我坐牢的时候有烟抽？"李敖说："可以，包在我身上好了，你只管放心

◆ 郑南榕

坐牢。"结果，他坐牢后一根烟也没得到。原来，李敖已通过关系给监狱里的有关人讲：郑南榕抽烟有害他的身体，坐牢是最好的戒烟机会，现在要把他全体封锁，任何人不要给他烟抽，要逼他戒烟。

郑南榕在狱中自然苦不堪言。出狱后，对李敖一再抱怨。

一个月后，官方对郑南榕再次下手。被捕前，郑南榕怕第二次坐牢，于是想来一次轰轰烈烈的拒捕行动，买了汽油弹等物，准备跟警察大干一场。一群"台独"分子围在他旁边给他打气。结果，当警察到来时，他丢出了汽油弹，现场一片混乱，房子着火。那些"台独"分子们把门窗打开，纷纷逃跑。郑南榕说："你们走吧，我料到会有这一天。请你们把我的小女儿带走。"就这样，他成了"台独""烈士"，被称做是"台湾独立共和国"的"国父"。

想起郑南榕，这位为台湾民主自由一起打拼又误入歧途的兄弟，李敖感慨万端，惋惜中又充满了无奈。

十七 给诗人余光中改诗

余光中是海峡两岸的知名作家，他的《乡愁》诗编入大陆的中学课本，更使其成为一个家喻户晓的人物，但许多人不知道，他与李敖曾经有过密切的交往，但由于种种原因两人如今已形同路人。

余光中，1928年10月21日生于江苏南京，曾在四川、南京读中学，中学毕业后先后考取了北京大学和金陵大学，因北方战火蔓延，就读于金陵大学外语系（后转入厦门大学），大三时因战争迫近，随父母迁香港，之后赴台，考入台湾大学外文系三年级，1952年大学毕业。

就在李敖1954年考入台湾大学的时候，余光中正在军中服役，他与覃子豪、钟鼎文等人共创的"蓝星"诗社已在台湾产生重大影响。作为校友，李敖不可能不知。但两人真正的交往还是在60年代以后的"文星"时代。当时，余光中获得爱荷华大学艺术硕士学位，返台后任师范大学英语系讲师，两人开始有了接触。1962年11月25日，李敖给恋人王尚勤的信中曾有如下记录：

> 余光中拿梁实秋和我的文章在师大的翻译课班上试由学生翻译，试验结果，认为我的文章比梁实秋的容易译，换句话说，语法比梁的西化得多。

之后不久的12月4日，李敖在给王尚勤的情书中又写道：

余光中主持本月9日"现代诗朗诵会"，约你去。可惜你不能来，你若能来，现代"诗人"们看到当代Helen,一定灵感大发，纷纷情诗满天飞了！

光中约我也朗诵一首，我敬谢不敏。

我只会朗诵我在高二念所做的五绝一首：

丈夫振臂起，刀斩群蝼蚁，

打倒王八蛋，消灭狗男女。

如此而已。

到12月9日这天，他在给王尚勤的情书中再次写道：

余光中昨晚未能来，打电话来说今晚的"现代诗朗诵会"我一定要去，因为他已在师大课堂上宣布——"李敖要来"，当时他的学生"为之轰动"！

两天后李敖又给王尚勤"汇报"说：

前晚应邀参加师大之"现代诗朗诵会"，"乐群楼"楼上形成人海。朗诵前光中介绍有名的来宾，介绍到本人时人人争看文化太

保之真面目，掌声之大，全不能比。事后诗人夏菁说："他这种散
文家这样受欢迎，我们下次非让他也朗诵几首诗不可！"

可见当时李敖与余光中之间的关系，不仅都是走红文坛的青年才俊，而且
是相当要好的朋友。在李敖执掌"文星"时期，余光中亦有书在文星书店出版，
并自撰广告词曰："中国文坛最醒目的人物之一，余光中是诗人、散文家和翻译
家。减去他，现代文艺的运动将寂寞得多，他右手写诗，左手写散文，忙得像和
太阳系的老酋长在赛马。"当"文星"处于低潮，李敖被逼得在多家报纸登出广
告，要出版"李敖告别文坛十书"，得款做本钱，出版后改行去"卖牛肉面"，
以示抗议，已是师范大学副教授的余光中亦在信中给李敖打气：

近日读报，知道李敖先生有意告别文坛，改行卖牛肉面。果
然如此，倒不失为文坛佳话。今之司马相如，不去唐人街洗盘子，
却愿留在台湾摆牛肉摊，逆流而泳，分外可喜。唯李敖先生为了卖
牛肉而告别文坛，仍是一件憾事。李先生才气横溢，笔锋常带情感
而咄咄逼人，竟而才未尽而笔欲停。我们赞助他卖牛肉面，但同时
又不赞助他卖牛肉面。赞助，是因为他收笔市隐之后，潜心思索，
来日解牛之刀，更合桑林之舞；不赞助，是因为我们相信，以他
之才，即使操用牛刀，效司马与文君之当炉，也恐怕该是一时的现
象。是为赞助。

但当《文星》被国民党查封，文星书店被迫关门时，余光中却在赴香港
的一次谈话中说："文星结束，是经济上的原因，由于经营不善导致最终倒

闭。"这种旁顾左右而言他的行为令李敖极为不快，他对余光中的人品有了新的看法，尤其是他对官方的谄媚，更令与国民党势不两立的李敖大跌眼镜，对他的创作开始进行毫不留情地批判。早在1972年他坐牢时，就对余光中的诗展开研究和批评。给他改诗就是他批评方式的一种。

桑塔耶那（George Santayana）是一位自然主义美学家，他的诗作也写得十分出色，其中有"给W.P."诗，余光中曾经翻译过，该诗第二首原文是：

◆ 桑塔耶那（George Santayana）

With you a part of me hath passed away;

For in the peopled forest of my mind

A tree made leafless by this wintry wind

Shall never don again its green array.

Chapel and fireside, country road and bay,

Have something of their friendliness resigned;

Another, if I would, I could not find,

And I am grown much older in a day,

But yet I treasure in my memory

Your gift of charity ,and young heart's ease,

And the dear honour of your amity;

For these once mine, my life is rich with these.

And I scarce know which part may greater be,

What I keep of you, or you rob from me.

余光中的译诗是：

我生命的一部已随你而消亡；

因为在我心里那人物的林中，

一棵树飘零于冬日的寒风，

再不能披上它嫩绿的春装。

教堂、炉边、郊路和湾港，

都丧失些许往日的温情；

另一个，就如我愿意，也无法追寻，

在一日之内我白发加长。

但是我仍然在记忆里珍藏

你仁慈的天性，你轻松的童心，

和你那可爱的、可敬的亲祥；

这一些曾属于我，便充实了我的生命。

我不能分辨哪一份较巨——

是我保留住你的，还是你带走我的。

李敖对这首诗所表现的意境特别欣赏：当我情人死了的时候，我一部分也跟你死掉。可是我分不清哪一部分多，是我保留的你多，还是你带走的我多，是生者保留了死者的多呢，还是死者带走了生者的多。李敖读到这首诗时正是他做政治犯身陷囹圄的时候，情人、朋友一个个都远他而去，面对黑牢、铁窗和墙壁，真是形同隔世。此时，桑塔耶那的诗句在他的心中产生了共鸣。看到余光中的译诗，他认为与心中的感受甚不相合，于是改译如下：

> 冬风扫叶时节，一树萧条如洗，
>
> 绿装已卸，卸在我心里。
>
> 我生命的一部分，已消亡
>
> 随着你。
>
> 教堂、炉边、郊路和港湾，
>
> 情味都今非昔比。
>
> 虽有余情，也难追寻，
>
> 一日之间，我不知老了几许？
>
> 你天性的善良、慈爱和轻快，
>
> 曾属于我，跟我一起。
>
> 我不知道哪一部分多，——
>
> 是你带走的我，
>
> 还是我留下的你。

李敖后来将这段改诗发表在1999年11月的《李敖电子报》上，认为，"对比之下，优劣立判"，"证实了余光中的中文实在不行"，他以此来嘲讽余光中："以那样烂的中文，还要做诗人，诗人何辜、中文何辜啊！"

有趣的是，他的改诗发表后，一位叫林听的学者在电子报的交流版中发表了《改文者人亦改之》一文，认为：

> 余光中的译诗中显然是有意以服从英诗的格律为先，但在无法追猎每一节韵脚的情况下，配之以中国古典诗aada的押韵。相对的，李敖的译诗全不玩这一套，先取其境而把部分长音节锯短或把短音节接肢，以至于十四行诗译成十三行，全诗念顺畅得多了，但商籁体诗的游戏规则也被牺牲了。

并说：

> 李敖虽是文人，毕竟不是文学中人，尤其并不以诗为职志，为什么会想译桑老的这首诗？诗中的平淡和苍老，原都不是执剑战斗的李敖心有所之的情境，……因此我可以想到的是，李敖舞剑，意不在桑公，而只在于对诗坛祭酒余光中的挑战，对权威的挑战。而这样的出发点距离桑公的伤逝心境其实是不着边际的。

林听认为，无论余光中还是李敖，都有对诗的误读和误译之处。那么什么才是真正好的翻译，林听按捺不住，亲自译了一遍：

> 部分之我已随你俱逝；
> 我心中人影如林

冬风吹拂，一树凋尽

不复绿意披离。

教堂与炉边、村径与港湾

它们也同失旧谊；

即使我想，余者已难追觅，

一日之内我已老去恁许。

但在记忆中我仍珍惜

你良善的天性、轻悦的童心、

和你受人尊敬的可亲；

这些都曾是我的，我因之而充实。

而我已难分辨何者较多——

是我留住的你，还是你带走的我？

　　林听的批评和译诗一出，马上又引来一位叫李国谦的反批评文章，文章批评林听"可能真不了解李敖的文学素养"，建议他看一看《李敖大全集》，"其中如第十五册《李敖情书集》、第十七册《波波颂》等，就可以明白李敖的浪漫（'想要打倒一个人，要从全盘了解他做起'——李国谦）"，并对"李敖虽是文人，毕竟不是文学中人"之说提出质疑，"苏轼（东坡）是北宋著名的文人（文学家），其诗、词、文皆脍炙人口，但他在文学以外的表现，却也是不可否认的优秀。所以苏轼既是诗人、词人、古文家、艺术家、评论家，亦是政治家。而这就是一流人全面性的境界"，"身为第一流人物的李敖，必不以单为诗人为满而划地自限的。毕竟，第一流人物是另有更伟大的志向的。无怪乎起兵抗秦的陈胜在未腾达时，曾喟叹曰：

'燕雀安知鸿鹄之志！'奉劝这位林听先生，有空多看一看书了，尤其是《李敖大全集》"。

李敖看了两人的争论尤其是林听的译诗感想甚多，他认为，一些学者、教授、批评家在谈理论时头头是道，可是一旦搞创作就"一塌糊涂"，因此，他们的理论坐实了都是"空中楼阁"。林听的译诗就是证明，"既不押韵，又不成真正的十四行，文字又难读，跟余光中的译诗半斤八两，正好凑成宝一对"。他的总体感觉是："林听先生对文字的高下辨别能力太弱了，他把余光中和我的译诗等量齐观，即可证明他在高下辨别能力上出了问题，最后他又拈出他自己的译诗，不知其烂，自彰其丑而不自知，可见他的问题所在。最后的评语是：林听先生真正的故障所在似乎不在语文方面而在心智方面，他竟大胆到敢评改大师李敖的译诗，更进而敢把他自己那样烂的译诗自投网上，这种做法，我看已不是心智不成熟了，而是他疯了。"

在1999年11月份的《李敖电子报》上，李敖又发表了一篇对余光中诗作《无论》（1998年1月3日）的修改。该诗原作如下：

无论
无论左转或右弯
无论东奔或西走
无论倦步多蹒跚
或是前途多漫漫
总有一天要回头
回到熟悉的家门口

无论海洋有多阔

无论故乡有多远

纵然把世界绕一圈

总有一天要回到

路的起点与终点

纵然是破鞋也停靠

在那扇，童年的门前

李敖改诗如下：

无论

无论东奔西走

无论右弯左转

无论前途多漫漫

无论脚步多缓

总有一天要回看

回看那熟悉的门板

无论沧海多阔

无论归程多远

无论世界给走遍

也要回归起点

无论鞋怎么破

也要拖向那童年的门槛

◆ 余光中，著名诗人

李敖说，他要通过改诗，让人们看看余光中的中文有"多烂"。

在20世纪90年代，余光中已进入人生的收获季节。1990年，他获选为"中华民国"笔会会长。1991年，获美西华人学会的"文学成就奖"、香港翻译学会的荣誉会士衔。1993年，香港中文大学联合书院邀请担任"到访杰出学人"；1994年，中山大学聘为"中山讲座"教授。1995年，厦门大学邀请其返校演讲，并颁赠客座教授。1996年，其作品《井然有序》获《联合报·读书人》最佳书奖。1997年，长春举办全国书展，由长春时代文艺出版社出版《余光中诗歌选集》及《余光中散文选集》共七册。应邀前往长春、沈阳、哈尔滨、大连、北京等五大城市为读者签名。获吉林大学颁授客座教授名衔及东北师范大学客座教授名衔。获中国诗歌艺术学会颁赠"诗歌艺术贡献奖"。1998

年，台湾广电基金会拍摄"诗坛巨擘——余光中"影集。获颁文工会第一届五四奖的"文学交流奖"、中山大学"杰出教学奖"、"中华民国""斐陶斐杰出成就奖"、"行政院新闻局""国际传播奖章"。散文集《日不落家》获《联合报·读书人》最佳书奖。七十大寿发表新作及新书出版等活动，被台湾电视公司"人与书的对话"选为1998年"十大读书新闻"之第六。1999年，傅孟丽著《茱萸的孩子——余光中传》由天下文化出版。2000年，香港中文大学校友月刊，选出余光中、丘成桐、牟宗三、唐君毅、钱穆等十人为"中大最重要人物"。获颁高雄市文艺奖。

◆ 余光中因1971年的《乡愁》蜚声海峡两岸

可见，在海峡两岸三地的90年代，已成为台湾文学界的"余光中年代"。这正是李敖在电子报上对余光中的诗作进行批评的时代背景。他对余光中在两岸三地产生的影响并不以为然，在他眼中，余光中的文格与人格并没有发生质的变化，他修改余光中的诗作和译作，一方面是在证明其语言程度的一般，更重要的是对其文化思想和人格的批判。

众所周知，余光中蜚声两岸的诗篇是他写于1971年的《乡愁》，该诗已被选入大陆语文教材第九册（人教版）。被认为是中国民族传统的乡愁诗在新的时代和特殊的地理条件下的变奏，具有以往的乡愁诗所不可比拟的广度和深度，是台湾文人中最深沉、最悲戚，也是最细腻的抒情作品。大陆对这首小诗的推崇，当然有政治文化的因素在内。李敖在对余光中的诗歌思想进行研究时却从另一个角度表达了自己的看法。就在余光中1985年返台任高雄中山大学文学院院长时，李敖在给好友林永丰的信中表达了他对"乡愁"的看法。他在信中说：

> 乡愁观念的基本成因，一个是农业社会的安土重迁；一个是古代交通的不发达、通讯的不方便。这些因素，在我们现代化以后，都不存在了或减少了，所以乡愁的意义也就越来越没意义。古人的诗里有"却恐他乡胜故乡"，"此心安处即为乡"的境界；有"埋骨何须桑梓地，人间何处不青山"的境界，可见古人也不无提升起来的水准。台湾是我成长之地，我对台湾当然有一种深厚的感情，但在地缘上和政情上，我却深知我是'真正大陆型的知识分子'，我不喜欢台湾。
>
> ……

　　我觉得现代人可以怀古……不必怀乡。怀古是一种博大的情操，怀乡却是一种渺小的滥情，我的基本分际，就是在此。

　　他所追求的是"要真正有功德于苍生"。

　　这里，李敖虽然没有提到余光中的名字，但他对早已在社会上产生重大影响的那种"乡愁"情感却表达了一种强烈的不屑之情。

　　李敖曾经将台湾文坛五十年代以来的媚蒋文人分为三种：第一种——原生型的国民党文人；第二种——派生型的国民党文人；第三种——衍发型的国民党文人。他认为，余光中属于第二种。他们有一个共同特点，即"连国民党都说不出口的'大道理'，他们能代为说出"。如蒋经国死后，余光中写《送别》诗以示追捧之意。

　　李敖认为这是一种赤裸裸的政治谄谀之词。

　　总之，李敖眼中的余光中，艺术之评还在其次，最重要的是对其人格的不屑，他对余光中的总体评价是：

　　文高于学，学高于诗，诗高于品。吟风月、咏表妹、拉朋党、媚权贵、抢交椅、争职位、无狼心、有狗肺者也。

_十八 逼导演刘家昌道歉

20世纪70年代，有一首歌曲名叫《往事只能回味》，在港台地区广泛传唱，许多人至今还记得那歌词的内容：

> 往事只能回味
>
> 忆童年时竹马青梅
>
> 两小无猜日夜相随
>
> 春风又吹红了花蕊
>
> 你已经也添了新岁
>
> 你就要变心
>
> 像时光难倒回
>
> 我只有在梦里相依偎
>
> 时光已逝永不回
>
> ……

这首歌的作曲和原唱就是本文要讲到的刘家昌。

刘家昌，祖籍山东，1943年4月13出生于哈尔滨，幼时随父母移居韩国。

1962年以侨生身份就读台湾政治大学政治系，两年后辍学，专职在夜总会唱西洋歌曲。1966年开始从事音乐创作，并成为台湾红极一时的作曲家和电影人。1967年前后，他创作的流行歌曲开始在台湾走红，像《梅兰梅兰我爱你》、《天真活泼又美丽》等都是当时传唱一时的歌曲。后凭《往事只能回味》一曲奠定他华语歌坛大师级地位，创下百万唱片销售纪录，有"60年代的音乐教父"之称，从此开始了娱乐圈刘家昌黄金年代。后来他与琼瑶合作，为琼瑶的电影写插曲和配乐。如《月满西楼》《海鸥》《秋歌》《庭院深深》等电影，主题曲都是琼瑶填词刘家昌作曲，这些歌当时都广为传唱。1969年，刘家昌凭着自己的经验和超低成本、超速度的风格，当起了电影导演。他自己包剧院、自己发行、自己贴海报发传单，宣传自己的电影。1972年以《晚秋》一片走红，票房超过成本二十多倍，刘家昌成为著名的快手导演，终于打下"刘派电影"的江山。

就在刘家昌创业初期，李敖与之相识。他之所以同刘家昌交往，有一个很大的原因是两个人性格相投，都是"外宽内深"，即表面上看起来嘻嘻哈哈的，有话好说，也很豪爽，但内心里却很深沉，很有主意，很机智。人们也许不知，刘家昌的第一部影片竟然是同李敖一起合作的。

大约是1969年，刘家昌搞了一笔钱想要拍片，但没有制片人，按说制片人就是真正出钱的人，可是他已有钱，就希望有一个人假装是他的制片人，这个人应该是或者至少看起来像很有钱的人，这样在外界人眼里可以壮大他的实力。于是，他看中了李敖。因为李敖当时已有了汽车，虽然是二手货，但牌子很牛，凯迪拉克。刘家昌送了一些钱给李敖，请李敖扮演他的制片人角色。李敖问："这样好吗？"刘家昌说："好。"就这样，他们一起拍了部电影，影片起初取名为《四男四女》，李敖说："这个名字不好。"刘家昌问："为什么不好？"李敖说："四个男的和四个女的会有什么戏？至少要有一点点变化。"刘问："怎么变化？"李敖说："四男五女就有了变化，他们不是成双成对了，这不就有问题了，戏也出来了。"刘家昌说："好，就这样了，四男五女。"

◆ 李敖当时的二手汽车，凯迪拉克

女。"于是，电影拍成后就叫《四男五女》，制片人李敖，导演刘家昌。

不料，这部影片送到当时的"新闻局"审查，不但没通过，还给没收了。原因出在制片人身上，因为当时李敖已被"跟监"，在国民党官方眼里，这样有问题的人做制片人，会拍出什么好电影？结果弄得刘家昌灰头土脸，进退维谷。于是，他抛开李敖，开始给国民党官方拍片，凭着他的智慧和才华，他的财源也开始滚滚而来。

刘家昌与李翰祥都曾拉李敖做过合作伙伴，发生在三人之间的趣事自然不少。在刘家昌与江青结婚后，曾经怀疑李翰祥给他戴了绿帽子。一天，他气冲冲跑到片场，当众挥拳打了李翰祥。事件发生后，李敖和影剧圈内深知李翰祥的导演们、朋友们，都坚信李翰祥给刘家昌戴绿帽子之说是绝不可能的事，这件事，全是刘家昌疑神疑鬼的闹剧。因此，李敖找到刘家昌告知此情，并摆出李翰祥不可能与江青有染的种种证据，刘家昌听了半天，似有所悟，但是最后大声说："但是，但是，敖之，我不是王八，这怎么成？我已经招待记者，当众宣布我是王八了！"李敖听了大笑，说："难道非做王八不可吗？难道非做

◆ 图为刘家昌，以及刘家昌的第一任
妻子江青

王八不乐吗？难道做错了王八，还要为了面子错到底吗？家昌啊！何必自寻烦恼啊！"刘家昌这才偃旗息鼓。

在"文星"后期，李敖生活落魄，经常与朋友赌博，且手气旺得很，几乎十赌九赢。赌钱竟成了他收入的一部分。当时刘家昌、李翰祥、刘维斌、蒋光超等都是常见的赌友。一天，李敖故作神秘地告诉刘家昌："今晚有一个呆子参加。"刘家昌闻之大喜，感到赢钱的机会来了，入夜闻声而至。一赌之下，发现高手如云，他输得丢盔弃甲。于是，偷问李敖："敖之，你不是说有个呆子吗？"李敖说："有啊！呆子不是别人，就是你小子呀！"结果，他输得精光，只好低声下气地向刘维斌借钱，刘维斌说："除非你叫我爸爸，我不借。"刘家昌说："大丈夫，怎么可以叫人爸爸？不过，叫人'把拔'可以。"刘维斌问："什么是'把拔'？"刘家昌说："'把拔'什么意思都没有，只是发音像爸爸。这样叫了，你以为我叫了你爸爸，我只认为叫了你'把拔'，所以叫了等于没叫，可是钱你得借给我。"刘维斌哭笑不得，只好应了。

还有一次，李敖与刘家昌在刘维斌家赌钱，赌到天亮时，来了电话，刘家昌说："一定是我老婆来查勤了，千万别承认我在这儿玩牌。"刘维斌拿起电话，果然是江青打来的，刘维斌立刻把赌台上的生龙活虎气概收敛得一干二净，装出被电话吵醒的模样，语调迟钝，缓慢而断续地说："……不在啊……没有啊……我昨晚拍片，今早四点才上床啊……"其他人屏息静坐，不敢出声。事后哄笑不已，深叹刘维斌演技精绝。后来，江青与刘家昌离婚。一天，江青来拜访李敖，想起当年这件事，李敖深感惭愧，觉得她与刘家昌婚姻的失败，与刘家昌当年的酒肉朋友包括自己在内，不无责任。

李敖出狱后，对赌牌一事再未染指，甚至连酒和茶都戒掉了。但他与刘家昌的缘分却并未中断。

在2000年台湾的"总统"大选时，刘家昌是"拥连（战）批宋（楚瑜）"派，他在各大媒体刊登广告，宣传自己的辅选主张，并说："就算我把房子卖了，也要在报上登广告，揭穿宋楚瑜的假面具。"

李敖对刘家昌如此巨额的广告花费产生了怀疑，并认定是背后有国民党操纵的辅选行为。于是，1999年12月7日，他在《李敖电子报》发表了《刘泰英出钱，刘家昌办事》一文，揭示出刘家昌与国民党之间的一宗秘密交易：国民党中央委员会秘书长章孝严和投管会主委刘泰英，为了"总统"选举胜选考量，委托刘家昌担任大选之文宣工作。交换条件是：国民党"华夏"以现金增资方式投资刘家昌"欣和"公司四亿一千万元，刘家昌用其中的两亿一千万元买断"博新"（博新多媒体股份有限公司）的全部股权，随后，国民党"华夏""光华""启圣"等公司将出售博新股权的二亿一千万再投资刘家昌的"欣和"。如此下来，国民党共投资刘家昌的"欣和"六亿二千万元。而刘家昌在取得博新公司主权后，两个月内立刻将卫星设备以五千万元的低价卖回侑伟公司（华夏转投资事业）；其他器材以四千万元低价卖给了非凡商业电台，并将"博新"所有股权出售给了"侑伟"公司。李敖揭露，国民党与刘家昌的这番"五鬼搬运"涉及的金额高达七亿一千万元以上。这番举动不得不让人怀疑刘家昌几次大幅刊登拥连批宋的报纸广告经费来源问题，它们是否就是由国民党投资刘家昌的"欣和"经费中支付？而刘家昌在家中宴请二百多位影视歌星支持连战，是否与国民党投资"欣和"有关？

刘家昌看到李敖的文章后，大光其火，就登了满版的广告来回击李敖。结果刘家昌的太太甄珍不愿意了。甄珍对刘家昌说："李敖是什么人，你得罪得起吗？而且他的文章有根有据，你这样跟他结梁子，你考虑过后果吗？"她逼刘家昌和李敖和解。于是，刘家昌就托他与李敖共同的好朋友刘维斌导演从中疏通，刘家昌说："你可以跟李敖讲，我们一起开个记者招待会，宣布两人的关系和好如初，我登报骂他的那些话都作废，我向他道歉。"

刘维斌找到李敖，把刘家昌的话讲给他听，说："刘家昌说了，愿意在记者会上公开向你道歉。"李敖笑着说："如果开了记者会，刘家昌当场耍赖不道歉，怎么办？那我就划不来了，岂不被他摆了一道啊！我怎么可以吃亏上当呢？"刘维斌说："这确实无法预料，不过他已释放了善意，你总不能不参加吧？"李敖说："可以参加，不过要让刘家昌先写悔过书给我，然后才跟他开记者会，并且开记者会时，他要把悔过书对记者念一遍，这样我才接受他的讲和。"刘维斌只好将李敖的条件回告刘家昌，刘家昌心有不甘，但他的老婆甄珍力求接受，他也只好授受了。于是，刘维斌将刘家昌的悔过书交给李敖看，李敖将正本留下，将副本送还，给刘家昌使用。

记者会上，刘家昌无可奈何地坐在那里，先愁眉苦脸地念了一遍给李敖的悔过书，程序一过，两人又开始嘻嘻哈哈起来。

李敖说："在生活中我们可以嘻嘻哈哈兄来弟往，但在是非上，必须黑白分明，沈休文说'理来情无存'，我与刘家昌的交情就是如此。"

_十九 警告亲日的马英九

1999年台湾地区领导人大选期间，马英九任台北市市长。当时的台湾"总统"李登辉还未卸任，他在修改台湾教科书的同时，邀请了日本右翼分子石原慎太郎到台湾访问。

此时的李敖，正代表新党参加"总统"竞选，11月13日，他与新党召集人李庆华、竞选搭档冯沪祥立即召开记者招待会，对此作出回应。在招待会上，他向记者特别强调："警告台北市长马英九，若他会见石原，我会跟他没完没了。"

有人问："李先生为什么这么在意马英九同石原的见面？"

李敖拿出一叠图片边翻边说："现在的问题不在石原是一个极右派军国主义、民族主义者，问题是在石原是一个'抹杀事实的军国主义、民族主义者'，他否认南京大屠杀的历

◆ 1999年台湾地区领导人大选期间，马英九任台北市市长

史，这个太恐怖，也太可耻了，我们难道都没有反应吗？也许有人说，杀了三十万人，和我们台湾有什么关系呢？别忘了，日本人也杀台湾人，请看这些照片就是证明。包括他否认慰安妇的历史，叫嚣钓鱼岛是日本领土等等，对这种货色，李登辉居然请他来，难道我们不应该表示一点态度吗？马英九你是'保钓健将'，你难道不应该表示出自己的态度吗？"

当天晚上，李敖接到马英九的电话，马英九说："李先生，我是台北市长，不是学者，过去做学者时，我参加保卫钓鱼岛运动，还写过论文证明钓鱼岛是属于中国的，可是今天作为市长，石原是来台北市的客人，不能完全不理他。"

李敖说："当然可以不理他，他不是你请来的，是李登辉秘密作业请来的。"

马英九说："话可以这么讲，但不大好这么做，李'总统'的客人我能不见吗？我可以带着龙应台去，只谈救灾经验和文化政策的交流，还可以考虑和东京结为姊妹市，对台北应该是很好的事。"

李敖说："你说的没错，但东京和北京是姊妹市，北京会答应吗？'石原牌'是李登辉又新打的一张牌，从'七块论'、'两国论'、'夹击论'，到邀请石原访台，这是李登辉摆明要制造两岸不愉快、紧张气氛的时候，你何苦以自己的清望替李登辉背书，来蹚这浑水？更何况，'行客拜坐客'，这是起码的规矩，现在变成石原在他住的国宾饭店等你，你去拜访他，说得过去吗？"

马英九说："我可以不到国宾饭店石原住的房间，而在国宾饭店中另一间房见面好吗？"

李敖说："这与前去拜访又有何不同？"

马英九说："我也可以尽量改在国宾饭店以外的第三地见面。"

李敖说："马市长，说心里话，我根本反对你见他。"

第二天晚上，李敖到高雄演讲后北返，接到太太王小屯电话说，马英九又来电话了，解释他总算不在国宾饭店跟石原见面了，改在第三地晶华酒店见面了。李敖笑了，他想以此表明自己接受了李敖的建议，做到"个人不失身份、团体不失立场"了。但实质上依然是偷梁换柱而已。

十五日，《台湾时报》报道：

> 马英九昨天傍晚以首都市长身份，在晶华酒店设宴欢迎石原慎太郎，不过，因飞机误点，会面时间比原订晚了三十分钟，又因石原晚间六时与李登辉"总统"有约，马英九与石原的会面时间只得缩短。

看了这则报道，李敖说："缩短结果，只谈了二十分钟。马英九最后还是被摆了一道！他十三日告诉我四点半见石原，我说为什么时间这么紧凑，他说要迁就石原在台湾忙。我说石原来台湾有三天行程，再忙也不会只跟你从四点半见到六点，而见李登辉却那么短吧？现在报上登出了，原来石原不但叫马英九白等他三十分钟，并且只花二十分钟就谈完了。前天晚上我特别叮咛注意别被日本人在程序上占了你便宜，果然不出我所料，这小白脸太天真了！"

◆ 日本右翼分子
石原慎太郎

_二十 邻居原来是云南王

李敖居住在台北市敦化南路496号金兰大厦时，有一个邻居，名叫裴存藩，黄埔三期毕业，官拜中将，人称裴将军。

这位裴将军可是个有来头的人物。在国民党统治大陆时期，他曾任军事委员会云南行营政治部主任、云南省党部书记长、军事参政院总务厅厅长、昆明市市长等职，是国民党"立法委员"。到台湾后，依然做着他的万年"立委"。李敖住12楼，他住8楼。在大厦里，大多数人都称他"裴老爷子"。

李敖素来对国民党无好感，故两人经常擦肩而过，但从未打过招呼，同乘电梯无数次，也只做不认识。所以，套用一句古诗"天涯若比邻"，他们是"比邻若天涯"。

李敖虽然与裴老爷子没有过任何接触，但却在选举住户代表参加大厦管理委员会时，总是暗中投裴老爷子一票，他想逼他管点事。因为他是"立法委员"，对应付警察之类的外部干扰，他还是有点用的。李登辉做台北市长时，有一次，找上大厦中庭花园的麻烦，有裴老爷子坐镇，一切平安无事。但据李敖讲，选住户代表时，裴老爷子决不投李敖的票，所以李敖年年落选。大家都知道，李敖是刁民，敬而远之为妙。

裴老爷子虽然已七八十岁年纪，满头白发，头发却总是梳得十分齐整。据说他经常出入理发厅，裴老太太好像心知肚明，懒得管他。李敖在搜集史料过

◆ 和李敖『比邻若天涯』的云南王裴存藩，黄埔三期毕业，官拜中将，人称裴将军

◆ 裴存藩与蒋介石合影

程中，一天在杜聿明将军的儿子杜致勇家的天花板上，找到当年裴老爷子及太太与杜聿明的合照，顿时百感交集。联想到他们过去的飞黄腾达，今天子辈的行尸走肉，不免浮想联翩。

李敖喜欢读书，常常整日整夜沉迷于资料堆中，乐此不疲。有一次，沈醉从大陆写信给李敖，李敖乃半夜翻看沈醉将军在大陆写的《军统内幕》，看到国民党特务头子毛人凤跟裴老爷子的神秘关系，不禁想到：沈将军在写裴老爷子那些往事的时候，绝没想到，这个裴老爷子如今就住在我楼下；而在楼下午夜梦回的裴老爷子，做梦也想不到，在楼上，有个下笔无情的历史家，正对他们当年在大陆如何祸国殃民，研究得一清二楚呢！

又有一次，李敖半夜翻看1934年的《中国国民党年鉴》，在（丙）230页看到云南省党务指导委员会三巨头，执行委员龙云、监察委员卢汉之下，赫然就是书记长裴老爷子。他一边看一边心里就想：裴老爷子出道可真早！他在云南做地头蛇的时候，我还没出生呢！次日清晨，李敖下电梯，看到裴老爷子穿着花格子西装，打着红领带，叼着雪茄烟，悠闲地坐在大厦门庭的椅子上，正等着去"立法院"上班呢。李敖瞄了他一眼，心里一直笑：老家伙，昨天半夜又碰到你了！

1989年2月2日，裴老爷子对外宣布，他要在退职条例生效后，率先退位。消息传出，记者们跟新闻界都在问谁是裴存藩，一位在"立法院"待过七八年的新科"立委"问："裴存藩是谁？我都没有听说过！"李敖听后笑了，说："这个裴老爷子，和胡赓年是一样的人，他四十年如一日，那一日就是一纸空白。"大家不晓得他是谁，就查他记录，在台湾几十年，作为"立法委员"，他没有请过一天假，但是在整个"立法院"的发言记录里，他没有讲过一句话。他在那里抽雪茄，国民党下个命令大家举手，他就举手。也许他在想："老子当年是昆明市长，是云南王，做过大事情，住的是西班牙式的别墅，不是现在的这种楼房，也不是小小的台湾，台湾算什么，不值得老子费心！"所以，他五十到台湾，九十岁死，四十年来一个屁也不放，一句话也不说。

就在裴老爷子宣布要率先退职的三年后，李敖收到了裴老爷子的讣帖。他除了向对方家属表示自己一向"不参加婚丧喜庆"之事，故"不能前去殡仪馆行礼"外，还表示将"用自己的方式以答亲友盛情"，并且提出，"如果家属方面能够提供全部裴老爷子的遗件存件"，自己可以帮助"详细处理一下他一生的史料"，"只有经过专家这样予以鉴定，裴老爷子一生的事迹，方能客观的定位"。他认为，作为历史学家，这才是送给裴老爷子的一份最宝贵的礼物。他的提议是否有下文，至今不得而知。

二十一　与三毛、金庸谈"伪善"

1979年，李敖复出后，琼瑶的丈夫、皇冠杂志社老板平鑫涛请李敖吃饭，由杂志社的几位同仁作陪。

李敖到了后，平鑫涛对他说："有一位作家很仰慕李先生，我也请她来了，就是三毛女士。"

这时，一位女子走上来对李敖说："李先生您好，我是三毛。"

李敖说："你好，我知道你去了非洲。"

三毛说："我去非洲沙漠，是要帮助那些黄沙中的黑人，他们需要我的帮助。我是基督徒，我佩服去非洲的史怀哲，因此我也去了。"

李敖嬉笑着说："你说你帮助黄沙中的黑人，你为什么不帮助黑暗中的黄人？你自己的同胞更需要你的帮助啊！舍近求远、去亲而就疏，这可有点不对劲吧？另外，你怎么解释你的财产呢？"

三毛听了有点窘，赶忙说："李先生，我已经什么也没有了。"

李敖笑了，他没有再说下去，他知道再说下去会使三毛下不来台，他不想让别人当面难堪。但他认为，三毛的行为只是一种"秀"，其性质与影星歌星的慈善演唱并无不同，他们作"秀"的成分大于一切，旁观者绝不能认真。三毛说她是基督徒，她在关帝庙里下跪求签又是怎么一回事？所以，他对三毛的评价是"白虎星式的克夫、白云乡式的逃世、白血病式的国际路线，和白开水式的泛滥感情"而已。她的善是一种伪善。

三毛之外，金庸也不例外。

1981年，金庸受台湾官方邀请赴台活动，晚上去拜访了李敖。

两人似乎一见如故，谈了八小时之久。谈话间，金庸说：

◆ 作家三毛

"儿子死后，我开始精研佛学，现在已是很虔诚的佛教徒了。"

李敖说："佛经里讲'七法财''七圣财''七德财'，虽然《报恩经》《未曾有因缘经》《宝积经》《长阿含经》《中阿含经》等所说的有点出入，但大体上，无不以舍弃财产为要件。所谓'舍弃一切，而无染着'，所谓'随求给施，无所吝惜'。你有这么多的财产在身边，你说你是虔诚的佛教徒，你怎么解释你的财产呢？"

金庸听了说："这些迟早会施舍出去的。"

李敖笑笑，没再说什么。在他眼里，金庸的信佛，其实是一种"选择法"，凡是对他有利的，他就信；对他不利的，他就佯装不见，其性质，与善男信女并无不同，自私的成分大于一

◆ 作家金庸

切，因此，他说的善也是一种伪善。

李敖最恨的就是伪善，他佩服的是那种志士仁人式的特立独行，是屈原式的"宁正言不讳，以危身"的路线，是孟子"患有所不辞也"的路线，是为了真理而勇往直前的路线，他最佩服的人是像恩格斯那样的身怀巨资又深明大义的人。

李敖责己严，责人也严，责友更严。他强调人有信仰，更要有行动，只在嘴上讲不算，还要拿出行动来。他曾讲过一个例子，某人在街上遇一乞丐，他从兜里掏出一百元钱给了他。对这一行为的动机，可以有一百种解释。你可以说他有同情心，也可以说他在显摆给他女朋友看，还可以说他是怕乞丐纠缠，招来晦气，甚至说他是在日行一善，为得福报，等等，但无论你如何解释，有一个不变的事实是：他的一百元钱不见了，他把钱给了那个乞丐。乞丐受益了。李敖批评金庸并非是要跟金庸过不去，要他把全部家当都捐出去，就像他写"蒋介石研究"并非是要跟蒋介石本人过不去一样，在思想家和文学家眼中，那只是一个符号一个象征而已，他是在借金庸信佛的话题倡导一种理念，即知识分子不能空喊理想和信仰，要拿出行动来。

可惜有人不明白李敖的微言大义，对李敖关于金庸的谈话较起真来，拿查慎行的诗"谁无痼疾难相笑，各有风流两不如"为金庸喊冤，说苏东坡、李卓吾、丰子恺等都信佛，他们并未把全部财产捐出，而且就实际行动看，金庸对社会的捐助一点也不少于李敖，比如1993年，金庸捐赠100万元人民币，作为"北大国学研究院"的启动资金。2007年8月，又向北京大学一次性捐款1000万元人民币。87岁时，给香港中文大学捐款1000万港币，折合人民币1200万，后来又拿出310万人民币给家乡嘉兴的一所中学盖了座图书馆。他还花费1400万人民币在杭州建造"云松书舍"，后来没去住，也捐了。而李敖呢，对萧孟能"背信侵占"，借用刘长乐的钱捐胡适铜像给北大，总之自己不掏腰包，故李敖说"金庸所谓信佛其实是一种'选择法'，凡是对他有利的，他就信；对他不利的，他就佯装不见……自私的成分大于一切，你绝不能认真。他是伪善的，这种伪善，自成一家，可叫做'金庸式伪善'"，其实，他自己才真正是取了一种"选择法"：凡是对他有利的，他就说就写；对他不利的，他就佯装忘却。自私的成分大于一切，你绝不能认真。因此，他不是"伪善"而是一种无耻。这种无耻，可以叫做"李敖式无耻"。

且不说为金庸辩护者对李敖与萧孟能"财产侵权案"及捐铜像给北大等事缺乏全面的了解，即使所说全是事实，也只是枝节之论，他们忘了李敖谈"伪善"的目的所在。笔者认为，李敖并非要盘点金庸的家产，而是在借金庸信佛表达一种理念，即作为一名现代知识分子不仅要有言，更要有行。更何况，如果就事论事，金庸的上述善举都发生在他与李敖见面之后，又怎么不能认为，这正是李敖的当头棒喝所致呢！

包括金庸自己在后来也作了解释，他说：

> 台湾的李敖说，金庸信佛很虚伪，他信佛为什么不能做到四大皆空？为什么不把自己所有的财产捐出来？我想，这是李敖对佛教不了解，信佛的人里还有一种称为"居士"的。居士是住在家里的，印度很多居士很有钱，甚至有的是亿万富翁；一些帝王也是居士，难道他们信佛就得把王位放弃？我追求的是佛教的精神。

在重于行的李敖眼中，佛教的最高精神就是要"回向"，在"自度"之后回向人间，以济苍生，这才是功德圆满。因此，金庸的回应不仅没有开悟，而且毫无意义。他已经有了种种善举，一切解释都成了多余。

在李敖那边，也许正欣然暗笑，看到当年的几句重话在金庸身上终于有了花果，他还会说什么呢，他什么也不说了。

二十二　与刘晓庆的惺惺相惜

2004年5月，中国第14届全国书市在广西桂林开张，66岁的白先勇早早地就赶了过来。他在新书新闻发布会上爆出了一个信息，就是关于他的小说《金大班的最后一夜》改编为舞台剧的女主人公人选，在经历了巩俐、梅艳芳、刘嘉玲等选角风波之后，他有了自己的看法，他说："我心目中的金大班，最合适莫过刘晓庆。因为刘晓庆这几年历尽沧桑，一定能很好地表现出金大班的风韵。"

◆ 白先勇

他的话果然应验。2005年1月7日，由赵耀民改编、熊源伟导演的话剧《金大班的最后一夜》在上海美琪大戏院正式与观众见面，刘晓庆领衔主演。作品叙述的是三十年代至五十年代，从上海"百乐门"到台北"夜巴黎"的一段风花雪月的故事。它讲述了一位风华绝代的舞女大班及"百乐门"四大美女的风月传奇和悲情因缘。这是一段由轻歌与曼舞、灯红与酒绿、朱颜与白发、香鬓与俪影、西装与旗袍、金钱与爱情、苍凉与华丽交织而成的醉梦人生。

在剧组召开的第二次新闻发布会上，剧组的主要成员跳着各种舞蹈一一亮相，其中最引人注目的便是白先勇半年前锁定的刘晓庆，她与男演员冯顺超表演探戈舞，眉目之间充满自信，一甩头一抬脚，把节奏感很强的探戈演绎得干脆果断。她除了扮演作品的主人公大班外，还在剧中演唱主题曲《梦中人》。

2008年1月2日晚，刘晓庆随《金大班》剧组抵达台北，在台北中山纪念馆，拉开大型歌舞话剧《金大班的最后一夜》连演六场的序幕。当记者问及她在台湾最想见到什么人时，她说："我最想见到的一个人便是李敖大师。"

于是，通过台北经纪人交流协会理事长王祥基的精心安排，1月7日中午，李敖和刘晓庆在台北世贸联谊社共进午宴，圆了她很早就有的一个心愿。当身穿红夹克的李敖出现在她面前时，身穿粉红色套装的刘晓庆眼睛一亮，高兴地说："李大师，我看过你在凤凰卫视主持的节目，你比在荧幕上要年轻得多！"李敖笑着说："谢谢赞美，我今年72岁，和孔子同岁。"

两人一见如故，刘晓庆说："我们只谈风月，不谈风云。"

李敖点头称是。两人就从彼此都熟悉的朋友已故导演李翰祥谈起，李敖说："我们有个共同的朋友，他的名字叫李翰祥。他是我非常佩服的大导演，当年他去大陆拍片，慧眼看中了你。我知道，他后来经济状况不太好，你还帮助过他。"

刘晓庆点点头说："李翰祥导演晚年时欠债累累，他想拍一部电视剧，就是《荆轲》。后来找到我，那时我在做生意，他问我可不可以投资？我说可以啊，你要多少钱？他说要一千多万。我说好。"

刘晓庆讲得轻描淡写，但对她的正义，李敖赞赏不已。接着刘晓庆谈到自己与邓丽君在巴黎曾经共度的快乐时光，她说："那时我和邓丽君经常在一起玩，到中国餐馆一起吃饭。如果时间来得及，我一定要去她的墓看看。"

这时，李敖忽然对刘晓庆说："晓庆啊，你比在荧幕上看起来还年轻，好像比过去瘦了。"

话刚说完，刘晓庆马上说："曾有媒体说我经过'整容'，其实哪有的事？也有媒体说我56岁，其实我的年纪没有这么大。有关我的年龄，有九个版本，每个版本，年龄都比我实际年纪大，每个版本都错了！关于此事我本来不想澄清，但想想再过几年媒体就说我60岁了，那可得好好解释清楚。我现在不是56岁，到底几岁，我还是不会说。"

在一番谈话之后，李敖对刘晓庆说："自从我跟前妻胡因梦离婚后，对演艺人员保持很大很长的一段距离，但现在晓庆帮我扭转过来了，我有点相见恨晚。"

刘晓庆连忙说："感谢李大师怜香惜玉，对我嘴下留情。"

李敖特别将自己的近作《李敖议坛哀思录》送给刘晓庆，并亲笔在书的扉页题上一首藏尾小诗：

天外有天，

我们有命，

金鸡报晓，

百花称庆。

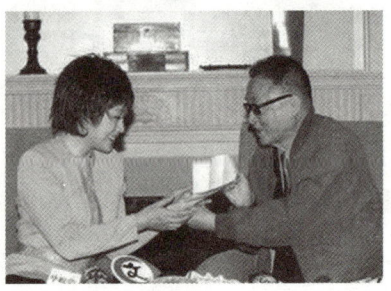

◆ 图为李敖与刘晓庆之间友情往来的见证。

　　两分钟后，李敖题诗立就，并熟练地盖上自己的图章，晓庆在一旁赞叹不已。两人一起拿起书向大家展示，李敖一边读一边解释说："四句话的字尾合起来就是'天命晓庆'。"诗中包含了对刘晓庆的期勉和鼓励。

　　这次会见，台湾演艺圈众多人士及欧阳龙夫妇都陪同在场。这时，有记者问李敖："人们都搞不清刘晓庆的年龄，你看她到底有多大？"

　　李敖知道刘晓庆不愿披露此事，便委婉地说："如果刘晓庆属蛇，就和我前妻胡因梦一样年纪，如果是属马，就和林青霞一样，都是美女。"他的妙语解围引起众人大笑。

　　刘晓庆则说："在我还没有见到李敖前，看到李敖大师在凤凰台主持节目时，口若悬河，知识渊博，反应敏捷，辩才无双，我不会讲话，怎么办呢？只听他说好了，没有想到，见到面，我说的话比他还多！"刘晓庆的话，引得全场大笑。

　　李敖面对记者说："自从和前妻胡因梦离婚后，我和演艺圈的人，不太往来，但是，她却是个例外，我很佩服她，再艰苦的环境，都打不倒她，她真的很了不起，尤其是她的平民意识，我很赞赏。我认为我和刘晓庆除了都是李翰祥的朋友，还有个共同点，就是我们各在海峡两岸都坐过牢，我是因为抨击当局的言论而入狱，她是在那么艰苦的情况下成长起来的，这是很难得的。"说着，他转向坐在一边的刘晓庆说，"因为我佩服你，这是很重要的一点。我相信我们这样的人是绝不会被打败的。"

　　刘晓庆说："谢谢大师的鼓励。我预计10日离台，但说心里话，我很想留下来参观一下台湾的选举。"

　　李敖马上劝阻说："我没选，所以没什么好看的。"

　　事后李敖解释说："她对台湾印象太好了，我很怕她失望。"

除了赠书给刘晓庆，李敖还将自己一年前为2008年奥运会写了《中国奥运歌》歌词带了过来，他把歌词密封起来，亲手交给刘晓庆说："这首词还没人看到，你是第一个读者，可以先睹为快。"说罢，又悄悄对她说了一句，"回去再打开来看！"晓庆笑了，她回到宾馆，打开信袋，李敖亲笔书写的歌词出现在面前：

最早的奥运在希腊

那是文明人的开锣

中国的远处有希腊

希腊的远处没有中国

随后的奥运在欧美

那是白种人的掠夺

中国的远处有欧美

欧美的远处没有中国

再来的奥运在世界

那是运动员的龙蛇

中国的远处有世界

世界的低处有中国

今天的奥运在华夏

那是中国人的磅礴

中国的低处有世界

世界的高处有中国

世界的高处是我们中国

世界的高处是我们中国

转眼四年过去了，2012年7月，刘晓庆主演的《风华绝代》出炉，剧组再次来到台湾演出。于是，影后与大师又有了难得的第二次会面。

在两人举行的见面会上，刘晓庆身穿天蓝色套装，李敖则换成一件深灰色西装。刘晓庆首先将自己刚出版的艺术画册赠与李敖，并笑着说："不好意思，这不是'写真集'。"众人大笑。

这时，有记者好奇地问："你平时穿的那件红色招牌的外套怎么不见了？"

李敖解释说："红色招牌的外套跟我一起退休了。"

刘晓庆问："再也不穿了吗？"

李敖说："再也不穿了。"说着撩起身上的衣服说，"我这个外套是凤凰卫视的老板刘长乐送我的，蛮新的。"

刘晓庆问："现在不做电视节目了？"

李敖说："不做了，退休了。"

刘晓庆说："做节目很辛苦的。"

李敖用手比画着说："很辛苦，不过没有你辛苦，你在戏中的整个表演要罩住全场，非常了不起。"

刘晓庆主演的舞台剧《风华绝代》，讲述的是清末民初传奇女子赛金花的故事，被称为"传奇女人演传奇"。剧中的赛金花有一段台词说："我红极一时，即便是人生大起大落，也挡不住我一代新女性的光芒。"这句话让刘晓庆讲出来更多了一重别样的意味，引起观众的极大反响，对此田沁鑫导演在李敖面前发出由衷感叹："她演得好极了，真的是风华绝代。"

李敖马上打趣说："所以我那诗不是乱写的，她是明星中的明星啊。"他接着说，"晓庆的演技太棒了，跟美不美已经不相关了。我不是说她不美，话剧演员要罩得住全场，因为场地较大，表达感情不能光靠表情，还要靠动作。刘晓庆演电影没问题，演话剧也没问题，这真了不起。"

刘晓庆则谦虚地回应说："谢谢李大师的夸奖，其实，从电影到话剧，中间有一个痛苦的过程，需要慢慢适应。"

这时，李敖向在座者谈到自己对刘晓庆的印象，他说："可以用'月朦胧鸟朦胧'的古诗来形容她。我们四年不见，她好像比过去瘦了，但时间并没有在她身上留下任何痕迹。"刘晓庆则谦虚地说："我可不是当代的美女，希望大家把焦点放在作品上。"

李敖中年以后，便很少交朋友，他曾说："基本上人是经不得考验的，所以我对人的评价很低，尽量跟人不来往，也不太相信别人，原因就是觉得人不可靠。"加上他交友的标杆太高，故朋友亦愈来愈少。但为什么要与刘晓庆交朋友，他道出其中缘由："她的身世遭遇跟我很像，我们都经历了很多挫折，但这些都没压垮她，她有才华，很自信，对朋友也很义气，这就是我与她交往并给她作诗的原因。"

博览群书的李敖在少年时代曾一度处于思想与情感的迷乱之中，如何挣脱情感的丝茧，冲出思想的迷雾，导师的指引起到了至关重要的作用。他结识了从大陆偷渡到台湾的共产党员严侨，结识了国学大师钱穆，结识了新文化的宗师胡适……从此与他们结下了不解之缘，演义出一个个令人啧啧称奇的故事。

第二章

从师纪

_一 与地下党的生死缘

　　学过中国近代史的人，大概都不会忘记那位曾经翻译过西方名著《天演论》的北大校长严复。但很少有人知道，他有一个做了共产党的儿子严琥，还有一个同样是做了共产党的孙子严侨。严琥在解放后曾做到福州市的市长，严侨则作为地下党偷渡到了台湾，阴差阳错做了李敖的老师，对李敖的成长产生了深刻的影响。

　　早在小学六年级时，李敖的书架上已经有了许多成年人读物，如《中山全书》《新华日报》等，在当时"主义"纷争的年代，他的思想也一度陷入迷乱之中。这种状况直到他进入高中，遇到了严侨，才有了变化。

◆ 曾经翻译过西方名著《天演论》的北大校长严复

在李敖眼中，严侨身材高瘦，头生密发，两眼又大又有神。他到台中一中时已经31岁，时间是1950年8月。他虽然比别的老师来得晚，但与学生的关系却发展极快。在李敖眼中，他有一股魔力般的迷人气质，举止洒脱，多才多艺，口才极好，还喜欢喝酒。尤其是他的那种疯狂气概，使人一见他就易产生好奇、佩服的印象。从小就崇拜"奇人"的李敖很快地走近了他。

早在李敖上初中时，他对严侨就有印象。一次，高班生踢足球，足球踢到了场外，正巧严侨走过，他也不走路了，突然直奔足球，奋身一脚，就给踢了回来。同学们齐声喝彩，他趁机加入，大踢特踢起来。这种即兴发挥的气质，李敖特别喜欢。

当时，台中一中的图书馆主任是陈联璋，很注重学校的学术活动，他主办每周讲座，邀请老师作专题讲演。严侨讲过一次"人的故事"，他在讲演中大谈"演化论"，而不是他爷爷宣传的《天演论》。他说"天演"的天字不妥，该译为"演化"，这种独持己见不跟着祖宗走的气魄，令李敖钦佩，给李敖留下极深的印象。还有一次，他讲"家畜山羊"，他从高加索山羊、西班牙山羊、波斯山羊、喜马拉雅山山羊说起，如数家珍，他的知识的多样与丰富，更令李敖惊叹不已。

由喜欢到钦佩到惊叹，李敖在内心里对这位有着奇特气质的老师充满了向往，但当时他们并不认识，严侨是其他班的老师，他们之间还无缘接近。

1951年，李敖16岁。暑假后进入高一上甲。正好严侨教数学，正儿八经地成了李敖的老师。此时的李敖在知识的成长上已极为快速，他在班上"喜放厥词，好争好辩，颇为张狂"。别的同学都吃不消李敖的那张嘴，有的甚至写匿名信丢在他的书包里痛骂他。由于李敖张狂好辩，在严侨的课堂上发言时，也就常常在数学以外，扯到别的地方去。严侨上课，才华四溢，别具一格。许多机械的题目，他干脆不做，自己坐到学生座位上，让数学好的学生上台去做。他常在课堂上聊天，注重学生的"思想教育"。他说："我要把你们的思想搅动起来！"这在当时的政治形势中，不能不说是一种大胆的举动。为了证明他说得对，有一次他对学生说："我若说错了，我就把我的名字倒写！"说着就用极熟练的笔画，把倒着的严侨两字写在黑板上，像一位"镜子书法"的专家。学生鼓掌呼啸，师生之情，融成一片。

学数学就少不了做习题。李敖做习题不在行，但扯别的却有一套。他在练习簿的第一页就来了一段"簿首引言"，引Oscar W. Anthony的一句话，说："数学是人类智力的灵魂。……它超越了空间与时间的领域，告诉我们宇宙是这样的悠远，光线曾经历百万年的行程，方才照射到大地上。……"这些话与练习题毫无关系。后来，练习本发还，在"它超越了空间与时间"的一行下，被严侨打了一条红杠子，下有朱笔批曰："我想它超越不了空时！"李敖看了，觉得这个老师真是可爱，他是数学老师，但他在精改习题以外，还会跟学生的引文打笔仗！

李敖对严侨着迷，愈来愈欣赏他，渴望与他交流。后来，他花了几天的时间，写了一封长信，信中细述自己成长的历程、对现实的不满、对国民党的讨厌等等，他把信交给了严侨。严侨看了，对他有所劝慰。两人的交情，从此就非同一般了。

李敖升高二后，数学课改由黄钟老师来教，但尽管如此，李敖与严侨的交情与日俱增。严侨家住育才街五号，就在一中斜对面，是一栋日式木屋的后半栋，前半部分归另一个老师住。因为一栋房子硬分成两半，所以显得狭长阴暗，不成格局。严侨常约李敖上他家去找他。有一次，两人同去看望住院的黄钟，回来时已是晚上，严侨要回家了，约李敖同行。在路上，他突然神秘地对李敖说："你不要回头看，我感觉到好像有人跟踪我，是蓝色的。"（国民党特务源出蓝衣社）李敖若有所悟。第三天，黄钟老师死了，严侨与李敖再去医院，感触良多。当天晚上，李敖送他回家，他让李敖进屋坐，在昏暗的灯光下，严侨劣酒下肚，话语更多，终于告诉李敖，他是大陆派过来的共产党员。

在当时的台中一中，不时有所谓的共产党、"匪谍"被捕，或枪决、或判刑、或失踪，人人自危。包括黄钟死后，还有人说他也是共产党。黄钟的死，给严侨带来了极大的震撼，他感到人生无常、好人难在，于是，酒越喝越多了。由于没钱，他喝的酒是当时最劣等的米酒。喝酒的方式亦别具特色，没有情调、没有小菜，用牙齿把瓶盖一口咬下，就咕嘟咕嘟，喝起黄汤来。喝多了，便大背和醉酒有关的诗词。他最喜欢背的是辛弃疾的《西江月》：

> 醉里且贪欢笑，
> 要愁那得工夫？
> 近来始觉古人书，
> 信着全无是处。
> 昨夜松边醉倒，
> 问松我醉何如？
> 只疑松动要来扶，
> 以手推松曰："去！"

李敖清楚记得，每当背到最后一句时，严侨总是伸开十指，双手向前推出，郑重表示不要"松"来扶他。那种凄怆的神态令人动容。李敖后来回忆说："中国文学非严侨所长，他'以手推松曰去！'自然不知道《汉书》龚胜传中这一典故，也不知道龚胜79岁成了殉道者的悲剧，但他那醉后一推曰'去！'的真情，如今事隔40多年，却使我记忆犹新，永远难忘。"

在多次跟严侨的夜谈中，李敖约略知道了他的一些情况。

严侨的确是一位共产党员。他的父亲严琥是当时的福州市市长。在国民党败逃台湾后，严侨志愿偷渡到台湾，为解放全中国而战斗。当时，他带着妻子，两人坐一只小木船，靠一个埋在沙里的罗盘导航，渡过了台湾海峡。到台湾后，就被国民党特务"请"去。特务问他："你来台湾干什么？"他说："来投奔自由。"特务说："你胡扯，你爸爸在福州做共产党的市长，一般都是儿子跟着老子走，你怎么会来投奔我们？"严侨说："我不是来投奔你们，我是来投奔自由，何况我有老母在台，我要来照顾她。"特务一查，果然，他母亲在台湾，只好暂且相信。但这样总不能结案，总得找个保人，于是，由他的妹夫叶明勋出面，保了严侨。严侨有两个妹妹，大妹严倬云，嫁给了辜振甫，就是后来大名鼎鼎的海基会董事长辜振甫；小妹严停云，即女作家华严，嫁给了当时任国民党中央社台湾分社主任的叶明勋。

谁知到台中一中教书后，严侨的思想不断发生变化，并且在与李敖的交往中，也受到了李敖自由主义思想的影响。脱离了大陆这个革命大磁场，特务又时刻在盯着他，他感到一种失落和无为，他想归队，想回到大陆去搞建设。虽然大陆也有他不满意的地方，但毕竟有"新"的气息，有朝气，有大干一场的条件和机会。一天晚上，在自己家中，他又喝醉了酒，突然哭了起来，并且哭得非常沉痛。在感情稍微平静以后，他对李敖做了最重要的一段谈话，其中说他不能让自己的身体被一个党锁住，被另一个党监视，这是他最大的痛苦。他想回大陆。他对李敖说："现在我们的名册里没有你，可是我想带你回去，带你去共同参加那个新尝试的大运动，这个大运动是成功是失败不敢确定，但它至少牺牲了我们这一代而为了另外一个远景，至少比在死巷里打滚的国民党痛快得多了！"由于他有那样的背景、那样的偷渡经验，李敖对他十分信任并答应跟他走。他也在梦想着参加一个重建中国的大运动。

但梦想毕竟是梦想，就在这一天的深夜，严侨被五个彪形大汉抓走了。此时是1953年，严侨33岁。

第二天中午，父亲在家中讲述了严侨被捕的消息。李敖听后十分感伤，尤其令他担心的是严师母和三个小孩今后怎么办。那时严侨的大女儿才三岁，儿子两岁，小女儿还在吃奶。李敖和严师母商量多次，一筹莫展。李敖当时18岁，正休学在家，家里又穷，可谓心有余而力不足。他只好饿早饭不吃，存下一点钱，送给严师母。后来，父亲知道了此事，严肃地责备李敖不可这样做，理由是："严侨既然被捕了，谁还敢帮他呢？"

父亲的话并非毫无道理，在当时人人自危的年代，对严侨这样一个"匪谍"，人们躲之唯恐不及，怎敢再伸出援助之手！李敖和严师母认为只有通过血缘关系和亲属关系这一条路了，只有这些人帮助，特务们才不会产生怀疑。过了一段日子，严侨毫无音讯，严师母和李敖商量，李敖说："你们赶紧去台北吧，台中住不下去了。"严师母说："到台北找谁呢？"李敖说："找严老师的妹夫辜振甫，他是台湾最有钱的人啊，找他去。"于是，严师母变卖了残破的家当，带着三个小孩，含泪北上。他们走后，再没消息。李敖忙于准备参加大专联考，也不能再做什么。

一天，李敖晚上散步，经过严家旧宅，遥望月光下的小院，一片浓荫笼罩着死一般的寂静，幽黑的小屋隐藏着难测的惊惧，想到老师不知正受难何处，师母又下落不明，内心涌出一种说不出的悲凉。

几年以后，李敖听说严侨死在了火烧岛。

听到这一消息时，李敖已从旧梦中挣脱，成为一个成熟的自由主义者了。但尽管如此，他依然认为严侨是自己思想成长过程中人格上的导师。他为他的死感到难过，怀念之余，他庆幸自己能够亲自接触这么一位狂飙运动下的悲剧人物，是严侨使他具有了那种大陆型的脉搏、那种左翼式的狂热、那种宗教性的情怀与牺牲精神。他坚信，虽然导师已经倒下去，但他的学生还在前进，他的学生没有倒！

数年之后，1961年的10月28日，胡适在台湾南港寓所中接待了前来看望他的叶明勋、华严夫妇。在谈话中间，自然谈到华严的哥哥严侨。胡适就把李敖给他的那封长信拿出来让他们看，于是，他们告诉胡适一个惊人的消息——严侨已死只是误传。他不但活着，而且已经出狱了！

胡适一阵惊喜，他想，李敖要是知道了这一消息一定高兴。

第二天，他亲笔给李敖写去一信：

李敖先生：

有个好消息报告你。

严停云女士（《智慧的灯》的作者）和她丈夫叶明勋先生昨天来看我。他们说：严侨已恢复自由了，现在台北私立育英中学教书。他喝酒太多，身体颇受影响。

我盼望这个消息可以给你一点安慰。

胡　适

1961年10月29日夜

为了避免国民党邮政检查，避免给李敖带来麻烦，胡适特请姚从吾转交李敖。

严侨还活着！

11月1日，李敖看到了胡适转来的信，感到喜从天降。他仿佛看到才华横溢的严老师正在向他走来。当天下午，他从华严处打听到严侨住址，便立即去看望这位曾令自己默然神伤的中学老师。

严侨住在新生北路一幢破旧的日式平房里，七年未见，他已明显衰老了。他的前额布满了皱纹，头上白发苍苍，口中依然散发着酒气，李敖已看不到一个42岁的壮年所应有的面貌了。李敖刚进玄关，严侨便喊着他的名字抱住了他，激动得流出了眼泪。谈到自己在火烧岛的牢狱生活，他讳莫如深，只是连连摇头，痛苦地说："不好受！不好受！你千万不能到那儿去！"

李敖看望严侨的这一天，他的长文《老年人和棒子》在《文星》杂志第49期已经发表，他顺便带了一本去，严侨坐在破旧的藤椅上，仔细地看着自己学生的作品，并核对了几段译文，连声夸奖："翻译得好！翻译得好！"最后，他放下书，严肃地对李敖说："我真的不要你这样写下去，这样写下去，你早晚要去那个地方！"

在严侨的身边，三个孩子都已是小学生了，听严师母讲，她带着三个小孩子到台北后，辜振甫关了大门不肯见她，或者说不敢见她。她没有办法，只好去给外国人做了用人。当时中国人都不敢请她，因为她丈夫是共产党的"间谍"。三个孩子两个送进了孤儿院，一个被寄养。如今，在孤儿院长大的那两个孩子仍然是"谈院色变"。李敖不由悲上心头，他从兜里掏了半天，凑足100元钱，递给孩子。这时，严侨嘴里冒出鲁迅的两句诗："横眉冷对千夫指，俯首甘为孺子牛。"他说，"如果七年来我有什么转变，那就是我放弃这两句诗的头一句了，在'孺子'面前，我要'俯首'了！"听了老师的话，联想起七年前这位共产党员的狂飙精神，李敖感到更加悲凉。他从老师的身上感受到了残酷环境的影响。

出于对老师健康和生活的关心，李敖常去看望严侨，并给他提供机会翻译作品，以换取稿酬。但要资助生计无着的严侨一家，李敖的确力所不及。最为可怕的是，严侨在人生信仰上已经步入悲观之途。他在给李敖的信中说："人无端地生，无端地死，生死之间，无端地做一些事，相关关系的遭遇空间和时间，都是变数。"在生活上，他染上了酗酒的毛病，这种恶习使他多次住院，丧失了正常的生活和维持正常生活所应有的规律、敬业和斗志。终于有一天，在医院里，当着华严的面，李敖向严侨摊牌："老师，我要仗着你我多年的师生之情，逼你做一次选择了，这次出院后，除非你决心戒酒，我不会再来看你了。如果你觉得这几口黄汤比你学生对你的期许还重要，你就喝下去；否则的话，你就该振作起来，不要使我失望，不要辜负你的生命与才华。你这样做，是帮助你的敌人打倒你自己，我再也看不下去了。"

李敖说这番话，本来意在逼他戒酒，但事后听说他依然如故，李敖就断然停止了探望，加上后来给胡适信被公布事件，他劝严侨戒酒的那一次，竟成了他们相见的最后一面。

14年后，李敖坐在牢房里翻阅旧报纸，一条讣告赫然在目："显考严公彦国讳侨恸于'中华民国'六十三年七月卅一日下午十二时病逝台北市崇仁医院享年五十五岁……"此时，李敖知道：严侨真的死了！

李敖最难忘严侨坐在破藤椅上读《老年人和棒子》时的那副欣赏的神态，当然也忘不了他对自己说的"早晚要进去"的话。他忘不了老师的忠告，但他此时的思想境界已大大超过了严侨。生死于他，早已被置之度外。

严侨的话并非没有道理，《老年人和棒子》在他的人生道路上的确是极其重要的一笔，也是他激起社会波澜的第一朵浪花。该文发表后，李敖从此把自己投入到湍急的社会浪涛里去了。

几十年后，为怀念这位老师，李敖写过一篇文章叫《我最难忘的一位老师》，登在大陆出版的《中华英烈》杂志上，署名秦晓鹰。李敖联想起当年严侨出生时，严复高兴地赋诗给他的孙子，其中写道：

神州需健者，勿止大吾门，

震旦方沉陆，何年得解悬？

太平如有象，莫忘告重泉。

可惜的是，严侨没有看到这一天，他为了祖国冒险到台湾来做"间谍"，最后，自己等于牺牲了。联想到他的父亲、原厦门市市长严琥生逢新旧交替，旨在富国强兵，结果家破人亡，他的爷爷严复，旨在引进新潮，赍志以没，以及他的儿子严正，志在经济挂帅，埋头做白领，李敖真有一种世事沧桑之感。1985年4月18日，他为纪念自己的这位恩师，写有三首律诗如下：

蓝衣祸中国，红帽救陆沉。

奋起三楚户，勿止大严门。

浮海甘赴义，流囚几成仁。

万劫一杯酒，酒底醉风尘。

风尘识侠侣，扶余有一人。

但见西江月，不闻点绛唇。

青天无白日，绿岛有浮云。

浮云将安住？往处若有神。

神往妻孥弃，慷慨戴覆盆。

竟以师徒累，遂作死生分。

闻说君为匪，我道贼陷君。

神州失健者，千秋吊国魂。

严侨于他，虽音容渐远，但这位老师当年那种宗教式激越的报国情怀却深深地铭刻在他的心中。

_二 姚从吾的得意门生

在50年代的台湾大学，李敖无疑是一个异数。他之所以能够"横行"到毕业，离不开一大批老师的宽容和理解，比如，教中国古代史的李宗侗教授、教中国通史的夏德仪教授、教西洋史的刘崇鋐系主任、吴相湘教授、教印度史的吴俊才教授、教国际现势的黄祝贵老师、中文系主任台静农教授等等。其中影响最大的，姚从吾当算一位。

姚从吾，原名士鳌，字占卿，一字存吾，河南襄城人，生于1894年10月7日，1917年考入北京大学文科史学门，师从张相文、陈汉章、朱希祖诸人，1920年毕业。应第一届高等文官考试被录取，分配在教育部社会教育司见习，后留部工作（鲁迅当时亦工作于此）。又应中国地理学会主持人张相文之聘，编辑《地学杂志》。同时考入北京大学国学门研究所。1922年毕业后，参加北京大学选拔学生赴德深造考试，入柏林大学研究所。1928年完成论文《中国造纸术输入欧洲考》，刊载于《辅仁杂志》，为人注目。1929年应德国莱茵省波恩大学东方学研究所聘，任汉文讲师。1931年任柏林大学研究所讲师。1934年回国任北京大学文学院历史系教授，1936年任主任。抗战开始后随校西行，任西南联合大学教授。发起组织中日抗战史料征辑委员会，征集抗战史料达164箱，抗战胜利后移交北京图书馆（今国家图书馆）。1946年任河南大学校长。

◆ 1956年李敖（右）升二年级时开始选修姚从吾的课，此时的姚从吾（左）已63岁，满头白发。

1948年改任故宫博物院文献馆馆长。1949年，护送故宫第三批文物到台湾，任台湾大学教授。在李敖上大学期间，他被膺选为"中央研究院院士"。

姚从吾主攻辽金元史，1956年李敖升二年级时开始选修他的课。

此时的姚从吾已63岁，满头白发，嘴唇奇厚，满口乱牙，讲话时声音中气十足，地道的河南男低音，配上他那厚实朴拙的造型，俨然一副中原老农相。也正是这副老农相救了他一命。当年，解放军攻打开封城，身为河南大学校长的姚从吾，想出脱身之计，他将炒熟的面粉十余斤装在布袋内做食粮，把金挂表和安全剃须刀分藏在两个大馒头内，化装成一个老农，与三五个河大学生一起混出了城门，随着逃难的百姓朝东跑去。路上，几个大学生为了保护他，在人前人后都称他"老公公"。他们以王瓜解渴，以馒头充饥，白天顶着夏日高照，晚上受着蚊虫叮咬，历经千辛万苦，终于靠着两条腿逃到了山东归德。当时国民党周岩的部队驻守在那里，他前往拜访，被几个大兵送到了徐州。此时，他的两腮胡须已有一寸多长，连熟人都难以认出他了。

姚从吾在抗战初期与国民党走得很近，在西南联大时，他曾奉命在校内设立支团部，后又奉命组织中国国民党西南联合大学党部，多次举行座谈会和演讲会，以"澄清左派职业学生之蛊惑"。但到台湾后，他与政治疏远了。国民党办党员归队时，他拒绝办归队登记，这就意味着要自动退出国民党，但官方并不善罢甘休，依然给他安了个"中国国民党中央评议委员"的虚衔。

姚从吾到了台湾大学，一门心思埋头学术，把精力放在了历史研究和教学上，成为辽金元史的专家。他在台大讲课的情形，早已毕业的张伯敏先生有一段记载："教我们《辽金元史》及《史学方法论》的是姚从吾教授，他最亲切和蔼，年纪一大把，总是谦称'兄弟'如何如何，搞得我们这一批小伙子发毛，不知如何是好。他挺着一个大肚皮，讲课时最喜用手去揉搓，揉着揉着，那话就从肚皮里'揉'出来了。"李敖看过这段回忆颇有同感："张伯敏说姚从吾老师年纪一大把却满口自称'兄弟'，的确是此老的习惯。记得第一堂课下来，班上女生众口纷纷，笑谓他怎么跟我们称兄道弟呀？他那么老，被他称'兄弟'，多倒霉呀！"

李敖跟姚从吾学习《辽金元史》，成绩颇佳，上学期得分86分，下学期得分88分。大三时又跟姚从吾学习《史学方法》，上学期94分，下学期86分。大四时，姚从吾又指导李敖写论文，尽管李敖说"在学问上，他对我的影响极为有限"，但李敖执着于史学研究的情结和求真的科学研究态度，除了过去受梁启超、胡适、钱穆等人的影响外，毫无疑问，他更直接地受到了这位辽金元史专家的熏陶。李敖说："尤其大四写论文，他对我实在没有什么指导可说（为了跑图书馆，他倒给我写了不少名片）。我敢说，他对我的论文——《夫妻同体主义下的宋代婚姻的无效撤销解消及其效力与手续》，全无研究。他只能给我改一处笔误而已。"这自是年轻气盛的李敖心高气傲的极端之语，是在对他的"姚本师"进行求全责备了。姚从吾的伟大之处不仅在于他对契丹、女真、蒙古历史的研究成果，更在于他的与人为善、不耻下问。他对李敖的论文不在行，便拿去请师大教授赵铁寒审查，赵铁寒在回信中说："李君天分很高，能放大找材料，更长于组织与剪裁。剖析问题，如剥笋如抽茧，有探骊得珠之妙。至偶有荒疏之处，青年人常情，不足为病。我公赏识足以服众也。"但李敖对这位名气甚大的赵教授似乎也不买账，他说："其实，赵铁寒也未必对我的论文在行，也只是改笔误而已。"

尽管如此，在李敖眼中，姚从吾做学问仍然属于埋头耕耘而收获不佳的一类。他在后来的多篇文章中都提到他，把他当作死读书读书死的书呆子典型，认为他一生的学术成就"与他的际遇和努力不太相称，这是很可叹的"。

李敖从姚从吾那里得到的，更多的倒是学问以外的东西。他的《"北土怀吾愿，东林怀我师"》一文，表达了对姚本师的深深怀念。他说："姚从吾老师在学问上，虽然与他的际遇和努力不太相称，但他在学问以外方面，对我倒启迪颇多、帮助颇多，令我一生感恩难忘。"在大学期间，他曾多次与姚从吾通信或面谈。一天，他又与姚坐在一起小谈，姚劝他还是少发表文章、埋头学问为好，颇有"积深流厚"之意。李敖深以为然，归来作诗一首以自勉：

鱼倦低游每返渊，
鸟倦高飞总知还，
摒情专心穷文史，
隐姓埋名二十年。

姚从吾先生比李敖大42岁，已步入人生的黄昏。望着他苍苍的白发，李敖由衷地感到青春的可贵与珍惜青春的迫切，同时他也得到了一种对时间的透视，深信每天都有"一夫不耕，或受其饥；一女不织，或受其

◆ 胡适先生

寒"的重要性，那种"急求早成"的心理也显得益发炽烈了，这种急迫感后来变成无时不在意识中的一件大负担，它鞭策着李敖，不停的努力、不停的紧张，在李敖心中，姚从吾已化作一股奇异的力量。

当然，还有更重要一点，就是李敖在走近胡适、结识胡适的过程中，姚从吾成为一个关键纽带。

李敖上大二时，听说胡适在台北"中国地质学会"的年会上有一场演讲，便赶往去听，当时，姚从吾在场，他特别将李敖介绍给了胡适，胡适当即邀请李敖一起聊聊，于是，他们到了台大校长钱思亮家，大聊一阵。从此，胡适就把李敖作为北大系的传人看待了。姚从吾与李敖的交情，也正是在这一基线上发展起来的。

由于李敖在大学阶段治学态度的严谨和学问的精深，姚从吾在对他的赏识

中有着一种偏爱，他认为李敖有"偏才"，不论在治学还是做人上，都给他以殷切的教诲和鼓励，甚至在经济上亦给他以很多帮助。李敖在毕业后给姚老师的信中说：

> 我不敢自诩您特别爱护我，因为你的热心使许多人都受到奖掖与实惠，但我又经常感觉到在您年轻一辈的学生中，以我受诸老师的最厚，而老师也关切我最深。在我五年的大学生活中，没有第二位老师能这样热心指导我帮助我，也没有第二位老师肯这样不倦地一再照顾这个好立异、不大安分的学生，可是您却做得使我简直当不起，使我除了心中默默的感动外，不知如何答谢您的好意。
>
> 柳子厚在他"与大学诸生书"中写道：
>
> 绳墨之侧，不拒曲木；
>
> 师儒之席，不拒曲士。
>
> 这真可说是老师对我的风度了！
>
> 读 *The Education of Henry Adams* 在第20章中有这么一段话：
>
> A teacher affects eternity; he can never tell where his influence stops.（编者译：老师对学生的影响无处不在，永恒不止。）

这应该是狂傲的李敖对老师发自内心的感激之语。

从李敖的大学日记中可以看到，在大四阶段，李敖与同学之间游玩的记录大大减少，取而代之的是他与诸位导师之间的交往。而其中最密切者当是姚从吾先生。且看李敖日记中的记述：

一、一九五八年十一月四日——赴松山机场迎胡适，十二时飞机抵北，我站在机梯旁，人潮拥挤中胡适叫我一声"李敖"，即被人海卷去，我先把玄伯先生接出，后姚先生言及我论文事，谓想请胡先生协助，问萧启庆是否告诉我？……胡适在候机室与记者谈话时，答复他太太没来的事说："女人家的事做丈夫也搞不清，管不了！"后与我握手，称"李先生"。胡适气色比半年前好多了。

二、一九五八年十一月十七日——下午萧启庆言姚老抄下我地址，准备找我，恰于傍晚与之同返家。姚老言与胡适论及我，胡适记忆我很清楚，问及我是否已毕业事，并言其二三十年前一英文论及中国之婚姻现象……

三、一九五八年十一月二十四日——上午十时在文学院草地上小坐，见胡适车来，因过与胡适谈天于文学院的拱门之下，胡适……并说吴相湘、姚先生已告诉他我正在研究贞操观念。……

四、一九五八年十一月二十八日——赴姚先生处登记论文，他不明吾题意，最后商量结果，订名为《宋代婚姻解消及其社会约制的初探》。并谓再写一份目次，他将送给胡适，问问胡先生的意见。……他劝我入研究院，并去"中研院"做事。

五、一九五九年二月二十三日——姚先生信来，打电话给陈淑平。写限时信给启庆。（按信是二月二十二日写给我的，约我们去听二月二十四日胡适在"中央研究院"的演讲，讲题是《真的历史和假的历史》）

六、一九五九年四月一日——午前与姚老谈，姚老多鼓励，并说胡适向他问我："你们那'胡适迷'怎样了？"

七、一九五九年四月八日——与姚先生谈。姚又要我去看胡适，并写一介绍信如下：胡颂平先生（"中央研究院"秘书）颂平兄：兹介绍台大历史系四年级同学李敖谒见，祈赐接谈。李君素钦敬适之先生，收集胡先生著作亦最全。胡先生待之如罗尔纲，惟尚未念完大学耳。彼欲谒见适之先生，请兄代为安排为感！弟 姚从吾敬上 四月八日

八、一九五九年四月十八日——晨与姚老谈，又劝我看胡适，意谓胡颇欲使关系深切也。

九、一九五九年七月十三日——晨与姚老谈文人性情，姚先生言增才（王曾才）等言我个性之强，一决定，任何人的话皆不听，此北方之强。个性强者皆易过度而流于不听人言。又言文人方能治史。姚老似有延我为胡适秘书之意。

从上述日记中，可以看到李敖与"姚老"频繁谈话的记录。尤其是在写毕业论文阶段，姚从吾是李敖的导师，两人过从更密。为了李敖的发展，姚从吾写亲笔信介绍李敖去见太老师胡适。并不断传递胡适对李敖的评价，说"胡先生待之如罗尔纲（胡适得意门生）"，"胡颇欲使关系深切"，故多次督促李敖去看望胡适。显然，姚从吾已把李敖看作是自己最得意的一个弟子了。

在李敖入伍后，姚从吾并没有忘记他，依然与他保持着密切的联系。姚一再劝说他将来要考历史研究所，并帮助他申请了国家讲座的研究助教，以解决他的生活困难问题。就这样，李敖退伍后的第二年，顺利成为姚从吾的研究生。

但可惜的是，李敖在成为姚从吾的研究生后第二年，已不满足于像导师那样终老于学术研究的道路。虽然姚从吾和胡适等前辈对他的学术前途充满了期望，并在生活上拿出自己的薪水接济他，虽然他在姚老的帮助下在"开国文献会"有了一份工作，但他对现状并不满意，已有思退之意。这种念头一经出现，便再也难以按捺下去。他在那篇著名的《十三年与十三月》中写道：

多少次，在太阳下山的时候，我坐在姚从吾先生的身边，望着他那脸上的皱纹与稀疏的白发，看着他编织成功的白首校书的图画，我忍不住油然而生的敬意，也忍不住油然而生的茫然。在一位辛勤努力的身教面前，我似乎不该不跟他走那纯学院的道路，但是每当我在天黑时锁上研究室，望着他那迟缓的背影在黑暗里消失，我竟忍不住要问我自己："也许有更适合我做的事，'白首下书帷'的事业对我还太早，寂寞投阁对我也不合适，我还年轻，我该冲冲看！"

于是，在寒气袭人的深夜，我走上了碧潭的桥头，天空是阴沉的，没有月色，也没有星光，山边是一片死寂、一片浓墨，巨大而黑暗的影子好像要压到我的头上来，在摇撼不定的吊桥上，我独立、幻想，更带给自己不安与疑虑。但是，一种声音给了我勇敢的启示，那是桥下的溪水，不停的、稳健的，直朝前方流去、流去，我望着、望着，不知什么时候，出现在我眼前的溪水已变成稿纸，于是我推开《窃愤录》，移走《归潜志》，拿起笔，写成了投给《文星》的第一篇文字——《老年人和棒子》。

李敖说："我的目的是超越他们，是我经世致用、为人权战斗的方向。"之后不久，他即办理了休学手续，离开了台大研究所，走向轰轰烈烈的"文星"之路。他与导师姚从吾之间亦渐行渐远，几乎没有再来往。七年后，他处在特务跟踪监视的视野之中，那是四月中旬的一天，他得到一个消息：姚从吾坐在他的书桌前，与世长辞。

公祭那天，吴相湘转告李敖的弟弟李放，建议李敖化妆去偷偷给老师行个礼。李敖没有去。他认为，自己没有必要这样用世俗的方式，偷偷摸摸去表达跟老师的交情。老师对自己"从敖所好"的"一往情深"，他铭记在心，也许在不久的将来，他会以另一种方式来表达对恩师的怀念之情。

_三 胡适帮忙来赎裤子

1961年8月18日，李敖以优异的成绩考上了台湾大学历史研究所，师从姚从吾读研究生。

在口试时，文学院院长沈刚伯坐中间，周围的考官们大都是李敖昔日的老师，一见面，都对他笑，而不问问题，他们对这位早已小有名气的学生已无题可问，最后"主考官"沈刚伯说："做了研究生后，你还要穿长袍吗？"李敖也嬉笑着说："还要穿！"考场一片笑声。

当时，李敖住在新店，靠近大自然，睡上了木板床（在"四席小屋"时睡的是行军床），考上了研究所，许多曾

◆ 沈刚伯

令他苦恼的问题都解决了，但有一个问题依然困扰着他：那就是贫困。他做助理时，由于一些规章不尽合理，薪水总是往后拖，李敖要花钱、还钱，不堪其拖，也不向姚老师借钱了，索性直接写信给老师的老师胡适（胡适为"中央研究院"院长，主管此事）。他在10月6日给胡适信中写道：

我们做助理的人与研究讲座教授和领甲乙种补助的先生们不同，他们有教授、讲师的本薪，补助的钱对他们是"安定费"，是本薪以外的"补"与"助"，可是我们"助理级"的就不同了，早几天或晚几天发薪对我们所生的影响是不能跟他们比的，每月唯一的1000元，它是我们的本薪，它迟迟不发，对"专任"两个字是一种讽刺，并且使我个人不好意思再向姚先生借钱，使我三条裤子进了当铺，最后还不得不向您唠叨诉苦，这是制度的漏洞还是人谋的不臧我不清楚，说句自私的话，我只不过是不希望"三无主义"在我头顶上发生而已。

◆ 胡适

胡适收信后，在次日就将限时信寄到李敖的新店山居，他写道：

李敖先生:

自从收到你 7 月 4 日的长信和那一大盒卡片之后，我总想写信请你来南港玩玩，看看我的一些稿件，从吾先生说："等他考过研究所再找他吧。"后来我见报上你考取了研究所的消息，那时我又忙起来了，至今还没有约你来玩。

过了"双十节"，你来玩玩，好不好？

现在送上1000元的支票一张，是给你"典当"救急的，你千万不要推辞，正如同你送我许多不易得来的书，我从来不推辞一样。

你的信我已经转给科学会的执行秘书徐公起先生了。他说，他一定设法补救。祝你好。

胡适

1961年10月7日夜

这张支票可以在台北馆前街土地银行支取。

收到钱后，李敖非常高兴，也很感动，他认为胡适对他的赏识，完全是基于他的治学成绩，是胡适看出了他的潜力。他并没有向胡适借钱的意思，但胡适却主动帮助了他，他决定不把这1000元作为赠款，只作为贷款，过一阵子后，再还给他。

三天以后，李敖回信胡适，表示他的感谢。在信中他讲述了自己的一些身世，其中包括他与严侨的关系，和在严侨被捕、死去后，他如何受到胡适自由主义的影响，因而在思想上得到新的境界，等等。信写得很长，有5000多字，也写得很动人。

据说胡适收到信后，深受感动，许多朋友来看他，他都拿出来给大家看。

但李敖做梦也没想到，正是由于胡适让别人看了这封信，后来生出许多事端。

2004年的秋天，李敖回到了祖国大陆，进行了为期十二天的"神州文化之旅"。并向北京大学捐献了35万元人民币，要求为胡适塑铜像。他说："我捐钱要塑的胡适，是新文化时代的胡适，不是跟蒋介石交朋友的胡适。"并且说，"我用当年胡适赠款的一百倍的钱来报答他对我的帮助，也算是这段文坛佳话的外一章了。"

_四 与胡适的笔墨情缘

李敖在上高中时，就读到了胡适的《胡适文选》，并且深受其思想影响。他曾写过一封两千字的长信给胡适，讲述其思想的形成与理想。到台大后，1957年3月1日，他在雷震主办的《自由中国》杂志发表了论文《从读〈胡适文存〉说起》，并在""中央日报""发表了关于胡适的文章数篇，引起远在美国的胡适的关注。

1958年4月26日，胡适从美国归来，在台北"中国地质学会"年会上发表演说，姚从吾携李敖一起去听。演说结束后，姚从吾特别向胡适介绍李敖，胡适立刻约李敖去聊聊。当天晚上，两人在台大校长钱思亮家相见。胡适热情地对李敖说："呵！李先生！连我自己都忘记了、丢光了的著作，你居然都能找得到！你简直比我胡适之还了解胡适之！"谈话之中，胡适对李敖治学的褒奖溢于言表。

在这次会面时，李敖就已萌生出一个愿望：要给胡适写一本传记。但他并没有把这一想法当面告诉胡适，而只是提到了批评胡适的几本书，如李季的《胡适〈中国哲学史大纲〉批判》、叶青（任卓宣）的《胡适批判》、谭天的《胡适与郭沫若》等，而对《胡适与郭沫若》一书，胡适根本就不知道。这次会见，当是李敖写作《胡适评传》的最早萌芽。

◆ 皓首穷经的胡适

◆ 永远笑容满面的胡适

应该说，在台大期间，李敖与胡适能有一段笔墨情缘，一方面缘于他的奇才，另一方面离不开他的导师姚从吾的极力举荐与撮合。在他的《大学后期日记》甲集、乙集中，可以看到姚从吾在李、胡之间所起的桥梁作用。在李敖第一次见胡适之前，他与殷海光已渐疏远，他的精神领袖也只有胡适一位了。一方面他的狂傲使他并不以胡适思想为最高境界，认为胡适"没有多少好'吸收'的"；另一方面，由于胡适的学术成绩和地位，他又绝不放弃与胡适交往的机会。因此，他对胡适的印象也就时好时坏。

1958年6月8日，是个星期天。李敖赴南港见胡适，这天他写《札记一则——再访胡适》：

> 十时半抵南港，在参观民族学研究所的展览后，我到礼堂找胡先生，推门进去，室中坐着六七位客人，胡先生立刻走过来。一面伸过手来一面叫"李先生"，我说："我拿来点纸，请您替我写些字。"胡先生满口答应，我接着说："您忙吧，我走了。"刚要走出来，他叫住我道："Mr.李，我送你一个小玩意。"我随他进了卧室，他从书架上取出一本《易林断归崔篆的判决书》（此文原载《史语所集刊》第20本上册）给我，我说："好，好。"我走出后，他又道"再见"。此君真是礼貌周到，亲切可人。

这次见胡适后第六天，"胡适先生送来字，午睡醒来（二时前）看到"；第七天，李敖在日记中对胡适有了非议："'国'实无人，如胡适之老是卖老货，殷海光也老是那一套，即可受欢迎，但他们又何其狭窄。""我现在已经是一个唯美主义者了呵。唯美主义的李敖，岂胡适、殷海光等无艺术人生者所可及！""对胡适有些反感，过去吾之态度不正常。"第十天，他又称胡适为独一无二的"popular（大众）式学者"了；第18天，他又要"写封信给胡适"了。到同年11月6日，他写道："前晚迎胡适以来，油然于努力一途，'出山要比在山清'之自勉殊殷，对与女人为伍事颇厌。吾终当脱尘缘而上升为胡适等第一等之人耳。"11月23日，他羡慕胡适之"手勤"。12月20日，他又说"胡适的拔尖心与首席心太重"。1959年1月2日，他借他人之口，说"胡适已不能领导李敖了"，又说"胡适等安足以为吾师哉"。1月14日又写道：

"深觉鼓舞一时风潮当从马戈采罗曼罗兰等著书之法，胡适等法不行也。"3月1日记："傍晚复徐高阮一长信攻击胡适以下的老朽们。我对胡适那种'好话说三遍'的态度愈来愈不满意。"4月3日记蒋廷黻对胡适的评价："适之先生的个性要比我温和得多，即以他目前在国内发表的若干谈话来说，都非常含蓄婉转，有时使人弄不清楚他到底是赞同什么或反对什么。但我的个性却喜欢开门见山、单刀直入。"

从李敖时冷时热的记述中，可以看出他对胡适态度的矛盾性。如果把胡适与此时的殷海光相比，李敖不难看到胡适的老态。殷海光曾多次对学生说，早期的胡适，无论是新文学运动，还是《独立评论》上的文章，对民主科学的宣扬，甚至《中国哲学史》上卷，都称得上光芒万丈；中期的胡适，包括任驻美大使和北大校长，表现平平；晚期的胡适已沦为一个十足的"乡愿"，连一个知识分子都不够格，爱热闹，爱人捧，一点硬话不敢讲，一点作为也没有。如果给胡适的一生打分的话，早年的胡适可打80分，中年的胡适可得60分，晚年的胡适只有40分。对此，李敖是认同的。但由于中学时代受胡适思想的影响太大了，加上胡适在台湾学术界的重要地位，因此，在李敖眼中，胡适的魅力，依然是任何人也难以比拟的。

1958年12月6日，胡适68岁生日，李敖写了一首打油诗给他祝寿：

哈哈笑声里，

六十八岁来到，

看你白头少年，

一点都不老。

寿星说话不妨多，

喝酒可要少，

不然太太晓得，

那可不得了！

面对这位后生的幽默，胡适马上回信表示感谢："谢谢你送我的生日诗！我常说，凡能做打油诗的，才可以做好诗。你这首诗可以算是成功的打油诗，可以预测你做白话诗的前途。"两年后，胡适70岁生日，李敖又一口气写了打油诗30首表示祝贺。且看其中几首：

四十年来做文雄，但求立异不求同，

佛法无边难清算，故国胡适有"幽灵"。

当年提倡写白话，四十年来不变卦，

真理自古要辩驳，那能缩头怕挨骂？

种豆既然可得豆，种瓜必定要收瓜。

书生报国心虽死，特地有意来栽花。

腐儒不做做鸿儒，野草茫茫犹未除，

白首校书兼论政，当年心血今在无？

女人本来就是蛇，家中专门怕老婆，

博学兼攻"惧内史"，余暇收集火柴盒。

笑口常开不发怒，认真每做周郎顾，

洋烟一包大量抽，埋头狂校水经注。

从两人的赠答文字，我们可以看出胡适对李敖是情有独钟，李敖对胡适亦极感兴趣。他参军后，两人依然有书信往来，显然，他已把李敖看作是北大精神的一位传人了。

祝寿诗后，李敖与胡适的往来更加频繁。毕业时，李敖与胡适互赠照片，李敖称其为"又开风气又为师"，可见师生情谊之深。李敖毕业后在给同学萧启庆的信中说："我承认由于受他的启发，我放弃了许多旧的道德，我转而对他很着迷，过去几年中，我花了不少的时间精力和金钱去研究他，我发表的文章，清一色都是宣传他的，我自问我没有其他的动机，而纯粹是出于一个对'贤达人'的热爱……"

从胡适的角度而言，他对李敖的才能十分欣赏，颇有揽之门下之心。他对李敖的关切和热情后来使姚从吾都有了妒意。胡适在给赵元任的信中曾说过："'交友以自大其身，求士以求此身之不朽'，这是李恕谷的名言，我曾读了大感动。这是'收徒弟'的哲学！"清朝学者李恕谷这段话，意思是说，交朋友的目的在造成自己生前的势力；但是寻找知己与接班人的目的却在造成自己身后的势力。胡适引用这段话在某种程度上也表露了自己对"求士"（收徒弟）的渴望。由于自己过去名满天下，一直活在热闹的气氛里，故在"求士"这一方面他并不如意。如今，胡适发现了李敖这棵苗子，便不肯放手，着意交好，处处关心，包括李敖的毕业论文都数次过问，从中亦可看出他的良苦用心。但李敖对胡适态度的矛盾性使他既接近胡适又不以胡适的"门生"自居,他说,"在胡适'求士'的心里,我是他特别另眼看待的一位。我父亲是他的学生,我并不是他的徒弟……"晚年的胡适已变得"老悫而世故,与五四时代的胡适,不能伦比","在左右澎湃的浪潮下,他的声音,已经沦为浪花余沫,被夹击得没有多少还手之力"。因此,一方面,他把胡适的人格作为楷模,继承了他的思想和自由主义精神,对他的贡献给予高度评价;另一方面,他的远大志向使他在人生理想方面又远远超越了胡适。他不以皓首穷经终老于学术研究为己足,他的目标"是超越他们,是我经世致用、为人权战斗的方向"。

李敖十分欣赏陆游的一首"咏蛾"诗:

人生如春虫,
缠裹自在里。
一朝眉羽成,
钻破亦在我。

他与姚从吾、胡适之、殷海光(包括中学时代与钱穆)等人的治学因缘,可以说正是完成了这样一个化蚕为蛾、脱颖而出的过程。

1961年11月6日,美国国际开发总署举办的"亚东区科学教育会议"在台北开幕,胡适应邀赴会。他在会上发表了30分钟的英文演讲,题目是"Social changes necessary for the growth of science"(《科学发展所需要的社会改革》),在演讲中,他重申几十年前的观点,抨击传统文化的弊端,颂扬西方的现代文明,其隐含的意思显然是指责国民党缺乏现代民主精神,不给人民以自由，阻碍了科学和社会的发展。这是胡适晚年的一篇振聋发聩之作，是他在被人批评"保守"、"老疲"的人生最后阶段对中西文化思考的一个总结。

该文的话题是：在我们远东各国，社会上需要有些什么变化才能够使科学生根发芽？在文章中，胡适以"魔鬼的辩护士"（Advocatus Diaboli）自居，再一次抛出了自己的中西文化观。对世界近代出现的科学和技术文明给予了热情颂赞。他指出所谓西方的文明是物质的（material）、唯物的（materialistic），东方的文明是精神文明（spiritual civilization），只是一种没有理由的自傲，东方古老文明中并没有多少精神成分，"一个文明容忍像妇女缠足那样惨无人道的习惯到一千多年之久，而差不多没有一声抗议，还有什么精神文明可说？一个文明容忍'种姓制度'（the caste system）到好几千年之久，还有多大精神成分可说？一个文明把人生看作苦痛而不值得过的，把贫穷和行乞看作美德，把疾病看作天祸，又有些什么精神价值可说？"我们该当承认近代的科学技术文明并不是什么强加到我们身上的东西，"并不是什么西方唯物民族的物质文明，是我们心里轻视而又不能不勉强容受的，——我们要明白承认，这个文明乃是人类真正伟大的精神的成就，是我们必须学习去爱好，去尊敬的。因为近代科学是人身上最有精神意味而且的确最神圣的因素的累积成就；那个因素就是人的创造的智慧，是用研究实验的严格方法去求知，求发展，求索出大自然的精微秘密的那种智慧。"

胡适的这一次演讲，后经徐高阮翻译在《文星》杂志发表，很快招致来自四面八方的呼应和争议。追随国民党的学人徐复观首先出马，在他自己创办的香港杂志《民主评论》第12卷24期发表了《中国人的耻辱，东方人的耻辱》一文，指责胡适的演讲，说身为"中央研究院院长"的胡适，竟发此议论，"这是中国人的耻辱，东方人的耻辱"，斥骂胡适"是一个作自渎行为的最下贱的中国人"。随之而起的，是一阵暴风雨式的围攻。演讲半月后，胡适因心脏病骤发，于11月26日住进了台大医院。一月之后，李敖由徐高阮引介、应《文星》主编胡汝森之约，写出了颇具震撼力的万字长文——《播种者胡适》。

在这篇文章中，李敖谈了在胡适领导下一群自由主义文人所进行的文学革命，以及他们在新文化建设方面的成绩，谈了胡适在民主宪政方面所作的努力，谈了胡适为争取学术独立所作出的贡献，和他在学术上的局限性，以及作为自由主义文人胡适的寂寞。李敖认为，胡适一生致力于"非政治性"的学术工作，精心培养"思想自由的批评风气"，宣传自由主义的一点一滴的社会改良思想，对国家大事"诉诸理智和非情绪，重实证而反对狂热"，一生从未迷失过方向。胡适对文学革命，对新文化运动，对民主宪政，对科学发展，总之，对"我们国家走向现代化"作出了巨大的贡献。由此可说，胡适是永不停止追求真理的"国中第一人"。李敖特别强调，胡适思想的主要精华是"全盘西化"，这也是他自由主义思想之所在。然而，胡适在其一生中，却花了很多时间和精力，致力于中国古代学术的考据和辨伪，"脱不开乾嘉余孽的把戏，甩不开汉宋两学的对垒"，他能做到有所不为，洁身自爱，但斗争精神不够，把史学学风带到了目前迂腐不堪的境地。这充分说明，胡适是一个保守的自由主义者，是一个自由主义的右派。因此，李敖提出，要超越胡适前进。李敖最后得出结论说："胡适之是我们思想界的伟大领袖，他对我们国家的贡献是石破天惊的，不可磨灭的"。然而，一个不断长进的强大的民族，应该不断前进，无情地超越胡适。

从表面看，《播种者胡适》是一篇对"思想界的伟大领袖"胡适之唱赞歌的文章，但透过文字仔细分析，则能悟出它的微言大义。作者不仅客观地评价了胡适一生的功过是非，而且对当时的台湾社会政治、思想、学术界的落后现状提出了尖锐批评。胡适思想的没有过时，恰恰证明了现今社会仍然是一个不知长进的社会。借胡以讽世，借胡以警世，正是李敖文章的精义所在。

也正因如此，《播种者胡适》的发表，像捅掉了一个马蜂窝，搅起一潭死水，立即酿成了一次大笔仗。这场笔战后来分成两个圆圈，一个圆圈是关于中西文化问题的论战；一个圆圈是关于"播种者胡适"的论战。前者的主要对手是徐道临、胡秋原；后者的主要对手是叶青（任卓宣）、郑学稼。反对李敖的一方主要阵地是胡秋原等人控制的"三大"评论：《政治评论》、《民主评论》、《世界评论》。支持李敖一方的有香港《自由报》的社长雷啸岑（马五）、《中国学周报》的若兰、《展望》杂志中的孟戈、台湾《作品》杂志中的王洪钧、东方望、田尚明等人。《文星》杂志是他们的主要阵地。

种种迹象表明，《播种者胡适》击到了一些人的痒处，也击到了一些人的痛处，包括胡适本人都觉得不自在。据杨树人先生回忆，在胡适出院后的一天下午，他去福州街26号胡适住宅，商谈一件公事。事毕后，胡适从书架上取下一本杂志，翻开来给杨看，并且用圆珠笔指着那篇文章说："你看，这说的什么，这样的轻佻浮薄！再看这儿，简直瞎闹。这还算是捧我的一篇。"胡适圆珠笔所指的，正是《播种者胡适》。胡适再翻开另一长篇，又边画边说，脸色苍白，心情更为激愤，末了，他指着这篇文章说："真是下流！"胡适圆珠笔所指，是胡秋原的《超越传统派西化派俄化派前进》这篇文章。在这一年的春节后，胡适又一次愤愤地对杨树人说："他们要围剿我胡适，你说，这是什么意思？""我不懂，我胡适住在台北，与他们有什么坏处！"

在李敖的《播种者胡适》发表一个月后，胡适曾有一封未写完的致李敖的信，就李敖文章中的个别材料和细节提出更正，但并未对其观点置一词。在他去世前不久，亦谈及李敖"喜欢借题发挥"的话，并说"做文章切莫要借题发挥"

云云，其实，就李敖撰文的初衷而言，若不是为了借题发挥，批判现实，他也就没有撰写此文的必要了。李敖称该作是一篇"三面不讨好"的文章，"骂胡适的人会说我捧胡，捧胡的人会说我骂胡，胡适本人也会对我不开心，这都是无可奈何的事。一个人常常要为知道太多、说了真话而付代价"。真可谓一石激起千层浪，长达四年之久的文化论战，以《播种者胡适》为开端拉开了序幕。

两个月后，1962年的2月24日，胡适在"中央研究院"第五届"院士"欢迎酒会上，突发心脏病去世。享年71岁。

_五 成了江冬秀的被告

1962年2月24日的傍晚，天气阴冷，李敖在文星杂志编辑部加班，新一期刊物的编辑工作马上就要结束了。

这时，急匆匆走进一个人来，是胡秋原。胡秋原说要修改本期他的那篇批胡的文章，并说："胡适在'中央研究院'讲话时当场昏倒，恐怕不行了。"李敖不由心头一震，他意识到，一个惊人的事件就要发生了。

不一会儿，传来消息，胡适，这位"又开风气又为师"的文化思想巨人，在活了70年又70天后，真的倒下了。

深夜的时钟已指向3点，李敖仍然未睡。他依然在想着胡适。胡适的死，给他以心灵的震撼。他在自己的日记上写道：

> 别看他笑得那样好，我总觉得胡适之是一个寂寞的人。
>
> 在《播种者胡适》里我写过这么两句话。今天傍晚，这个"寂寞的人"到底走向永恒的寂寞，他看不到捧他的面孔，也听不到骂他的声音。在天路的历程中，他转入了苦难的炼狱，——他是一个战斗的人，那才是他战斗的地方！
>
> 我想到去年十月九号给他的信。有一段说：

> 我觉得你有点老悫，虚荣心与派系观念好像多了一点，生龙活虎的劲儿不如当年了，对权威的攻击也不像以前那样犀利了。

> 在我这封信前两天，他写信约我去南港"玩玩"；在我这封信后20天里，他先托姚从吾先生带了一本小说送我，不久又转给我一封信。可是他没收到我的复信，也没见到我去"玩玩"，他就倒下了！

> 两年十个月来，我一直没见到他，当然再也不会见到他——一个最能播种的人，如今再也不能播他的种子了！

在万籁俱寂的寒冬午夜，李敖，这位一向铁面无情的汉子，手握沉重的笔，默默地表达着他对前贤的思念与哀婉之情。他回想自己与胡适的交往，心情久久不能平静。他忘不了在少年时代读到《胡适文选》后的兴奋，从那时起，他以崭新的姿态走上了一条特立独行的道路；他忘不了1952年10月1日那一天，他在台中车站将一封长信投递给胡适时的激动，那时他才17岁，对未来已有了无限的憧憬；他忘不了迷上胡适后开始写下的一篇又一篇关于这位思想导师的文字，那里包含着他对这位贤者的由衷崇仰；他忘不了在钱思亮家中与胡适那次融洽的长谈，从那时起，他产生了一系列宏伟的写作构思；他忘不了在军营里关于胡适的噩梦和长考，那种种迷惑、矛盾与狂想……他跟胡适只小谈过三次，一次在台大医院、一次在台大文学院门前、一次在"中央研究院"，此外，除了写信，并无实际来往。胡适一共写过三封信给他，还写了一幅字，并送给他照片和书，在他穷困之时又送过他1000元钱，然后是《播种者胡适》引起的风波、中西文化论战的硝烟……这一切就像过电影一样在他脑海里一一闪过。他又想到了胡适给赵元任的那封信，自己并没有朝胡适的"弟子"方向努力，这在胡适那里未尝不是一种遗憾。如今，胡适去了，在这风云际会的时代里，他要做一些比任何人都识其大者的事情，他要以自己的方式去追念胡适，这位曾经名震金瓯的思想巨人。

在全岛悲痛哀悼胡适之的时刻，他给王尚义写信说：

老胡死，我还没时间来哭他，我一直忙着在纪念他的工作上尽点力量，反应理智一点，也许适合我的性格。

两周之后，他写下了哀怨并重的讽世之文《胡适先生走进了地狱》，于3月1日出刊的《文星》第53期上发表，这是一期"追思胡适之先生专号"，同期撰文的还有陈立峰、毛子水、梁实秋、叶公超、徐复观、黎东方、胡秋原、蒋复璁、土洪钧、余光中等人。

李敖的这篇短文发表后，立刻又招来非议，一位署名刘星的作者在1962年3月13日《新闻报》上撰文，题目是《文章忌刻薄》，批评李敖的文章"尖酸而刻薄"，是对胡适的"冷嘲热讽"，是"富有恶意的'游戏文字'"，是一篇"无益于世道人心，污辱一代学者的文章"，认为李敖"实在缺乏儒者的气质及士人的仪态"等等。随后，李敖卷入了"谁是文化的播种者"的论战旋涡之中。

这一年的12月17日下午，李敖与萧孟能赴南港，恰遇胡适冥寿，李敖来到了胡适的墓地。这里已有很多人，李敖签过名后，周围的人纷纷议论："李敖来了！"

在李敖眼中，胡适的坟设计得实在不好，阴阳怪气的。李敖参观了胡适住所，看了胡适的全部衣物，并吃了一块蛋糕。他在胡适的书架上看到了四年前自己送给他的书，想着当时见他的情景，不禁生出物是人非之叹。他暗暗思量：胡适走了，我能为他做些什么？

在此后的两三年里，李敖为了纪念这位对自己曾有深刻影响的学人，做了三件事：一、出版了他在论战中关于胡适的文论集《胡适研究》；二、出版了《胡适评传》第一册；三、编印出版了《胡适选集》13册。其中，《胡适评传》受到了梁实秋的赞赏。梁在《读〈胡适评传〉第一册》中称，"李敖的《胡适评传》不是属于亲切细腻的一类，而是属于证件充足（highly documented）的一类……像这样旁征博引的句句有来历的传记，可以说是空前的创作"。但李敖没有想到，《胡适选集》一书，却使他陷入一场官司之中。

《胡适选集》是一种普及性的胡适读本。李敖考虑到想读胡适文章的人多是依靠《胡适文存》《胡适论学近著》《胡适文选》《章实斋先生年谱》《先秦名学史》《中国古代哲学史》《白话文学史》等专书，而这些专书之外的文章，却没有被有计划地编选过，于是他遍访海内外公私藏书、报章杂志，对胡适的散佚之文加以搜集，最终按类分册，包括述学、考据、人物、年谱、历史、政论、序言、杂文、日记、书信、诗词、翻译、演说等13册，由文星书店出版。

这套选集出版后，以其编纂的精审和资料珍贵而受到读者的欢迎，对胡适思想的流传产生了重要的影响。文星书店被当局封门后，李敖又将此书转给了传记文学社，市面上也出现了多种翻印本，单册流传，总在十万册以上。李敖说："《胡适留学日记》里有一则'借一千，还十万'的札记，写施特来特（Willard Straight）以十万元的纪念堂，酬答他欠过1000元的知己休尔可夫（Schoellkopf）的故事。胡适先生送了我1000元，可是我说三月要还他，但他二月就死了。最

◆ 胡适选集

◆ 胡适和江冬秀在纽约寓所（1956年）

后我以《胡适选集》给他做了最好的纪念。……我这点酬答死友的心意，比起《胡适留学日记》中的故事来，也算好有一比了。"

但出人意料的是，李敖的这番心意并没有得到胡适先生亲朋好友、门生故旧的理解，反而遭到他们的打击。1966年12月13日，胡适夫人江冬秀在"中央研究院"胡适纪念馆某些人士的煽动、挑拨与支持下，首先发难。她在"中央日报"登出"胡江冬秀启事"，其中说，《胡适选集》"是非法的，应立将已印的书销毁"！两天后，以徐高阮为首的"中央研究院"部分同人投书"中央日报"，指责出版《胡适选集》是一种"恶行"、是"图财害命"、"有权过问的官署怎容《文星》在光天化日之下公然进行"，并宣称："当此朝野在'总统'领导下高唱复兴文化运动之时，任何人竭其心血所成的发明权及著作权，应受到尊重和保障，是一个最起码的条件。希望贤明的'内政部长'立刻负起责任，处理这件版权被侵害的案件！司法机关也应该考虑除暴安良的行动！"12月17日，胡适委员会委员凌纯声、魏岩寿、石璋如、胡颂平、徐高阮、王志维等，又举行委员会议，决定全体委员赴台北慰问胡夫人及维护胡适博士著作权益。12月18日，北京大学在台校友会成立七人小组，由陶希圣、杨亮功、陈雪屏、姚从吾、吴铸人、孙德中、毛子水组成，"代表北大校友到和平东路向胡江冬秀女士表示慰问，并保证北大校友对这事不会坐视"。12月20日，教育界人士孙亢曾、沈刚伯、许倬云等发表谈话，跟着推波助澜。于是，伴随着文化论战后的落井下石，在舆论界，几乎众口一声，声讨李敖的"侵权罪行"。

《胡适选集》究竟是否侵权，李敖自有解释。他的依据是：

一、"著作权法"第十八条："揭载于新闻纸、杂志之事项，应注明不许转载，其未经注明不许转载者，转载人须注明其原载之新闻纸或杂志。"

二、"著作权"第二十一条："著作权年限已满之著作物，视为公共之物，但不问何人，不得将其改窜、割裂、变匿姓名或更换名目发行之。"

三、"著作权"第二十二条："无著作权或著作年限已满之著作物，经制版人整理排印出版继续发行并依法注册者，由制版人享有制版权十年；其出版物，非制版所有人，不得照相翻印。"

四、"著作权法"施行细则第四条："凡著作物未经注册而已通行20年以上者，不得依本法申请注册享有著作权，其经著作物之原著作人为阐发新理而修订发行者，其通行期间，自修订发行之日起算。"

李敖认为，从上述条文可知，《胡适选集》具有十足的法律保障及依据。同时在"民法"与"出版法"中，也有相关的条款以为支持。

但对国民党当局来说，以胡适为代表的自由主义文人是一党专制的敌人，阻止胡适思想的流传，正是官方的心愿。如今，能够借胡夫人之刀，来个釜底抽薪式的解决，可谓是上上之策。于是，朝野双方，声应气求，轰动一时的《胡适选集》案，便在1966年12月25日江冬秀的按铃申告下，如火如荼地出现了。

12月30日，身为"立法委员"的胡秋原在"立法院"里提出质询，其中说：

> 盗印胡适先生著作一事，非一单纯侵害人民权益问题，而实若辈一贯祸国阴谋之一种烟幕，亦即若辈过去五年来假借胡适先生名义，进行卖国匪谍活动阴谋之重新使用。最近……一个反"中华民国"的攻势已由四面八方开始。所谓"中国问题小组"、所谓"复国运动同盟"、所谓"新台湾独立运动"、所谓"保护殷海光运动"已在华盛顿、东京、香港等地开始。……适于此时盗印胡适选集，既非尊敬胡适（因若辈早已诽谤之），亦非借以图利（因若辈不缺乏金钱），而系借盗印胡适选集，以散乱胡适著作之整个精神，并假借胡适博士之名，一面对抗复兴中华文化运动、一面进行进一步的卖国匪谍活动……

这种扭曲事实上纲上线的怪说与谬解，从另一个角度说明了国民党当局的基本态度。

　　"官方"介入这一借刀杀人的讼案的具体手法是：一、违反胡适遗嘱，由台湾大学把权利转赠"中央研究院"后，再化公为私，由"中央研究院"转赠江冬秀，使江冬秀有了证明书；二、江冬秀凭这证明书向"内政部"申请著作权；三、再由"内政部"违反不得申请注册的规定，硬在1967年2月23日，发给江冬秀25年的权利执照；四、最后由江冬秀拿执照告人。在这一系列"先上车，后买票"式的违反法律原则的赶造证据下，在江冬秀吵着"要见总统"的配合下，法院亦给予积极响应和密切配合，1971年，台湾高级法院做出终审判决，宣判将《胡适选集》一书没收、销毁。

　　国民党当局和江冬秀终于借着所谓法律，达到了封杀《胡适选集》的目的。

_六 逼迫方神父上前线

　　方神父就是著名的历史学家方豪，浙江杭州人，1910年生。1920年方豪全家从基督教圣公会转信天主教，1921年他11岁，进杭州神学院预备学校。1935年，正式当上神父。方豪自幼好学，成为神职人员后，靠自修学会了法文英文，并对文史下过不少工夫。在大陆时，他已有《方豪文录》问世，由胡适题签。到台湾后，由于胡适的引荐，方豪成为台湾大学历史系教授，1969年，任台湾政治大学文理学院院长，1974年入选为台湾"中央研究院院士"，1975年当"名誉主教"加"蒙席"衔，1978年率团去香港参加圣文生慈善年会并在海外讲学，是台湾教会界的知名人物。

　　李敖认识方豪，是在大二选他开的"宋史"课时候。李敖对他的印象是，人长得矮胖，课讲得平平。当时，李敖正与女朋友罗君若恋爱，每次听课都带她一同前往。有一次，李敖翘课，罗去了，方豪竟不先讲课，走到罗面前嘎哑着嗓子笑嘻嘻地问："你的那一位呢？"罗君若不好意思地笑起来。

　　李敖上大学时，深受历史学家姚从吾重视，一次在姚的研究室，遇到方豪，两人小有交谈。方豪走后，姚对李敖说："有些人在这里做教授，若在当年我们北大，连助教他都不及格！"显然姚从吾很看不起方豪。

　　之后，李敖与方豪开始有了交往。有一天，他与同学陪方豪逛阳明山，在台大招待所里，方豪讲起自己的一件情感往事。说当年他在辅仁大学教书时，没穿神父服装，结果被女生侯榕生看中，侯回家后，在母亲面前大谈方豪如何帅气优秀，并言想与之交往。结果有一天，方豪穿神父服装上课，侯榕生见后狂奔回家向母亲大哭说："妈呀，他是神父呀！"

有一次，李敖与於梨华、林海音等一同去看望方豪，关于这次见面，李敖在当时发表的一篇文章中记述道：

> 第一次见到梨华是在何凡的太太家，何凡的太太就是林海音，谈笑风生之作家也，强迫我叫"林阿姨"者也。我们一伙儿去看方豪神父。方神父是梨华和我的老师，我常常劝他学马相伯，不要做什么劳什子神父，干脆还俗算了，惜乎他义正辞严，我虽频频晓以大义，然终不能夺其志，这是我平生"十大失败"之一。

方豪看到这篇文章后非常高兴，对李敖说："你说我'义正辞严'，使我在教会方面很风光，多谢了。"

李敖曾经写过一封信给方豪，题目叫《上帝与手淫——给方豪神父的信》，讨论人性太多神性太少的问题。方豪收到后，吓得赶忙找到他说："信我撕了，以后千万别写这种信来！"

◆ 林海音（上）、於梨华（下）

　　方豪在台大时，曾办天主教大专同学会，但不久即被耶稣会抢去，方豪气得要死。他后来在沟子口又经营了一座，李敖去看他新居，发现颇为豪华，感叹说："你可真有钱。"方豪说："你不知道教会里多残忍！神父不自己设法，老了病了也没人理，教会是不管我们的！所以一定得有点准备。"李敖说："你在教堂里整天证婚、办丧事，大概存了不少'奉献'的钱，教堂又免税，你们神职人员弄钱可能更有办法。"方豪说："我在教会里受排挤，哪里能有钱。"李敖说："你学术地位这么高，在天主教会里却不过一神父耳，未免太不公平。"方豪说："我只是个土神父，当然吃不开。"李敖听了笑起来。

　　方豪在教会里受人排挤，心有不平。据说曾写过一封攻击排斥他的人的文章，结果被查到，被迫写了悔过书。他还匿名写过一篇《台湾挤挤挤》的文章，发表在《新闻天地》，文中批评到吴相湘，也点了李敖的名。吴相湘阅后大怒，间接质问该刊负责人卜少夫是谁写的，卜说是方豪，吴相湘跑去大骂方豪，并告诉李敖，让他也去骂，李敖说："方先生是我老师，让他骂算了。"吴相湘说："这些洋和尚太可恶！"

　　在李敖撰文揭露高教教育怪现状的时候，曾同方豪一起吃饭。当时，李敖说："老师，我想到天主教里面有很多的内幕，尤其最近成立的辅仁大学在台湾复校，这里面很多内幕，请你帮我写一点。"方豪听了，严肃地说："怎么可以呢？怎么可能呢？我是神父啊，我怎么会说教会的坏话呢？"李敖故意拉长声调说："台湾好挤——啊！"方豪顿时脸色大变，说："你知道了？"李敖说："我知道了，我要揭发你。"方豪赶忙说："不可以不可以。"李敖趁机说："那你就给我写出来，也是匿名的。一，我保证这件事只有你和我知道；二、我和你一起写，文章也有我写的部分；三、不论出了什么事，我自己一个人挡，绝对与你无关。"并说，"老师想想看：田耕莘他们从大陆到台湾，'乞丐赶庙公'，把台湾的地方教会都给夺了权，你们怎么忍得了这口气？教会这样黑暗，这种黑暗，又侵蚀到高等教育里，老师怎可以不说话？天下坏事的造成，有两个原因，一个是坏人做坏事，一个是好人容忍、坐视，甚至默许坏人做坏事。做好人是不够的，得做奋斗的好人才成。所谓奋斗的好人，就是要挺身出来向坏人作战、向恶势力作战、向腐败和愚昧作战、向老朽和开倒车作战、向头脑不清的浑蛋作战。奋斗的好人不会背后袖手叹气、不会关着门埋怨、不会闷着头给坏人欺负或看坏人欺负人，奋斗的好人总该发挥打击力出来。今天我劝老师写点东西，目的也无非在此。"方豪听了李敖的话，有所心动，说："那好吧，我试着写一篇，不过文章底稿要还我。"李敖笑着说："没问题。"

不久，方豪写了《从三文件看辅仁大学文学院》一文，李敖又加入自己写的一部分，然后以"沉沉"为笔名发表在1964年6月1日的《文星》第八十三期上。在文章之前的《编辑室报告》中，李敖写道：

（辅仁大学目前）是由一群不识大体、不懂教育与学术的人来把持的怪现状。从它的校长于斌开始，就没有资格做"太学祭酒"，就开始制造笑料。于斌只不过是个浅薄的政治洋和尚，只会写些"万里凌云飞飞飞，今日返国归归归"一类的烂诗，只会言而无信地带走阴盛阳衰的"朝圣团"，一去不"归归归"。……所以，这个辅仁大学的校长自己根本就没有做校长的资格。自他以降，名器之乱，自然更不用说了。

于斌当大学校长而自己却无学问，这本已可笑了；而他自己竟说他"平生做学问有点儿'不修边幅'"，这更可笑了。于斌如此，自然其他辅仁大学的洋和尚们也得追随"于"尾，在学问上一纸空白了。这种怪事，在这期文章里说得很明白：

……辅仁文学院的国籍司铎学历表，没有一个人有专门性的学术著作，或有价值的著作；只有杜而未下写了"著作甚多"四字（按：杜而未就是"一巴掌"打学生的祸首）。

请看这是何等大笑话！他们简直人人都是没有著作的沈刚伯！

这些不学之徒，怎么配教书呢？怎么配继承当年辅仁大学的衣钵，而想延续这个教会学校的香火呢？

这篇《从三文件看辅仁大学文学院》的长文，把辅仁大学内部的人事上的明争暗斗，和盘托出了。它用原始的文件、严谨的推论，证实他们如何在儿戏高等教育、如何在玛丽亚的私生子面前聚党营私、如何在用派系的倾轧断送一个有名大学的历史与前途……

报告最后说：

醒醒吧，主事的人儿！愿你们不要在地狱做了神父，也不要在人间变成了罪人！

文章发表后，无异于一颗原子弹丢在天主教头上。田耕莘等立刻召开紧急会议，追究教会内部文件怎么泄露的，并追究作者是谁。与会人士不假思索，一致认为只有知道天主教内幕的人才能写，并且断定非方豪莫属，于是立刻把方豪找来，由田耕莘亲自审问。田耕莘说："这篇文章想必你最清楚，是你写的吧？"方豪说："不是，我从来没有写过此类文章。"田耕莘说："你敢对着圣母发誓吗？"方豪扑身便倒、脱誓而出："这篇文章实与我无关，如说假话，甘愿受主惩罚。"田耕莘大骂："你是在发假誓！"方豪被逼无法，心生一计，说："你们可以到文星去查，如能证明是我写的，我就甘服。"田耕莘想想也对，就商定由H神父去查，为保证能查到真相，去前先通过李敖的朋友打招呼，然后由H神父单独到李敖家中去拜访。

就在H神父去找李敖之前，方豪已见过李敖，慌慌张张地说："可不得了，他们要找我，要把我抓出来，说我写了教会的秘密。"李敖故意满不在乎地说："抓出来大不了破门例把你赶出来算了，没什么了不起。"方豪着急地说："不行，我这个神父的皮要披着，否则一辈子就毁掉了，你一定要救我，你一定要救我。他们会问到你，你要掩护我，说是你写的，不是我写的。"李敖见他心有余悸的表情，心中暗笑，赶忙安慰他说："我有过保证给你，我保证这件事只有你和我知道，不论出了什么事，由我一个人挡，绝对与你无关，你还怕什么？"方豪赶忙解释说："我当然相信李敖最够朋友，只是这回我给吓坏了，特别来看看你，通知你他们会找你，你有个准备。此外，我还有个要求，希望你帮忙。我想请你在报上登个启事，声明一下这篇文章是你写的，与某神父无关，不知可不可以？"李敖说："凡是对你有利的，你要我做什么我就做什么，要我怎么做就怎么做。登启事可以，你说怎么写，你拟稿，我照发就是。"方豪大喜，立刻拟了稿子，并要求由他亲送联合报。李敖掏出钱来让他做登报费用，他不肯收，就这样，《李敖启事》便上了《联合报》。

第三天，H神父就出现了。宾主坐定之后，开始了如下对话：

H神父说："李先生是干脆的人，我们打开天窗说亮话，教会方面，断定是方豪干的，方豪品行不端，我们不会错怪了他。不过，为了证据齐全，我们还是找到文星，请李先生开一证明，证明作者是谁。"

李敖说："不管作者是谁，文星没有义务答复你们。"

H神父说："当然没说义务不义务，只是来请你们答复。"

李敖说："请也不行。"

H神父说："教会方面表示，这篇文章已构成严重的诽谤，很多人主张要告《文星》，一告的话，作者是谁，就可以告出来了。"

李敖说："是可以告出来了，不过作者的名字叫李敖。"

H神父说："李先生说笑话，这篇文章不可能是你写的，虽然你文章写得好，可是这里面涉及天主教的很多内幕，只有方豪知道这些内幕，这是方豪写的。"

李敖说："真是我写的，方豪写不了这么好。"

H神父说："我们相信是李先生改过的，增补过的，不过起草的一定是方豪，李先生不会知道这么多教会的内幕。"

李敖说："只要你们告告看，你们就会惊讶我知道教会的内幕，远超过你们的想象！你可以转告田耕莘，我保证在你们告我的第二天，就公布闹同性恋的神父名单——包括你H神父在内！"

H神父一听脸色大变，赶忙说："哪里的话，哪里的话，李先生对我们全误会了。田枢机派我来，绝不是通知要告文星的，哪里会这样伤和气……相反的，教会方面还准备送二十万现金给文星资料室，不要收据。教会方面决意要清除神父的败类，所以无论如何要李先生帮忙。"

李敖说："二十万是大数目，可是你们看错了人。你请回去吧，告诉田耕莘，留着二十万，去买别人吧，李敖不卖，也不帮忙！并且顺便带一句：文章是我写的，可别罚到方豪、别冤枉了好人。方豪如受到教会的惩罚，我可不能沉默！"

方豪终于安然无恙。由于这篇文章的揭露，辅仁大学领导班子改组，升至蒙席的周幼伟下台。周幼伟气得要死，印了一本小册子——《不得已而辞》大骂方豪，被田耕莘下令收回，不许散发。周幼伟离开台湾，不久就气死了。

事后，方豪与李敖秘密聚餐，席间激动地说："你李敖够朋友，真是男子汉，说话算话。"李敖笑着说："你何必这样怕他们？让他们给你excommunication（破门律）算了，别做什么神父了，讨个老婆好过年吧！"方豪苦笑着说："不行啦！我太老了！我若给逐出教会，就身败名裂，一切都要从头做起。我太老了，我没有时间和勇气去挣扎了！"李敖说："无论如何，你总算做了一次奋斗的好人，而不是什么也不做的好人。"方豪说："你逼我做了一次好人，做了一件好事，我再也不要做奋斗的好人了！再也不要做这种好事了！我还是做什么也不做的好人吧！跟你一起奋斗，吓死人了！"李敖大笑。

这次秘密聚会，李敖喝了不少酒，在醉眼迷离中，方豪的脸型变得忽长忽短，像一条橡皮筋。他忽生奇想：物理学上，橡皮筋在拉长时，实际是受到了挤压，温度就升高了。好人又何尝不是如此？好人其实是最胆小的、懦种的、偷懒的、伪君子的、逃避现实的、害怕坏人的、什么也不做的、只会独善其身不会兼善天下的。好人只会消极做好人，不会积极做好事。所以，好人其实是很难发热的。如果把好人当成橡皮筋，把它压挤，它的温度便会升高。我们的作用就是要使好人做好事、诱好人做好事、逼好人做好事。由于我们的深藏，他们才可以显露；由于我们的布施，他们才成就了功德。

七 没有走钱穆的道路

李敖在台中读中学时，曾与台湾学术界一位重量级人物有过交往，这段交往在他的求学生涯中产生过不小的影响，这个人就是当代的大儒钱穆。

钱穆，1895年生，江苏无锡人，字宾四，历史学家、思想史家、文化史家。他中学毕业后任小学教师，十八年后以自己的勤奋和刻苦而跻身于民国学坛的主流。1930年受聘燕京大学国文讲师，旋任北京大学、清华大学、西南联大等校教职。1940年随顾颉刚受山东齐鲁大学聘，先后主编《齐鲁学报》，主持国学研究所并兼课。1949年到香港定居，创办了新亚书院和新亚研究所，并讲学于香港中文大学。在学术界，钱穆以通史而闻名于世，50年代在港台以通经而驰誉学坛。他的洋洋百万言的《诸子新学案》，体大思精，颇得时誉，被海外华人学者称为"新儒家"，与大陆哲学家冯友兰、熊十力、金岳霖、汤用彤诸人齐名。

李敖在小学时代就已知道钱穆的大名。那时，他阅读过开明书店出版的《开明文史丛刊》，其中收有《孟子研究》，这是他最早知道的钱穆的著作。到台湾后，由于国民党当局在文化宣传方面的严密管制，一切不利于反共复国的书刊皆遭查禁，正在求知饥渴阶段的李敖，便把许多时间花在了研究古典上面，钱穆的著作，自然成了他的部分读物。

1952年6月，李敖正上高二。其时，钱穆应淡江英专（淡江大学前身）校长居浩然（国民党元老居正之子）的邀请，在惊声堂讲学，不料天花板突然坠落，钱穆被砸伤。他先是住在著名学人徐复观家中养伤，后来又改住存德巷一号。徐复观有子徐武军，是李敖台中同学，外号"日本和尚"（因他爸爸是日本留学之故）。受父亲影响，徐武军课外阅读甚多，和李敖很谈得来。他说："你李敖程度这么好，我要带你去见一个人。"李敖问："是谁？"他说："是钱穆。"李敖当然高兴。他很愿意去拜访这位久仰大名的先生。

◆ 钱穆

在这个月的15日，李敖随徐武军走进存德巷一号。一进门，便看到一位穿着府绸小褂的小个子老人正在院里走动，李敖想，这便是钱穆了。老先生满口无锡土音，在李敖眼中，他的长相似乎与他的声名不大相符，他有点怀疑眼前这位是否真是钱穆。钱穆亲切地让李敖坐下，聊起天来。李敖说："请钱先生传授一下治学的方法。"钱穆说："没有具体方法，要多读书、多求解，当以古书原文为底子为主，以免受他人成见的约束。"李敖问："古书中，又该看哪些书？"钱穆说："当然要看第一流的，一遍一遍读。与其十本书读一遍，不如一本书读十遍。不要怕大部头的书，养成读大部头书的习惯，则普通书就不怕了。读书时要庄重，静心凝神，能静心凝神，任何喧闹的场合都可读书，否则，走马观花，等于白读。选书最好选已经有两三百年以上历史的书，这种书经两三百年犹未被淘汰，必有价值。新书则不然。新书有否价值，犹待考验也。"

聆听大学者的经验之谈，李敖深以为然。他从书包里掏出自己的一本读书札记请钱穆指教，钱穆欣喜地翻起来。钱穆看到的第一篇题目是《梁任公上南皮张尚书书》，这是梁启超于光绪22年所写的一封书信，收入《饮冰室合集》文集第一册。钱穆感到很惊讶，因为他印象中没有见过有关这封信的材料。便问李敖："这封信出自何处？"李敖告诉了他。钱穆顿时感到眼前这个中学生学问不俗，对他另眼相看。他翻着李敖的札记，一边连声夸奖，一边转过头对徐武军说："你不如他。"临走时，他还约李敖再去看他。

但就是这一件小事，改变了李敖对钱穆的看法，他认为钱穆不耻下问的学者风度令人敬佩，但他竟不知道这封信的出处，他的学问的广度令人起疑。也许是因为第二个原因，李敖没有再去看他。尽管那时他家就住在存德巷13号台中一中宿舍，每天经过他门口，看他很方便，但他还是没有去。

没有去并不意味着李敖放弃了对钱穆的兴趣，他不仅读他的著作，而且展开了自己的思考。第二年，钱穆已回香港，李敖给他写了封信，信的内容主要有两点：一是表示对钱穆的感谢，二是就钱穆著作中与其他史书不一致处提出疑问，请他"指教"。钱穆对李敖的质疑倍加赞赏。两周之后，他回信李敖，开头写道："昨奉来信，知君努力学问，与日俱进，若能持之以恒，继续不懈，将来必有成就，可喜可贺。"然后又在读书上给以指点，介绍了《朱子集注》《近三百年学术史》等书，并提出学问与德性同样重要，"学问之造诣，必以德性之修养为根基，亦以德性之修养为限度，苟忽于德性，则学问终难深入……"最后，对他的质疑给予充分肯定。并许诺要把自己在香港《人生》杂志连载的《论语解》每期都赠寄给他。

钱穆的信，写得工工整整，从文面可以看出此公的修养一面。他对李敖如此鼓励，一方面是因为李敖的好学引起他的注意，另一方面，也可从中看出他的教育家风度。他说要寄刊物给李敖，可谓言而有信，一期不落。李敖对他当然益发感念。但感念归感念，在治学的方法与思想倾向上，李敖经过从初中到高中的困学求变，已逐渐定型，如左右问题、中西文化问题、新旧思想等等。那时的学者有两个类型，一个是"胡适型"，一个是"钱穆型"，李敖对他们两位都倍加注意。胡适远在美国，钱穆却近在眼前，他一度贴近了李敖，并对李敖产生一定影响，但李敖并没有紧跟钱穆走下去，最终还是把他"摆脱"了。他说：

> 按说以钱穆对我的赏识，以我对他的感念，一般的读书人，很容易就会朝"变成钱穆的徒弟"路线发展，可是，我的发展却一反其道。在我思想定型的历程里，我的境界，很快就跑到前面去了。对钱穆，我终于论定他是一位反动的学者，他不再引起我的兴趣，我佩服他在古典方面的朴学成就，但对他在朴学以外的扩张解释，我大都认为水平可疑。钱穆的头脑太迂腐，迂腐得自成一家，这种现象，并无师承，因为钱穆的老师吕思勉却前进得多，老师前进，学生落伍，这真是怪事！

李敖没走钱穆的道路，并不意味着他对钱穆的全盘否定。在与钱穆通讯后第三年，他考入台大历史系。而台大历史系是"胡适型"的地盘，对"钱穆型"是隐含排挤的。在胡适有生之年，钱穆终未当成"中央研究院"院士，李敖认为这是不公道的。他说，"钱穆的理学怪说固不足论，但他在古典方面的朴学成就，却更该先入选成院士"。

后来，李敖与这位理学大师的缘分依然不断。在与钱穆通讯后第九年，他已经锻炼成为成熟的战士。他在《文星》发表《给谈中西文化的人看看病》，开始激烈地攻击到钱穆，这种攻击一直不断，直到他们会面后的第34年，钱穆老了，93岁了，李敖还发表文字，表达他对钱穆"倒在蒋介石怀里"的不满，批评他已失去了知识分子的"德性"。在钱穆的五代弟子们庆祝钱穆93岁生日的时候，李敖却为钱穆感到可惜，他认为，凭钱穆的才学和智慧，他有成为"一代儒宗"的机会，但他却拜倒在蒋介石的脚下，而历史上，"真正'一代儒宗'是不会倒在统治者的怀里的"！

在钱穆去世前不久，李敖去"故宫博物院"办事，远远望见一位步履艰难的老人，老态龙钟，动作迟缓，在一些人簇拥下前行。他知道，那是钱穆。他并没有趋前问候，但心里却一直在感念他。这位痴迷于中国传统文化的老学者，毕竟在他少年时代，曾被他心仪，并曾热心指导过他、帮助过他，这种老辈风范的人物，对李敖之后的新生代来讲，真正已变作"上古史"了。

李敖认为，钱穆在古典方面的朴学成就，大体上很有成绩，但其史学往往"感情用事"，结果对历史做了"太多太多的曲解与巧辩"。在经学、理学方面的著作则"多是失败的"、"迂腐"的。在与当权者的关系上，则"公私不清"，"曲学阿世，大儒立场尽失，去朱子远矣"。这是李敖对钱穆的历史定位。

_八 劝王作荣弹劾"总统"

王作荣，湖北汉川人，1919年生，"国立中央大学"经济系毕业，美国范登堡大学经济学硕士。50年代回台湾后，曾在台湾大学、东吴大学、中国文化大学任教授，后任中国时报、工商时报总主笔、"经合会"主任、"经济部"、"财政部"顾问、"考试院考试委员"等职，1990年李登辉接任"总统"后，出任"考选部长"，1996年李登辉连任，又被提名出任"监察院长"，1999年辞职。

王作荣精于经济，学识渊博，且文才一流，在"中国时报"、《工商时报》做总主笔期间，有"天下第一笔"之称。相传，李登辉1990年聘任第八届"总统"的"5.20"就职演说稿，就出自他的手中。

在王作荣的一生中，最令

◆ 王作荣

他爱恨交织的一个人，便是他曾精心扶植的"总统"李登辉。

在李登辉的发迹史中，王作荣是个至关重要的人物。早年，两人曾是十分要好的朋友，由于王作荣的劝说，才有了李登辉加入国民党的请求，王便是他入党的介绍人。也正由于王作荣的提携和游说，才有了李登辉与蒋经国的相识，并被蒋经国提名搭档参选"副总统"。可以说，王作荣在李登辉的为官之路上扮演了一个推手的角色。

王作荣与李登辉的关系后来发生巨大变化，由好友到搭档最终走向决裂，这期间，有一个关键人物在起作用，这个人物便是李敖。

李敖与王作荣相识，始于在台湾大学读书期间。当时，王作荣33岁，在高校讲台上还是个新手，有一次画曲线图，画着画着突然"巷"住了，怎么想也画不出来，引来学生一阵笑声。但他在语言上所显露出的才华，尤其是他那富有启发力的讲解，深得学生好评。

王作荣讲课严肃有余，活泼不足。有一次，王作荣在课堂上讲到三民主义问题，李敖有意和他论辩，站起来大声问："王先生，三民主义到底有没有缺点啊？"他脱口而出："当然有啊！"李敖追问："缺点在哪里啊？"他厉声回答："我不敢讲啊！"全班同学为之哄堂大笑。

这段对答，给李敖留下了极深的印象。

转眼三十四年过去了，李敖已成为台湾的文坛枭雄，家喻户晓。王作荣也早已离开台大，走上官途，做了"考试院考试委员"。有一天，李敖在街上看到他正在散步，便主动走上前去问候："王老师，您还记得有个学生叫李敖吗？"王作荣端详半天说："人家都说李敖是我的学生，没想到今天有缘相逢。"

两人从此有了交往，并经常在他散步的路上聊天。

1989年1月11日，是台湾的"司法节"。这天凌晨，时任新竹地检署检察官的高新武亲率调查员，越区到台北拘提逮捕台"司法院"第四厅厅长吴天惠及其担任律师的妻子苏冈。高新武在没知会检察长的情况下侦办此案，并逮捕吴天惠和苏冈，引起台湾社会极大的反响。侦察吴苏案过程中，检察体系仍阻挠高新武的调查，但高新武仍坚持起诉吴苏二人，吴天惠一审被判无罪后，四名新竹法院的法官和一名检察官、三名协助侦办此案的调查员辞职抗议。三个月之后，高新武被迫辞职，吴苏案也被视为台湾司法改革史上的第一枪。

且说就在吴苏案发生两个月后，王作荣在《工商时报》发表了《高新武检察官的作风不值得鼓励》一文，探讨司法人员的法律行为问题，并批评高新武的行为是"凌上、逾分、滥权、违纪、失职、挟势"，"距离独善其身都太远，还谈什么兼善天下"？该文发表后，立即引起社会上热议，有人支持，有人质疑，于是王作荣被卷入一场司法笔仗的旋涡之中。

面对这场司法论战，李敖亦不甘寂寞，他在五天之内连续发表了《高新武还有待正心诚意》《"只想静静地离开"？》《王作荣真的不懂法律？》等三篇文章，来正本清源，在某种程度上支持了自己的老师王作荣。

看到学生亲自出马，支持自己的观点，王作荣自然感激万分。他很快给李敖写信：

敖之兄：

近因散步路线缩短至居住附近地区，难有把晤机会，甚觉怅然，承赠大著及在世界论坛报所发表之专栏，雄风依旧，文采灿然，仍有大材小用之叹也。承支持，顺致谢意。荣实无意与人争一日之短长，陆啸钊兄请代致意。荣近出版财经文存一本，错字太多，现正在改正再版中，俟出书，当奉上二位各一本，以求惠正也，即颂

著祺

弟 王作荣 拜 七八、四、四

1990年，李登辉做了台湾"总统"后，王作荣出任"考选部长"。此时，李登辉分裂祖国的"台独"行为逐渐暴露出来，引起海峡两岸人民的强烈反对，一直对李登辉牵马抬轿唱赞歌的王作荣也愈来愈感到困惑。三年后，他特别给李敖下帖子，请他于天厨餐厅餐聚，在座者还有石齐平、傅栋成等多人。入座时，李敖被邀请坐上座，理由是他是王作荣最老资格的学生。这时，石齐平说："敖之兄虽然资格最老，但面相最显年轻，他说过，坐牢的时间上帝没有计算在内。"王作荣说："上帝不算？有这等好事我也去坐牢。"众人大笑。接着，王作荣感叹说："年龄不同体会就不同，年轻时总想着人老了那样我一定不那样，结果今天就是那样。"李敖明白他心中有对李登辉的无奈，便笑着说："王老师应为支持李登辉'赎罪'。"王作荣说："我只是做了自己认为正确的事情，有何罪可赎？"李敖说："很简单，你可以'大义灭亲'，你要以高风亮节，给李登辉难看，以自己下台逼李登辉下台。"王作荣连连说："我没有那么重要吧？"李敖说："王老师，你并没有说出心里话，这不是我心目中的你，王作荣应该有王作荣的干法。"

但王作荣依然故我。大概是在他做了"监察院长"之后，又请李敖等人在湖北一家春餐馆吃饭。此时，连任后的李登辉已经在背弃祖国的道路上愈走愈远，王作荣却始终紧紧跟随，并写文章极力吹捧。席间，李敖指着王作荣说：

"老师啊，请你搞清楚，现在恨你的人比恨我的人还多。"王作荣笑笑说："是吗？我有那么可恨？"李敖说："你一生耿直，可惜看错了人。到现在这样的年纪，应该为自己的过去反省了。王安石诗中说：'公自平生怀直气，谁能晚节负初心。'王老师啊，你不可能又要做好官，又要做好人，你应该成为台湾第一位弹劾'总统'的'监察院长'，这也是学生对你的期待。"王作荣摇摇头："敖之不晓得，如我辈者，不自量力啊。"

此后不久，王作荣发现有初期胃癌，住院治疗。李敖前往探望，并悄悄留下名片离开。待王作荣出院后，对李敖变得敬而远之，礼数也不见了，信也不写了，饭也不吃了。李敖感叹说："师生之谊，竟为一个杂碎李登辉而绝，真是没有想到。"

李敖之言虽然十分刺耳，但王作荣也并非没有警觉。他曾对家人说："李敖是我眼中唯一的天才。"李敖的劝告，他不会置若罔闻。他对李登辉的态度也在万分纠结中悄悄发生着变化。在国民党召开国发会宣布冻省之时，王作荣就严词批评李登辉冻省的举措有"台独"倾向，两人的关系开始出现裂痕。1999年，在王作荣"监察院长"任期届满时，未被李登辉续任，而改聘为"中国国民党中央评议委员会主席团"主席。

卸职之后的王作荣，在公开场合多次对李登辉的分裂行为展开批评，直到2000年台湾大选国民党惨败、民进党胜出、李登辉下台，王作荣也似乎大彻大悟，他说："我最后悔的就是介绍李登辉加入国民党，让他把国民党搞垮了。"

但在恪己严恪人也严的李敖眼中，王作荣做得还很不够。他认为，王作荣知道李登辉太多太多的内幕，他的揭露应该有更大的动作和更好的表现。

从小就崇拜奇人的李敖自有一种豪侠仗义的品格，在遭受软禁时，他不顾个人安危，设法营救身陷文字狱的柏杨；生活无着靠打零工度日，依然帮助重病住院的恩师；为了国人的尊严，他卖掉自己的收藏品捐助慰安妇；为报知遇之恩，把自己的薪酬加倍返还……李敖之所以难被超越，传统文化中的侠义精神也许是其中一个重要原因。

第三章

行侠纪

一 营救柏杨的恩怨录

柏杨，1920年生，河南辉县人，原名郭定生，后改名为郭立邦，最后又自己改名叫郭衣洞。他一生念过很多学校，但从未拿到过一张文凭，为上大学数次使用假学历证件，结果被国民党教育部"永远开除学籍"。1949年，他到了台湾，1953年，开始发表作品。曾任《自立晚报》副总编辑及艺专教授。1960年，以"柏杨"之名写作杂文专栏并走红文坛。李敖与柏杨的交往，正是在这一时期。

◆ 柏杨

1965年的4月4日，32岁的李敖参加了欢送林海音访美的宴会。在宴会上，他与著名的杂文作家柏杨相识。当时的柏杨已45岁，两人一番交谈之后并无深交。只到三年以后，才偶有来往。在文星书店被国民党围剿的高潮中，柏杨曾撰文攻击"文星"，李敖虽然依旧称他为"柏老",但在心理上却保有距离。这时的柏杨,任《自立晚报》副总编辑,且有他自己的出版社——平原出版社,主要出版他自己的作品,如他的《玉雕集》《平原丛刊》《金边文学丛刊》《西窗随笔》《异域》等,皆此时的产物。李敖对他的作品的评价是:"杂文以外,他的历史作品写得很热闹,但是,颇多错误,给他同一水平的读者看可以,给专家看就会笑,这是因为他的历史基础有问题的缘故。"

在"文星"被查封后,李敖与柏杨的交往渐趋密切起来,1967年4月30日,柏杨陪警备总部政工上校汪梦湘专门来探望李敖,6月11日,柏杨又邀李敖帮他装修汽车,7月26日,李敖隐名办《文风》时,柏杨充当见证人,10月21日,柏杨请李敖到他家中用晚饭……

1968年年初,柏杨的妻子艾玫受"中华日报"社长楚崧秋之聘,为该报家庭版编辑,为提高小读者兴趣,将美国连环漫画《大力水手》翻译过来刊登,漫画中的人物对话由政治大学学生颜素心翻译,由柏杨对译文作润色,并抄上稿纸。艾玫有时事忙,编务亦由柏杨代办。当年1月3日柏杨选登的一幅漫画,叙述老白和小娃父子俩,共同购买了一个小岛,他们兴致勃勃在岛上建立王国,并共同竞选总统,互不相让——其实"全国"只有他们两个人。但父亲发表演说,开头竟称呼"全国军民同胞们"。令人没有想到的是,这组充满了幽默意味的漫画,引起台湾调查局的注意。官方亦写信给报社,指摘"编者作者,显系故意,思想绝对有问题",在对柏杨夫妇的审讯中,曾有这样的问话:"全世界只有我们'总统'用'全国军民同胞们'讲话,而且漫画是在元月三日发表,刚好在总统发表文告之后,这是什么意思?"审讯人员一口咬定他们包藏祸心,存心侮辱"国家元首"。于是,官方紧锣密鼓,多方罗织证据,以便于从快从重定罪。

这时，对柏杨的营救活动也在社会上展开。

李敖此时也是泥菩萨过河，生活上，他靠贩卖旧电器维生，政治上，他被国民党当局"约谈"多次，处于被跟踪和调查中。

1968年2月29日晚上10点半，艾玫被警方"约谈"十多小时还没回家，柏杨焦急万分，他打电话请李敖去他家。李敖赶到后，他反复寻问李敖过去被警方"约谈"的细节，并说他遇到一点麻烦。其他什么也不说。李敖不知原委，只觉得此人"怪怪的"。到了12点，正要告辞，艾玫跄跄而入，大哭大叫，说："他们审我一连15个小时啊！他们连我上厕所都要跟着啊……"李敖这才得知事件的详情。

第二天，柏杨被"约谈"27个小时。3月2日，柏杨给美国物理学博士孙观汉长信说：

> ……想一想我真是个老天真，见识且不如李敖这个年轻人，李敖先生经常携带一小衣箱及洗脸漱口用具，准备随时被捕，我常讥笑他小人之心，把台湾合法政府看成什么了？诚如先生言，社会上多少总有公道，想不到我和艾玫突然受此，不但无颜对祖先，且无颜对李敖……

从内心讲，李敖对柏杨过去在政治上的被御用角色并不高看，基于"同情与人权"，他决定帮一帮这位可怜的作家"朋友"。于是，当柏杨夫妇向他求助时，他果断地加入了营救的行列。

这一年的3月2日，他在日记中写道："早为柏老办事（向调查局抗议等），午始放出。下午见一面。"在这次见面时，柏杨征求李敖意见，李敖说："他们这次放你，只是观察你被放后一时反应或跟什么人联络，我看事情还没过去，你要交代的，就先妥为交代吧！"柏杨听从了李敖的意见，开始留长信给艾玫，交代身后事。在信中，柏杨有"外务找祖光、李敖"、售出版社"请左焕文、李敖介绍"、"书则赠李敖"、"但盼告寒爵、申虹、紫忱、李敖，俟有机会，为文"等话。

对柏杨的藏书，李敖当然不收，他对艾玫说："这些藏书是柏老的心血，请给他完整保存，等他回来享用，我是不敢收的。"

柏杨在信中提到的让李敖等人写文章营救的事，李敖由于已被国民党完全封锁，无法撰文，但他决定向海外设法。第一，他把有关柏杨案情的一切文件包括柏杨的答辩书，通过美国朋友梅心怡偷运到海外，使柏杨冤情和知名度大显于天下。梅心怡却因此被禁止再到台湾。第二，他通过美国记者魏克曼（Fredaric Wakeman.Jr.）把柏杨的冤狱新闻转达给外国记者，并在《纽约时报》等报刊报道。第三，通过美国匹兹堡大学物理学博士孙观汉联合海外华人，发文给国民党政府施加压力。但由于孙观汉等人对台湾当局不是采取抗议而是采取了求情的方法，未见效果。

1968年3月4日，柏杨被捕，在逼供中承认"接受过共产党的培训"、"运用文学技巧，影射政府腐败无能，离间人民对政府之情感，侮辱中国传统文化"，最后由军事法庭判刑12年（后因蒋去世大赦减为八年）。

在柏杨入狱过程中，可以看到孙观汉与李敖在营救上所作出的巨大努力，但李敖认为，柏杨出狱后，没有对二人有任何感恩之举，反倒对一些无大干系之人感恩戴德，如他的《活该他喝酪浆》一书，扉页题的是："谨将本书献给余纪忠先生暨夫人 感谢对我的照顾和爱护"，他写《按牌理出牌》，扉页题的是："谨将本书赠给罗祖光先生暨夫人 感谢患难中对我的帮助"；他写《大男人沙文主义》一书，扉页题的是："谨将本书赠给史紫忱先生暨夫人　感谢对我深挚的友情"……李敖说："从中常委到国民党大特务，一律感恩不绝，试问李敖这种在他真正'患难中'对他'帮助'的、'照顾和爱护'的，是不是也该有点次于献书、赠书的待遇呢？被柏杨献书、赠书，与国民党中常委大特务为伍，固不足为李敖之辈光宠，但是柏杨出狱多年，对李敖无一言之感、一字之谢、一语之褒、一饭之赏、一册之赠，反倒在李敖陪萧孟能太太去花园新城找萧孟能履行'民法'第1001条'夫妻互负夫妻同居之义务'时，左袒萧孟能及其'女朋友'，开车亲送其第三夫人于楼下，由其第三任夫人上楼助阵……试问柏杨这种离奇的道德标准，是不是孙观汉给予'纵容'的呢？"

李敖对柏杨的这种恩仇错乱感到愤愤不平。他一口气写出十多篇文章，来谈关于柏杨入狱前后的事实经过，如《柏杨忘恩负义了吗》《义助柏杨的外一章》《给孙观汉先生的公开信》《将相怎样才能和？》《柏杨怎样暗中窜改文章？》《柏杨的卑鄙及其他》等，谈到了孙观汉的努力，也谈到了柏杨夫人艾玫的付出，但柏杨出狱后不久，还是和艾玫离婚了。

谈到柏杨与艾玫的分手，李敖曾爆料说，是因为柏杨怀疑在自己坐牢期间艾玫另有其人，那人就是李敖。这令李敖哭笑不得，他嘲讽说："柏杨也太低估我的审美水平了。"

此事无论真伪，柏杨对李敖的名字讳莫如深却是事实。一个明显的例子是，在他的《丑陋的中国人》出版时，其中收有江渤的一篇文章，文章中有"争过议论自由的柏杨和秉笔直书的李敖"、"冒生命危险抨击暴政、争取议论自由的柏杨和李敖"两句，但柏杨却将李敖的名字删去，于是在他的手脚之下，"冒生命危险抨击暴政、争取言论自由的李敖"不见了，李敖称其为"瞒天过海"的"卑鄙行径"。

同样在营救柏杨中奔波过的屠申虹回忆说，在那段时间里，他和李敖除了要为柏杨设法摆平留下来的"支票款"以及出版社的杂务，更要强颜欢笑地安慰整天泪眼婆娑的柏杨夫人（艾玫）和当时才七八岁的女儿佳佳。由于当时的情景实在令人难忘，他在内心中对艾玫所受的伤害，自然十分同情。柏杨出狱后，回到台北的当天，《自立晚报》总编辑罗祖光邀屠申虹一起陪柏杨吃饭，饭桌上，柏杨先生对艾玫的未曾等他出狱团聚极不谅解，愤慨之情溢于言表，屠申虹当场为艾玫讲了几句持平的公道话。谁知，从此柏杨与他绝交。后来，屠申虹对李敖谈起此事，只是摇头苦笑，说："李敖兄，我们当年那样又冒险又辛苦地帮柏老忙，下场竟是你李敖被诬赖为奸夫，艾玫被诬赖为淫妇，我屠申虹被诬赖为账目不清。"李敖说："柏杨的可恶、可恨与可耻，就在他摧毁了人类最高贵的一项道德。朋友有难，凡是袖手旁观的，都没事，倒是援之以手的，都遭殃。柏杨这种恩将仇报，无异警告了人类：在朋友有难时，你绝对不可帮忙。"

作为对柏杨的惩罚，李敖后来出版了《丑陋的中国人研究》一书，来批驳柏杨其人的不仁，其文的不实，如《柏杨无知乱译<资治通鉴>》、《柏杨替毛泽东投降》、《怎样摸公羊》、《柏杨国文程度不够》等等。

两人从此再无往来，直到2008年4月29日柏杨因肺炎去世。

◆ 李敖出版《丑陋的中国人研究》一书，来批驳柏杨其人的不仁，其文的不实。

二 与殷海光的师生情

早在台湾大学就读期间，李敖与胡适交往的同时，又结识了另一位著名的思想家——殷海光。

在李敖眼中，殷海光与胡适一样，也是台湾大学称得上"蛟龙式"的人物。

初到台大时，胡适远在美国，李敖爱莫能及；殷海光近在眼前，自然得结识之便。

殷海光，原名殷福生，湖北黄冈人，1919年生。中学时代喜爱逻辑，以善思闻名，有"鬼才"之称。17岁上高中二年级时，便翻译出《逻辑基本》一书。1938年考入昆明西南联合大学哲学系，成为以研究逻辑、经验论与英国式自由主义闻名的著名哲学家金岳霖先生的弟子。1942年毕业，入清华大学哲学研究所。1944年投笔从戎，参加国民党青年军，后赴印度训练。1947年，任南京"中央日报"主笔，并在金陵大学教授逻辑和哲学，以文笔犀利、思维缜密见长。此时，作为国民党的御用文人，殷海光十分卖力，写了大量文章，试图为蒋家王朝挽回败局，他也因此多次受到蒋介石的接见。淮海战役期间，他还深入前线进行演讲，以鼓舞"国军"士气，无奈面对蒋家王朝的颓局，一切都无补于事。他虽然为国民党献出很多计策，但一个腐败的政府不可能采纳和实施。最终在失望与无奈中离开大陆。到台湾后，他不愿再任""中央日报""

主笔，便应傅斯年之邀到台湾大学哲学系做讲师。这是他人生和事业的一个重大转折，也是他从国民党文化官僚转变成为自由主义者的一个分水岭。1954年殷海光升任教授，并应美国哈佛大学邀请，以访问学者身份在美国居留一年。1955年春，美国国务院又请殷海光以"访问学者"身份到美国做了为期半年的访问、考察。1956年《现代学术季刊》在香港创刊，被聘为编辑并为之撰稿。他的著作主要有《逻辑新引》《怎样判断是非》《思想方法》《中国文化的展望》等。

在20世纪40年代，殷海光写了大量反共文章，为国民党政权摇旗呐喊，是蒋氏集团的忠实追随者。自从1949年到台湾后，他逐渐看透了蒋家王朝的专制和暴政，再不与当局合作。他以台湾、香港的《自由中国》《现代学术》《祖国》等杂志为阵地，勇敢地反对国民党的专制、独裁统治，主张欧美式的自由民主，倡导西化，激烈地反对传统思想。认为只有自由的民主制度才能满足道德的要求，也只有自由的民主制度才是比较最能维护个人尊严的制度。尤其是《自由中国》的创办，使他成为这个刊物的核心人物。虽然他写过一些反共文章，但再也没有歌颂过蒋介石。直至最后写出了一系列反对蒋介石专制的文章，成为国际上反专制争人权的知名人物。当时在国际上闻名的大科学家爱因斯坦、大哲学家罗素、费格、自由主义大师哈耶克等世界第一流的"大脑袋"都与他有密切的通信联系。他实际上已成为当时台湾文化思想界的风云人物。国民党视他如鲠在喉、芒刺在背，但由于他当时的名气与声望，暂时没有敢对他动手。

殷海光是一位有着"纯真而强烈的道德热情（moral passion）"（林毓生语）的自由主义者，同时又是一位典型的书斋学者，一生治学，爱书成癖，别无旁骛。据林毓生回忆，他在极其清贫的生活当中，依然不惜一切地购置图书

◆ 有着"纯真而强烈的道德热情"的殷海光

资料，他关于当代逻辑、分析哲学、自由、民主、社会学理论的藏书，"大概比当时台湾任何公私图书馆都完备"（林毓生语）。在李敖的回忆中，有几件关于殷海光的趣事：

◆ 殷海光和家人在一起

有一天，他正在看一本Aristotle（亚里士多德）的著作，他女儿殷文丽走过来，他就教文丽念Aristotle这个词，没想到文丽正在换牙，没有门牙，念到"totle"时，口水应声而出，喷到书上，殷海光大叫："呀哟！哎哟！"急忙掏手绢擦口水。

据说殷海光一辈子只打过四次电话。有一次他太太教他如何打，把他带到公用电话旁，替他把号码拨好，对方说话，才递给他。殷海光紧握听筒，满头大汗，打完了，差点晕倒，他太太赶忙抓住他，发现他两手冰冷，两眼发直，好一阵子才恢复正常。

有一次，殷海光与另一书呆子夏道平教授突发奇想，来到观光饭店喝咖啡，咖啡厅在十二楼，他们进入电梯，但是过了很久还是不到，空气憋闷令人难受，殷海光说："这么久了，即使一百二十层也该到了。"于是紧张起来。还是夏道平聪明，他看到电梯墙上有许多阿拉伯数字，就乱按了一个，门突然开了，原来还在一楼！两人得庆重生，吓得不敢再坐电梯，决定走楼梯上去。结果走到二楼，发现没有上三楼的楼梯了，只好又下一楼。殷海光说："我们到别家去，何必一定要在这里。"夏道平说："不行，既来了，一定要找到。"于是两人四处去找，找到一座有人开的电梯，总算到了咖啡厅，不巧那天咖啡厅休息。两人只好再摸索到另一较暗的房子，一进去，发现都是一对对情侣，两个老头也顾不得许多，挤进坐下。看到一位歌手边弹边唱，夏道平碰碰殷海光，大声说："你看，是真的人在唱歌呢！"

李敖上大学时，殷海光是《自由中国》的灵魂人物。在当时的李敖眼中，胡适已经老惫，而殷海光则如日中天。《自由中国》是1949年冬天创刊，到1960年冬天停刊，这11年，正是李敖的中学时代和大学时代，李敖在台大，正是殷海光声望最高的时候，也正是《自由中国》最兴盛的时候。

1957年3月1日，李敖论胡适的文章《从读〈胡适文存〉说起》在《自由中国》第16卷第5期发表，引起海外的胡适和台湾北大系教授的注意，也引起了台大哲学系殷海光的关注。一天，他托比李敖高两届的弟子张灏跑来找李敖说："殷海光看了你的文章，想见见你。"看到自己久已仰慕的人物想见自己，李敖当然很乐意。

这次约会的时间是1957年5月23日下午，李敖在当天的札记中写道：

> 赴殷海光家，与他商谈的结果促进我几个大决定，诸如转哲学系，学成德文，多念一年，与夫我将来职业之选择，我都有了很迅速的决定。殷先生又送我《怎样研究苏俄》一本、《祖国》227期一册。

一席谈话便生转系之念，可见这次约见对李敖思想产生的震荡是多么巨大。

而奇怪的是，在李敖几十年后所写的《李敖回忆录》里，却称此次约见印象奇劣、"极不投机"、"十分倒胃"，两人从此"并无来往"，显然带有更多后来历史产生的裂痕，有着更多的个人感情色彩，马家辉称之为"自我涉入"（Ego-Involvement）现象，即"将跟自己有关甚至无关的事情加以扩大"、"将自己的错失或别人对自己的影响缩小"，可备一说。总之，把《李敖回忆录》与他当时的日记相对照，的确多有相悖之处。在两人见面20天后，李敖在札记中写道：

> 既转哲学系，复有尽承海光衣钵之意，盖我深信他走这条路对世道人心有深远的影响，并且我深信在这方面的贡献是"舍我其谁"的，我非常希望以我之才，能对世道人心有许多伟大的贡献。

李敖不仅没有同殷海光"并无来往"，而且为了走近殷海光，李敖开始做转系的工作，即使许多老师反对，他也不以为然。6月27日，他与同学赴神学教授方豪老师家，方豪直言相告说："你是聪明人。""转系简直是胡闹。"

吴相湘对他的转系亦表示"遗憾"。他认为这是人们对他的不理解。7月9日，他在札记中以诗言志：

　　　　自古惺惺惜惺惺，

　　　　单凭慧眼瞩英雄，

　　　　谁人有幸得识我，

　　　　一宝押下先结盟。

　　也就是在同一天，以殷海光为核心的《自由中国》杂志策划出了一个后来轰动一时的评论栏目"今日的问题"。在李敖大写言志诗的时候，殷海光正在挑灯夜战，书写他那篇后来令蒋介石咬牙切齿的文章《反攻大陆问题》。

　　李敖思想上的冲动加速了他与殷海光的接近，从他的《大学札记》中可以看到，在这一段时间里，他与殷海光的交往及对他的关注明显增多。如1957年7月19日，"下午与宏祥去殷海光家，先生赠我《胡适思想与中国前途》一文之油印本，此文甚好，《祖国》曾转载之"。1957年7月20日，"与史静波逛书店，购《逻辑新引》等三书"。（按：《逻辑新引》作者即殷海光。）

　　当时的殷海光处境并不妙。他的《反攻大陆问题》一文发表后，立即在社会上引起轰动。由于文章戳穿了蒋介石"反共复国"的神话，引起了国民党当局的极大恐慌，把这篇文章称为是"给共产党做帮凶"。1957年8月12日，国民党召开中央宣传汇报会议，由蒋介石亲自主持。他在听了党部秘书张厉生的汇报后愤愤地说："《自由中国》里的那些人的确太不像话，胆子也越来越大，连'反攻大陆政策'也要说长道短，进行攻击！"随后，国民党及其军队的舆论工具如"中央日报""中华日报"《青年战士报》《新生报》等十余家报刊连篇累牍地发表攻击、批判《反攻大陆问题》的文章，连自称以"民间"形式出现的《联合报》也受到官方操纵，加入了批判的行列。殷海光及《自由中国》同仁被置于官方舆论围剿的大网之中。

也许是姚从吾等人的劝说起了作用，加上当时特殊的政治形势，李敖转系的冲动未付之实现。两人的交往亦随之减少。但他对殷海光的学术、思想并没有放弃，而是在学习中进行剔抉，寻找着为己所用的东西。1958年6月15日，他在日记中写道："国实无人，如胡适之老是卖老货，殷海光也老是那一套，即可受欢迎，但他们又何其狭窄。"1959年1月6日他又在日记里写道："夜读逻辑，决定好好学到殷海光，从马戈言，此不难也。像吸收胡适一样，他没有多少好吸收的。"此时的殷海光，在发表了《反攻大陆问题》之后，又连续发表了一系列重要文章，批评台湾教育的黑暗，在台湾思想界产生极其强烈的影响。如《我们的教育》、《学术教育应独立于政治》等文，作者反对党化教育，倡导学术自由，要求简化课程，使台湾的教育真正地走向现代化。这些直接针对台湾的政治和政策的尖锐言论，深深刺痛了蒋介石，自然为蒋氏集团所不容。国民党控制的舆论阵地，如"中央日报"等，很快出现了反击《我们的教育》的文章，国民党"教育部长"张其昀组织全岛教育系统声讨殷海光的《我们的教育》一文，要求广大师生，特别是大中学校师生，"擦亮眼睛"、"站稳立场"、"忠于领袖"、"坚定信心"，不要被《自由中国》上的文章所迷惑。

在台湾万马齐喑的50年代，殷海光在国民党的思想囚笼中反集权、反专制、反独裁、启民智的议论，无异于冬夜中的一声霹雳、一道闪电，作为一名站在斗争最前线的民主斗士，这是他的思想大放光彩的时期。连李敖后来也称此一阶段的殷海光是"伟大的先知"。但此时的李敖，正在大学读书，年轻气盛，置身局外，他并没有感受到《自由中国》同仁们面临的围困与艰难，所以，他认为以殷氏的声望和身份，这种打击的力度和广度还远远不够，没有从根本上去反对国民党统治，带有某种不彻底性，故对殷海光所掀起的波澜不以为然，两人的交往日益疏远。就这样，在台湾大学，他与这位闻名世界的自由主义大师交臂而过。

在"文星"时期，由于主张"西化"的几名学者如李敖、许登源、居浩然、陆啸钊、李声庭、洪承完等人都是殷海光的学生，而殷海光在台湾大学曾大力宣传、介绍西方文化和英美式的自由民主，并且猛烈批评过传统文化中的糟粕，因此，他被反对西化的胡秋原、郑学稼、任卓宣、徐高阮等人想当然地指作西化派的总后台。

殷氏虽然并未介入这场中西文化论战，但他反专制、反独裁的立场和揭露国民党当局黑暗的文章却一步步惹恼了"官方"，加上他与爱因斯坦、罗素、费格、海耶克等世界知识界名流书信不断，在海内外的影响日益增大，他为狭隘的国民党所不容就在当然之中。尤其是李敖的文章文笔犀利，咄咄逼人，颇与殷海光相近，在初出道时曾被一些人误认为是殷海光的"化名"，因此，从李敖身上往往能勾起官方的一系列接近联想。蒋介石在国民党党部召开的"中常委会"上说："殷海光不是与党国一条心的人。在大陆那一段，他反共是积极的，我曾经召见过他，对他期望甚大。他到'反共复国基地'来后，完全变了。他在《自由中国》上写的那些东西，实际上是在帮共产党的忙。我们不能养蛀虫蛀自己的船。"这无异是对殷海光进行全面迫害的一个信号。

到"文星"后期，随着官方对殷海光打击力度的增强，一些国民党御用文人更是把殷海光和"文星"绑在了一起。侯立朝在《文星集团想走哪条路？》中列有一表，表中将李敖与韦政通、居浩然、李声庭、陆啸钊等归入"文星集团"的先锋队人物，而殷海光则是这个集团"理论研究处"的重要代表。真可谓城门失火，殃及池鱼。这种毫无根据的罗织，把台湾五六十年代的一批新老自由主义文人摆在了一张砧板上。以至《殷海光教授年谱简编》的作者陈宏正说："李敖独得盛名，但殷却背着黑锅。"

也就是在这一时期，李敖与殷海光——这位同样狷介的学界前辈结下了深厚的友谊。

前已有述，李敖在大学阶段就与殷海光有过交往，但由于当时特殊的形势和李敖对殷海光认识的转变而中断。

还是在1961年11月的一天，李敖独自在文学院的通道上漫步，与殷海光不期而遇。两人虽然多年不见，但这位自由主义大师并没有把李敖忘掉，他主动叫住了李敖，问："你在《老年人和棒子》里，提到的江亢虎是谁啊？"李敖告诉了他。适逢姚从吾走过，殷海光指着李敖对姚从吾说："此一代奇才也！"姚从吾说："你们两个都是奇才！"殷海光与李敖谈得高兴，便约李敖到他家去聊。李敖把给胡适信的副本给他，并说定第二天去看他。于是有了后来李敖的这段记录：

> 近五年以后，我又来到了殷家。殷海光这回大概真的发现了我的不简单，他显然承认了我的蛟龙地位。他说我给胡适的信深深感动了他，信中提到的严侨，是中国伟大知识分子的代表，中国有千千万万的严侨，都在国共斗争中牺牲了。……说到这里，他突然哭了起来，使我大为感动。这一次谈话非常投机，他要到我碧潭山居来看我，我同意了。不久他到碧潭来，他教我如何煮咖啡，我穷得买不起咖啡壶，只能提供烧开水的铝壶做工具，他抱怨壶有油

质，煮咖啡不好喝，我很惊讶他在喝咖啡上如此考究。我们大谈了一下午，然后到吊桥旁小店吃鱼。殷海光的怪毛病是：他刚见到一个人，经常是不讲话，态度也不友善，一定要"暖车"（warm up）以后，他才逸兴横飞高谈阔论不止，这时候他也有说有笑，与常人无异。但是下次见面时，他又要重新从那种死样子开始。一些人不了解这怪毛病，常常在一开始就被他气走了。这次殷海光到我家，怪毛病倒颇为从简，大概他怕我以其人之术，还治其人之身，所以很快就了无拘束地聊起来了。

在这次谈话中，李敖谈了自己的两点意见：第一，雷震搞新党导致了《自由中国》的完结，故新党运动对传播新思想而言是一种连累。就像五四运动连累了新文化运动一样。第二，《自由中国》所谈的，是知识分子的、上层的、纵贯线上的台湾，在此之外，对乡土台湾、苦难老百姓的生活谈得不够。殷海光望着这位谈锋犀利、睿智频出的后生，深以为然。这位一向与人交谈需要"暖车"的怪杰，与李敖亦能"很快就了无拘束地聊起来"。自此两人的交往日渐增多。

殷海光从1960年《自由中国》垮台以后，到1969年去世，这九年间，可谓"一年老一年，一日衰一日"，内心世界寂寞而荒凉，周围已无人能与他作思想的交流，他只有在与海外门生的书信中苦诉衷肠。1966年12月1日，他在给林毓生夫妇的信中说："你知道我在这个岛上是岛中之岛。五四以来的自由知识分子，自胡适以降，像风卷残云似的，消失在天边。我从来没有看见中国的知识分子像这样苍白失血，目无神光。他们的亡失，他们的衰颓，和当年比较起来，前后判若两种人。在这样的氛围里，怀抱自己的想法的人之陷于孤独，无宁是时代的写照。生存在这样的社群里，如果一个人尚有大脑，便是他不幸之源啊！"这种寂寞当然与殷海光的性格有关，但殷海光应该感到幸运的是，他在精神的窘境中赶上李敖的"文星时代"，由于李敖的帮助，他虽在迫害、衰病之中，却在出书、生活、医疗和精神上，得到很大的支援和安慰。在这期间，美国哈佛大学研究中国问题的权威费正清到台湾，他邀请李敖陪他专门去看望殷海光，并在一起吃饭。此后，李敖对这位反专制的斗士更加关心。在1964年至1966年间，殷海光在文星书店陆续出版了他的《思想与方法》、《到奴役之路》、《海耶克和他的思想》和《中国文化的展望》四书，都是李敖主持。李敖说：

在出这四本书的过程中，我遭遇了三个方面的困难，第一方面是殷海光本人的，殷海光是《自由中国》的首席余孽，他要出书，"十目所视，十手所指"，自不消说；第二方面是我本人的，我在"文星"兴风作浪，给"文星"带来极大的压力和麻烦，自己作孽之不足，还要勾结余孽，双料出书，"廿目所视，廿目所指"，也不消说；第三方面是"文星"内部的，"文星"虽然是进步的书店，但是还没进步到要甘愿赔钱的程度。"杀头生意有人做，赔钱生意没人做"，给殷海光出书，出到后来，简直已是又杀头又赔钱的玩意，劝说"文星"主人萧孟能出版指日可禁之书，是需要费些力气的，虽然萧孟能礼贤下士，但冥冥中老板、老板娘"四目所视、四手所指"的画面，却也不可不知，也不可不稍为人家设想。殷海光是不怎么通人情的书生，我调剂其中，希望出书第一，不要枝枝节节因小失大，这种苦心，我想殷海光和萧孟能都不尽知道。例如出版《中国文化的展望》，我为了给殷海光较高的稿费，就在萧孟能肯出的稿费之上，暗中自己贴了不少钱，此中调剂，当事人不知也。

1966年前后，李敖与殷海光的关系渐渐疏远。据说，有一次，一些殷门弟子在殷海光面前讲了李敖不少坏话，殷海光明知弟子们讲得不对，不但未予制止，而且还点头。当时，与李敖关系甚好的黄中在场，黄中认为，殷老师明知弟子们之间有矛盾，却不加化解，这是不对的。他回去后，将这一情况告知了李敖。李敖听后，非常生气。他认为殷海光是非不分，从此不去殷家。老师的情况，他也不再过问。

1967年春天，李敖在台北美而廉碰到殷海光，发现他气色很差，便仔细询问他近段的生活情况。老师的身体再次引起他的关注。看到这位与国民党暴政苦斗多年的前辈身体每况愈下，他的心情是沉重的。他想：对于追求民主、自由的人来讲，殷海光是一位杰出的思想家、政论家。他的身体好坏，不仅关系到台湾自由、民主理论的弘扬与传播，还关系到反集权、独裁的斗争能否深入、持久。自己是一位后来者，不应该因小怨而误大局，在关键时刻应该帮他一把。因此，他觉得，眼下当务之急是帮助老师查病、治病。

李敖找到另一位同学陈平景，询问老师的身体为什么那样差，并发火说："你们经常往老师家里跑，难道看不出老师有病？"

陈平景解释说："我多次向老师建议去医院检查一下，老师和师母不同意而未去成。殷老师还讲，除非到贵族医院检查，一般的公立医院是绝不去的。而且他们也不同意去检查，我没有办法，除非你去逼。"

李敖说："我去逼，一定要把殷老师逼到医院去！"

当时，像殷海光这样的教授，如入台大医院，因为有公保，便不需再掏

◆ 殷海光

钱，但殷海光要入贵族医院，李敖只有照老师的意思去办。4月13日，李敖丢下手边的事情，亲自跑到台北的贵族医院——宏恩医院，预定了为殷海光查病的时间和医生。次日清晨，他给殷海光写有一信：

海光老师：

好久不见，十几天前晓波买点礼物送您，收到了吗？

上次在美而廉相遇，我就感到您气色不好（很久不见了，所以感觉特别尖锐），前天听平景说，您的胃病，并没有请医生看，我颇惊讶，我以为您请了医生，没有想到您竟对您的身体这样不科学。

我看还是由我来吧！我昨天跑到宏恩医院，替您约好看病时间如下：

下星期二（18日）上午10点照胃部X光。

下星期四（20日）上午10点请台湾最有名的胃科大夫李承泌医师诊断。

　　您治胃病的一切费用，由我承担。我最近为香港一家出版社帮忙，有一笔小收入，所以我愿意"请客"，以我们的关系和了解，您自然不可推辞。

　　您在星期一（17号）晚上11点以后，就不能吃任何东西，也不能喝水，直到第二天照X光以前，千万不要吃喝。我准于星期二（18日）早上9点前来接您。一切面谈。"但愿人长久"。保重第一，一时的被诬谤戴红帽子，又算得了什么，只要留得青山在！

敖　之
1967.4.14夜5时10分

　　殷海光读到李敖的来信，非常感动。他为这个善良的学生而感到宽慰，同意到宏恩医院检查。

　　其实，李敖哪里有钱，他说"为香港一家出版社帮忙，有一笔小收入"，只是一个美丽的谎言——他不愿意殷海光知道自己经济上的困窘而不安。

　　就这样，李敖、孟绝子、陈平景等人把殷海光送到了医院，李承泌大夫对李敖和殷海光说："我佩服殷先生，也佩服李先生。李先生郑重托我，我自然尽力办。"他调动了医院最好的设备，对殷海光的病作了仔细的检查。之后，他把李敖拉到了门外，说"有话要说"。

　　在走道里，李承泌大夫十分严肃地说："怎么到现在才来看，百分之百的胃癌！"

　　李敖焦急地问："还能拖多久？"

　　李大夫说："这次若不来看，只能活几个月。"

　　"现在还有救吗？"

"要等动了手术才知道。"

李敖叹道："好人多磨难啦！"

他回到病房，把其他人支出去，然后对殷海光说："斯人也，不可有斯疾也！你这位忧郁的哲学家啊！竟得了胃癌。罗素要听说你得了这种不哲学的病，他会笑死了。现在决定开刀抢救，你应该准备在开刀以后，好好把你要说的，都说出来，我相信那是一部有价值的书。你有生命危险，来日无多，我本来不该告诉你，但我一想，你看了这么多书，若连生死都看不破，那书也白看了。所以我决定告诉你，使你有所准备，免得做错了安排，浪费了时间。"看到李敖以强者对强者的态度对待他，殷海光显得很镇静很从容，连说："你放心，我想得开。"但当李敖走出病房后，他的精神马上垮了下来。

殷海光需住院手术，医院要他先交3000元住院保证金，李敖身上没那么多钱，便和会计挤眉弄眼，会计才同意李敖先开一张空头支票做抵押，然后四处去借。他与孟绝子、陈平景到水牛出版社去找发行人彭诚晃，七缠八缠，弄到了3000元。

1967年5月1日，殷海光做了胃切除手术，李敖在当天与女友的信中写道："殷海光今早开刀，打开后，医生犹豫不决，不知是割好还是不割好。最后还是决定割，结果胃切去三分之二，肠切去一截，毒菌已蔓延到淋巴系统，故已无生望，现在只有等死。刚才我第二次去看他，等一会儿夜深时再去。因为他太太在医院，傍晚我特别到他家看看他的小女儿，一个人在跟狗玩，好可怜！"在殷海光做手术的当天，李敖连续三次去探望，由此可以看到他对这位思想者的关心。

手术后，殷海光的病情得到稳定。考虑到自己在台湾的处境，殷海光想离开台湾。1967年5月，在海外朋友的帮助下，美国哈佛大学正式发函，聘请殷海光为该校研究员。但蒋介石不肯放人。由于李敖与国民党一些要人有关系，殷夫人夏君璐曾专程去找过李敖，要李敖出面去找国民党某要人，李敖很卖力地去做了，这位要人也在蒋介石面前为殷海光说了话，但蒋介石始终未表态。无奈，李敖在信中对殷海光说：

> 我还向有关方面暗示（等于明示）还是把殷海光放走罢！逼人走绝路（生活困难）乃至抓人关人，是没有效果的，如果有效果，我们今天也不会在台湾了（过去在大陆，这套方法还用得太少了吗？可是效果呢？）殷海光一类人（包括李敖之流），到了国外，当然不会说"政府"什么好话，可是他们到了国外，本人就该是"台湾政府"有自由的最好人证！就凭这点人证的资格，这个"政府"就值得做，并且划得来，得可偿失，值回票价！
>
> 总之，你能否走得成，完全要看他们智慧的高下，他们高或肯高，你就走了；否则的话，还是老局面，吾们是殉葬者而已，呜呼哀哉！

蒋介石为把殷海光酱在台湾岛上，专门召见警备总司令刘玉章。他对刘玉章说："他不是不愿与'政府'合作吗，不愿到'教育部'去吗？我考虑还是让他待在台湾大学。对外就说不是'政府'不要他去美国，而是台湾大学离不开他。这样，我们不放他走就有理由了，也堵住了美国、香港一些人的嘴巴。"

刘玉章说："台湾大学已解聘了他，怎么能……"

"再补发一个聘书嘛。不过，此事要向台大校长钱思亮交代清楚，为防止殷海光再在学生中散布毒素，影响青年，殷海光的课表照贴，但不要他授课，也不准他演讲，只做个名义上的教授。"

就这样，殷海光因政治原因，成为台大也是台湾唯一一个不能上讲台授课的挂名教授。美国哈佛大学的聘书成为一纸空文。

此事对殷海光刺激很大，加上生活困窘，他有时连寄信的钱都没有了，写作计划明显受到影响。1969年4月，他的病情急剧恶化，难以正常写作。6月底，胃部又开始疼痛，身上出现浮肿。9月16日下午5点45分，这位自由主义大师与世长辞。

在这期间，李敖数次探望并施以帮助，后又协助师母筹划后事。他极力要求主持出版一套高质量、高水平的《殷海光全集》，以表纪念，但因殷门弟子之间的矛盾争端，终未如愿。

在殷海光的学生中，像林毓生、张灏等海外弟子虽然也曾对困窘中的老师寄钱寄书，但对殷海光能如此不惜一切全面考虑并施于帮助的，其实不多。李敖曾说过：在思想家和先知的行列中，"胡适得其皮，殷海光得其肉，真正皮肉相连的，是硕果仅存的李敖。"李敖在得殷海光勇敢反国民党真传之外，又能慷慨解囊、救人于危难之中，这种侠肝义胆，同样令人感佩。早在1967年7月，香港的《大学生活》杂志曾有这样的报道：

> 批评李敖者爱从两方面攻击他：一、说他私生活过于放浪；二、说他笔下过于刻薄，爱揭发别人的隐私。我无意在此为李敖辩护，只想说批评李敖者本身更不知有多少见不得人的缺点，至少绝不止于李敖所犯的两点。而李敖之为李敖，李敖之不失可爱，却是因为他比那些受他攻击的人更多正义感、更多人性。

从李敖义助殷海光一事，可见一斑。

_三 卖藏品义助慰安妇

第二次世界大战时期，日本军国主义者从台湾地区、菲律宾、朝鲜、中国大陆用欺骗、绑票、诱拐等方式征用了大量女性，送入军中做性奴隶，她们是日本侵略者滔天罪行的一部分。战争结束后，这些女性中的幸存者就是今天所说的慰安妇。

慰安妇的苦难遭遇和晚年惨景成为日本进入联合国安全理事会遭拒的一个重要原因。20世纪90年代，慰安妇问题被揭露后，日本遭遇到中国大陆和台湾地区、菲律宾、韩国等亚洲国家和地区的广泛谴责。日本政府为逃避赔偿、道歉责任，想了许多花招，1995年成立亚洲女性基金会。该会以民间名义，打算以50万台币为筹码，让台湾的慰安妇与之达成和解，即承认自己当年到军队里做性服务是自愿的，与日本政府无关。这样她们就无法再对日本政府进行起诉。

据调查，截至1997年，台湾的慰安妇幸存者尚有56人。她们多住在穷乡僻壤，没有家庭，风烛残年，晚景悲凉。当时，台北妇女救援基金会负责人王清峰律师，就跟台湾的56位受害人做工作："为了个人尊严、国家立场、民族大义，这个钱不能要。"老太太们也说："我们不要。"但是，她们大都穷困潦倒，疾病缠身，她们何尝不知道这笔钱对她们的重要性。

李敖知道了这件事后，对王清峰说："你这个办法，用道德的标准，用个

◆ 抗日期间，被日军蹂躏的台湾女性

人尊严、国家立场的标准，来要求这些凄惨的老人家，是不近人情的。"王清峰问："你说该怎么办？"李敖说："既要有主张，还要有办法。这个办法要合乎人情，这个非常重要。我们要搞到这些钱给她们，我给你50万，你就不要日本鬼子的50万，就好了嘛，这才近人情，这种方式才能解决问题。"王清峰说："好，我们去募捐。"李敖说："又不近人情。"王清峰不解，李敖说："募捐是说，你做好事让我捐钱。为什么我捐钱让你去做好事呢？这个不近人情。"王清峰问："那究竟该怎么做？"李敖说："照我李敖的办法，我拿出一百件我所收藏的艺术品或者纪念品义卖，义卖之后，搞来这些钱来给她们，她们自然就不要日本人的钱了。"

为了让这些"慰安妇"们吃下定心丸，李敖决定在义卖之前先把钱垫出来，支付给她们。并定有口头协议：你只能要我这个钱，不能再拿日本人的50万。否则就要还给我这50万。同时，还给她们每人都写了一幅字：

他们作孽，你们倒霉，
你们我们，众目睽睽，
聊表心意，没人自肥，
打败日本，尊严永垂。

1997年11月5日，一场义助慰安妇的李敖藏品义卖活动在王清峰、李庆华、马英九等人的共同协助下展开了。义卖现场达3000多人，整个义卖主要由马英九主持。不少有良知和善心的民众也受到感染，纷纷参与进来，或义卖珍藏，或捐款捐物。

在李敖的义卖品中，有938件台湾古地契格外引人注目。标价1000万元。据传闻"省府"拟购买，但碍于当局"采购法"规定无法竞标，最终由作家施寄青代表"省府"宣布捐助700万元援助"慰安妇"。在无人出价的情况下，李敖上台代替一直隐身幕后的王清峰宣布：她将出300万元与"省府"捐款凑足1000万元，一并捐给妇援会。

在义卖品中有一个砚台，被陈水扁做市长的台北市政府买去，有趣的是阿扁当众请罗文嘉把这个砚台又回赠李敖，李敖毫不含糊，转手又将砚台二次拍卖，被《商业周刊》社长金惟纯买去。

在义卖会上，李敖还举行了《李敖回忆录》签名售书仪式，每本1000元。

所得款项，也捐作救援"慰安妇"之用。

此时，民进党主席许信良及前主席施明德问李敖："你还有什么保留没卖的？"

李敖坦然答道："再卖，只有卖我自己了。"

李敖共卖出80多件藏品，募得2370多万新台币，加上"省府"的募款700万元以及义卖主持人之一的蔡琴"义唱"一首歌《最后一夜》所得7万元。共募得3828.6万元。

义卖结束，李敖相当满意，他说："先垫付给'慰安妇'的银行债款，已经可以还清了。"他表示，要将其中的700万元作为"反日基金"，余款留妇援会作为照顾"慰安妇"的专款。

当然，他也没忘记这一大动作下王清峰所起的重要作用，他说："王清峰律师花了六年时间走遍了台湾各地，寻访台湾省籍'慰安妇'，她才是最大的功臣。我现在才加入救援工作，实在不算啥。"而王清峰所领导的妇援会则就民间自发义助活动向当局提出了质疑："当局的行动在哪里？""立委"李庆华也指出："希望萧万长的'组阁'是个'正义内阁'，把花在非洲、中南美洲小国的大笔'外交经费'，拨出部分给台湾'慰安妇'。"

李敖的义助行为在台湾引起强烈反响，包括与他政见截然相反的"台独"政党建国党都发了新闻稿，文章中说：

> 本党认为：（一）台籍慰安妇的发生是因为台湾被当成日本战胜清朝的战利品，台湾妇女被强迫为日本军人泄欲工具的悲惨事实。……（二）日本无耻，台湾当局无能，根本无法与日本政府进行交涉，想要日本道歉与赔偿可能无法达成，台湾人的女儿不仅在

殖民地时代悲惨，"中华民国"据台的今日，正义依旧无法获得伸张，尊严何能得偿？（三）李敖先生的意识与本党虽不同，但其以行动支持慰安妇的精神可嘉，值得肯定与支持，希望台湾人也共同为我们台湾的女儿尽一点心力。

李敖自豪地说，这一现象，一方面看出建国党的"无奈与风度"，另一方面也看出自己的"强势与声势"。"势能使人授首的，才能使人俯首"。

_四 为朋友索赔两个亿

李敖有一位好朋友叫苏荣泉，在八十年代的报刊时代，经常和李敖在一起。李敖讲演时，他就守在一旁，李敖讲完后给粉丝们签名，苏荣泉负责维持现场秩序。他是李敖的贴身兄弟。

有一天，苏荣泉对李敖说："李老大，我向你抱歉，我不在出版社里给你做经理了，我要回到我南部的家乡去做别的了，跟你做出版没有前途。"

李敖问："你到南部做什么事情？"

苏荣泉说："我是做金主的。" 所谓金主就是放高利息的债主。当地叫印子钱，借者往往会在借钱时把房子做抵押。实际上他是为金主做助手，帮金主寻找借钱的人，办理借贷和抵押的手续。

李敖说："人各有志，希望你能发大财。"

就这样，苏荣泉离开了李敖。

有一次，一帮流氓把他绑票了，二十四小时不放他走，他们在借钱成功之后，强迫他把那个房屋抵押的设定涂销掉。这等于是光天化日讹他钱、抢他钱，他怎会答应。因此，无论流氓们怎么逼他，他都不肯做违背老板交代的任务的事情。并且说："有本领你们抢银行嘛，你们欺负我们算什么？我不会涂销，你们杀我砍我，我也不会那样做。"流氓们绑架了他二十四小时，发现他宁死不屈，无奈只好把他放了。

通过这件事，苏荣泉感到了一种安全上的危机感，于是在八家保险公司投了上亿元的人身保险。并且还将一大堆保险单在朋友们面前显摆，以显示他身价的高贵。

有一天，他带着情人到泰国北边去玩，结果被人开枪当场打死在马路上。消息传来，他的太太张月华收拾遗物，才发现自己的丈夫在八家保险公司保了两亿多的人寿险。她当然要向保险公司索要这笔巨款。第一家就要到了安泰人寿，这是美国的一个老保险公司在台湾开的分公司。张月华委托律师邱丽妃在存证信中写道："本律师根据张月华小姐到所委称本人之丈夫苏荣泉向安泰人寿保险公司投保寿险、意外险，指定本人为受益人，在1994年9月29号在泰国遇害"，所以请按协议赔偿。结果安泰人寿就回信说，他们目前正就其事故原因及经过进行调查中。因事故地点远在境外，调查工作旷日费时，所以等到有结果以后再通知你。其他七家保险公司也仿前所说，不给钱。

张月华无奈之中找到了李敖，告知事由，请他帮忙。李敖说："好嘛，我来解决。"李敖找到安泰人寿的负责人说："你们在美国的公司声誉很好，为什么到台湾就学坏了？为什么不按协约赔款？"对方说："这个事情应该先调查清楚再说。"李敖说："不对啊，根据'保险法'，你们约定这个人死了十五天以内就要给钱，你给了钱以后，她如果是假的，那就是诈领保险，你可以告她，把钱给追回来，可是你不能不在十五天以内给她，你不能说你要查案子查清楚以后再给，也不能说等我查清楚以后再补点利息给你。这是不可以的。你要无条件地在十五天以内给。你可以告我，但你不能不在十五天以内给我。你们这样子乱搞，耍赖，我就告你们。"对方知道李敖的厉害，只好说：

"好好，我们给。"很快安泰人寿把赔偿款给付了。

然后李敖又找到第二家保险公司，叫南山人寿。南山人寿的经理解释说："苏荣泉在签保险单的时候，我们问他有没有在其他保险公司保过险？他打了勾。他说没有，这显然是骗我们。结果是他在其他保险公司也投了保。所以我们一个钱都不能给。"李敖说："这是什么鬼话，你们向我们兜保险，拉保险，说得天花乱坠，谁知道你们这些细节啊？打勾可能打错了嘛，这又不是什么了不起的事情，我在其他公司保了险跟你们有什么相干？你们到底是给还是不给？"经理说："李先生，如果打官司我们会打得赢，可是我们不愿意跟你打，我们愿意给。"结果，南山人寿也赔了钱，赔了一千万。

将这两个有美国背景的公司摆平以后，下一个就是蔡万霖的国泰人寿保险公司。它们的经理说："苏荣泉到泰国北边干什么去了？带着女朋友当场被打死，他是不是在贩毒啊？"李敖说："你管我干什么？我给你保的是人寿险，我死了就要给我钱，十五天以内就要给我钱。给错了你可以告我往回要，但你不能不给我钱。"经理说："我就是不给，事情不查清楚就是不给。"李敖说："你不给，这很简单，我可以告到'财政部'。"于是，李敖就写信给"财政部"，其中写道："台湾本地真正的龙头公司是蔡万霖的国泰人寿保险，它不付钱的原因是你们'财政部'包庇它，为什么你们包庇它？因为保险业的根据就是'保险法'，'保险法'说得清清楚楚，'保险法'第十二条，本法所称主管机关为'财政部'，归你们管，第三十四条说，应付者赔偿金额确定后，保险人应约定期限内即付之，无约定者应于十五天以内即付之。"因此，如果保险公司拒不赔偿，李敖列出来的被告将会是：'财政部长'林振国、保险司司长陈冲、国泰人寿蔡万霖、蔡宏图、范光煌。最后，在"财政部"的压力下，国泰人寿很快将钱拿了出来。

国泰人寿给了钱后，其他五家保险公司也跟着给了钱。全部时间35天。中间扣掉一个农历新年的假期，实际时间共花了25天，李敖要到了两亿多新台币的保险金（约合86万美金）。

张月华女士自然高兴，拿出其中的十分之一来送给李敖，以示答谢。李敖为此成立了一个公司叫"荣泉文化事业股份有限公司"，出版了他的著作《李敖大全集》，以此来纪念这位不幸遇难的小兄弟。

_五 与章孝慈的知遇缘

历史的车轮进入90年代以后，李敖"讲话"的舞台越来越宽广了。许多大学和社会团体纷纷邀他演讲，从此，人们除了阅读李敖的文章外，又领略到了他妙趣横生的演讲风采。

首先是台湾清华大学邀请他演讲，他讲的是《清华生与死》，引起大学生的强烈反响。接着在台湾师大讲《师大新与旧》、在辅仁大学讲《辅仁神与鬼》等等，其中有校方的干预，更有大学生的支持。想当年，在大学的迎新晚会上，他的演讲令台大师生一睹真容，一夜之间在台大暴得大名。在做预官时的演讲会上，他的诙谐的口才使计时员忘记了记录时间。退伍后，1965年上半年，台大学生先后四次请他到学校演讲，均被校方驳回。这种被"封嘴"的情况，直到此时，才算真正有了转机。

1989年4月，由苏荣泉联合多家出版社，主办了"李敖来台四十周年纪念演讲会"，由前新竹市市长施性忠亲自主持。办得十分成功。演讲会的广告显然也出自李敖的手笔，内容是：

残山剩水我独行

四百年来，台湾在外国人、外省人、本省人的相激相荡下，已经变成了一个畸形的、肤浅的、荒谬的、走火入魔的岛。李敖在这个岛上，虽然不见容于朝、不见知于野，但是独来独往的气概，"我手写我口"的气魄，却老而弥坚。这次应邀演讲，就是要在众口一声的时代里，呱呱大叫一番。

演讲后现场签名售书，价值50万元的书一售而空。

从此，李敖的演讲从校园走向社会。请他演讲的人也愈来愈多。

李敖是个充满自信且不知谦虚为何物之人，多次自称自己是个极会讲话的人，凡与他交往过的人，也无不对他的灵活机智、反应快速、谈吐幽默的口才和好发"奇谈怪论"而留下深刻的印象。

在一次演讲会上，一位听众义正词严地质问他："你来台湾40年，吃台湾米、喝台湾水长大，为什么不说台湾话，是什么心态？"李敖立即答道："我的心态，跟你们来台湾400年还不会说高山族的话同一心态。"

还有一次，听众纷纷向讲台递字条，提问题，李敖有问必答，条条不漏，突然有一字条，上写"王八蛋"三字，别无其他。李敖立即举字条面向听众说："别人都问了问题，没有签名；这位听众只签了名，忘了问问题。"听众为他的机智报来阵阵掌声。

有一天，李敖在太平洋崇光百货顶楼演讲，一个东吴大学学法律的学生黄宏成听了李敖的演讲深受感动，觉得这么优秀的人，我们东吴大学真该请他来执教，于是，他返校后立即去拜见校长章孝慈。

◆ 章孝慈

　　章孝慈是位颇具学者风度的校长，由于他的母亲章亚若与生父蒋经国那段特殊的爱情经历，他从小成为孤儿，在艰苦的环境中长大。在美国求学期间，他有6年是靠暑期打短工维持生活、交纳学费。他做过保安，在餐厅打过工。1978年，章孝慈36岁，已拿到了两个学士学位、两个硕士学位和一个博士学位，从美国返回台湾，任教于东吴大学法律系，虽然平时言谈不多，但由于他头脑细密，办事、讲话有条理，思路清晰，讲课、讲演颇具风格，两年后被任命为法学院院长，1986年接任东吴大学教务长职务，仍兼任法学院院长，1992年后出任代理校长、校长。他听了黄宏成对李敖演讲的评述后，十分感兴趣，说："李先生是位博学多才的文化名人，如果有可能，我个人倒很希望他能来给同学们讲讲课。"

黄宏成听了十分高兴，于是，在李敖与章孝慈之间进行了锲而不舍的穿针引线工作，此事竟被他一手促成。1993年4月2日，章孝慈在"中国时报"上发出讯息：

> 我最近和李敖聊天，他问我敢不敢聘他到东吴授课，坦白说我正慎重考虑，很多人讨厌李敖是印象式的反对，没注意其论著资料的丰富和架构的严谨，大学就要容纳各种声音，我在当法学院长时，自由派的李鸿禧、蔡敦铭、林山田和最保守的大法官，都被我聘请来授课，院内各路学派都有，让学生自由选择，大学文化也就丰盈了，后来我转任教务长，他们一个个离开，我现在想来都觉可惜。

1993年6月26日，东吴大学正式给李敖寄来了"聘书"。在表格"著作栏"中，李敖填的是"不胜枚举"，"对班级人数设限之意愿"栏中，他填的是"教得好不怕学生多"。此时的李敖，已经58岁了。

在去东吴讲课前，1993年5月4日，李敖在校本部做了一场演讲，题目是《如何反对章孝慈》。学生们贴海报，一路从校园里贴到校门外，足见同学们对他的欢迎程度。9月21日，教室内外挤成一片，李敖由章孝慈的爷爷到其爸爸，一路批下来，才转入正题。海内外舆论争相报道李敖上课盛况。台湾《联合报》的标题是"李敖东吴开讲座无虚席 准备特殊内容 但见流利口才"；《民众日报》的标题为"'失业'十年后获教职 天马行空畅谈古今 李敖'忘我'爬上讲桌授课"。早在9月16日美国《侨报》上，就标题出《章孝慈聘李

敖任教 决建东吴为具人文精神大学》。10月1日香港《开放》杂志刊出《批蒋作家李敖东吴开课——蒋家后人章孝慈引狼入室》一文，其中说道：

> 章孝慈指出，未来东吴大学将以发扬人文精神为办学宗旨，绝不让政治和商业干扰校园。章孝慈说，也许这种人文风气好几代才能扎根，但是第一步就是从聘请李敖做起。

可见李敖在章孝慈眼中的意义。他认为"包容性强，大学才会活泼"，这是他追求"作风保守、学风自由"的具体做法。这一点，比封闭保守的台湾大学要进步多了。10月27日，李敖在给新上任的台湾大学校长陈维昭的公开信中尖锐地指出：

> 章孝慈先生有胆量和度量，请中国第一流的优异分子执教东吴，这种气魄——真正的气魄，"乖乖牌"充斥的台大，能不羞愧吗？报上说李敖开讲，座无虚席，在旁听的学生中，有台大赶来的问我为何不到母校也开一门课？我说，你们去问陈校长吧！
>
> 台大坐视中国第一流的优异分子浪迹在外，最后被东吴请去，是台大校史上的真正污点。我以第一流自居，未免太不谦虚，但是看到当年我念历史研究所，那些考不取研究所的人如今都是历史系教授了，我真不知要怎么谦虚了。
>
> 三十多年前，我在台大做第一流的学生时候，胡适之先生跟我长谈，他要把台大变为北大的怀抱，溢于言表。三十多年下来，胡适之先生怀抱顿成虚愿。如今章孝慈先生北大归来，声称"将建立

东吴为具人文精神的大学"，东吴精神，喧腾报章，不知先生作何感想？古人说爱人以德，先生上任伊始，特坦言相告，也算以德之一章也。

执教东吴，是李敖近十余年来的第一份正式职业。他的教授内容和方法也与众不同。比如他教授"中国历史思想研究"，采用个案切入的方法，从具体的物象和观念入手，如"祖——生殖器崇拜"、"玉——怜香不惜玉"、"雩——不下雨求雨"、"犀——灵犀一点通"、"复——屋顶上叫魂"、"代——我死代他死"、"气——有气没有功"、"荤——和尚也吃肉"、"命——算命是骗局"、"死——高人不怕死"等等，深入浅出地剖析中国历代文化思想的产生和演变的历史，深得学生好评。而《中国思想与修辞》课，则是从表达的效果出发来揭示好的修辞与思想表达效果之间的关系，文史渗透，言意合一，使选课者能触类旁通，达到思想与语言的美的融合。这种开人心智的方法论，更使学生受益匪浅。他上课，原预定上课地点只是能容纳五六十人的普通教室，后来换到大教室，依然人满为患，受欢迎程度可见一斑。

对于李敖的观点，章孝慈有自己的看法。1994年8月15日，他在华视演讲会上播出"大学教育之精神内涵"时，特别指出：

在去年，我们聘请了李敖，李先生到学校来任教，有很多的报道满关心的，说东吴大学怎么聘李敖呢？李敖是备受争议的一个作家。有人说他是个疯狗、有人说他是个流氓、有人说他是个打手、有人说他是个天才，各种说法都有。我们很单纯，我们认为任何角度的学者都可以在东吴发展一个看法、一个见解，因为这是一个自由市场，能不能被接受，就须经过所谓的市场检验，这是一个最客观的环境，而不是某些人来认定是好、是坏，让他有机会在学校里、在大学里，把你的学术见解提出来，如果你真的是被大家所无法接受，可能的结果是没有人选课嘛！我们常说："人民的眼睛是雪亮的。"我向各位报告，学生的眼睛是雪亮的，哪个老师好，哪个老师不好，他清清楚楚的，你教的东西有没有内容，他也是清清楚楚的。让李敖李先生到东吴来，赞成他也好，不赞成他也好，那你在课堂上，在学术上和他讨论，让同学来做个选择，这是一所大学的学术生命，要延续，要发展，不可缺少的就是兼容并蓄。

在这次演讲后三个月（1994年11月14日），章孝慈回大陆参加学术讨论会，突发脑溢血住院，从此陷入昏迷，成为植物人。得知消息后，12月13日，李敖写信给东吴大学历史系主任王庆琳，提出将自己在东吴执教期间的全部工资新台币63255元全部提出，再照数加捐一倍，共计126510元，给章孝慈看病，并提出，"今后每月薪资，累积到学期终了，我会继续比照办理，加倍奉还。"

李敖以他独特的方式来表达章孝慈对他的知遇之恩。

1995年3月5日，李敖在新光美术馆举行"为东吴大学校长章孝慈筹款"拍卖会。会场上人头攒动，许多人并非有钱来竞买，而是冲着李敖的名声前来喝彩助威的。只见李敖身着黑色西装，与各路客人谈笑风生。面对每一件待拍的艺术品，他都会深入浅出地介绍其历史背景、作者生平以及其价值所在，并不时地引个典故、讲个笑话，对在场的买主，一会儿用点将法，一会儿用激将法，整个会场笑语不断，十分活跃。对此，"中央日报"有专文报道：

为章孝慈筹款拍卖所得完成分配

李敖捐七百万元给东吴大学

〔黄富美·台北〕喧腾一时的"为东吴大学校长章孝慈筹款"拍卖会活动昨日划下完美句点。提供收藏品义卖的作家李敖昨日公布拍卖所得分配，当场捐出700万元予东吴大学，及个人1993年度教学薪资的二倍126510元，由当初向章孝慈力荐聘请李敖任教的东吴法律系学生黄宏成代表接受，另4969000元李敖将另行斟酌移做雏妓救援、促进"二二八"族群融合及子女教育基金。

李敖表示，"拍卖会成功，这不是我一个人的力量，反而是大众力量有以致之。这方面他要感谢29位买主的大力襄赞，尤其买了孙中山先生墨宝的张慈让先生，他不但花了320万买字，还当场捐出100万元帮助章校长。听说事后有人出600万元请他割爱，他都不肯，真是义行可风。会计师黄秋雄买字之外，又捐出50万，也让人感佩。"总计这次拍卖所得落槌价共1102万元，加上另外捐赠的150万元，并扣除拍卖公司手续费551000元，总计11969000元。

李敖依当初约定，把它分成五项用途，其中700万捐给东吴，由东吴自行决定在章孝慈医疗基金、兴建女生宿舍、章孝慈人文精神教育理念推广上的分配比例。另4969000元，李敖则决定自行调配用作雏妓救援、二二八族群融合及子女教育基金。李敖并当场致赠书帖予张慈让、黄秋雄两位先生，表达个人敬意。张慈让稍后并表示，在"国父"墨宝风波（秦孝仪发表言论说李敖手中的中山墨宝属赝品，李敖一纸诉状把他告上了法庭）告一段落后，他会把该幅字捐给"政府"单位。

◆ 李敖与汪荣祖合著的《蒋介石评传》

其实，""中央日报""在报道中漏掉了一项，即李敖在4月4日的记者报告会宣布捐给章孝慈700万的同时，还发布了他与汪荣祖合著的重要著作《蒋介石评传》。李敖在记者报告会上即席说："今天是蒋介石死后20年的日子，别人把他做的坏事忘记了，可是我没忘记，所以20年后，还由汪荣祖教授同我合写这部评传鞭尸他——刚才捐出的700万，证明我李敖多么爱蒋介石的孙子；现在发表的这部书，证明我李敖多么恨章孝慈的爷爷。我李敖的恩怨分明，在他们祖孙二人身上，正好做了既强烈又鲜明的对比！"这种快意恩仇的另一面，也许是最令国民党官方所不能接受的。

1996年2月24日，章孝慈去世。

章孝慈从卧病到死亡，李敖都没去看他，他以自己的方式怀念了这位小他六岁的朋友。在与章孝慈的交往中，李敖表现出其特有的细心和仁慈的一面。章孝慈曾三次邀请李敖参加东吴音乐会，李敖都谢绝了。他不参加音乐会的真正理由是不愿去以他爷爷名字命名的"中正纪念堂"，但为了不伤章孝慈的心，他不说理由。章孝慈曾到李敖家来，李敖事先请母亲到街上去玩，为的是章孝慈自幼失母，他不愿章看到自己家有老母，而联想起自己的身世，伤心难过。李敖曾经说过，"我愈老愈不好交友，但一旦成为我朋友，我总是很古典很旧式地与朋友交往"。他在将自己的著作赠送章孝慈时曾附诗相送，其中写道：

> 台海一岛，法海真源，
> 我与孝慈，走过从前。

章孝慈去世后，李敖撰文于东吴历史学报，批驳秦孝仪"捏造历史败坏学风"，结果被系主任王庆琳要求删除批秦的文字，被李敖拒绝，并抽回论文。这一事件加上章孝慈之死等原因，李敖对执教东吴已有意兴阑珊之感。他决定任教满三年后，就告一段落。

1996年5月21日，李敖在东吴上完了最后一课。

_六 将死后遗体捐台大

1999年年初，李敖做出一个决定，在自己生命终结的那一天，愿将自己的遗体捐献给台湾大学医学院，供医学院的学生做人体解剖。

韩毅雄是台湾大学医学院骨科部教授兼主任，也是李敖的老同学，两人商谈相关事宜时，李敖说："我有个条件，届时身上的器官只要有用，尽可以捐给他人，但剩下来的骨头你要给我做成骨架，挂在那儿。"

韩毅雄问："为什么？"

李敖说："第一要让人们看看我李敖多么有骨气，第二让恨我入骨的人看到我还挂在那儿，阴魂不散。"

◆ 韩毅雄

韩毅雄笑着说："如果你老不死，将来骨质疏松挂不起来了，那怎么得了？"

李敖说："挂不起来不要紧，平着放也可以，像卧佛寺里的佛一样，睡佛嘛，躺在那里也可以。总而言之，我要最后归骨台大医院，你要给我挂起来。"

就这样，捐献协议在一片笑声中达成了。这年的5月9日，韩毅雄主任给李敖来信：

李敖先生钧鉴：

先生以社会贤达之身份，自愿捐赠遗体，供大体解剖，以嘉惠学子。本科将本着庄严肃穆的态度，视骨骼之状况，依专业之判断，做成完整骨骼标本，长久保存于本院的骨科部，以嘉惠医学教学与研究。

为感谢先生对医学教育之热心，奉献遗体，遗爱人间，延续生命之价值，开社会之风气，特函致谢，以表崇高之敬意。

台湾大学医学院骨科部主任 韩毅雄

一九九九年五月九号

接着，台湾大学医学院也出面致谢，信函如下：

承台端自愿将遗体奉献作为组织解剖，遗爱人间，贡献医学教育，促进医学进步，感佩殊深，特函申谢，请查照。

接着台大医学院解剖学科也前来致谢：

感谢函

　　李敖先生愿为生命中的智者，捐献躯体供医学解剖，成为台大医院全体师生无语良师；经由先生无私的奉献，台湾的医学教育将更加美好。为感佩先生对医学教育之热忱，特此致谢。

台大医学院解剖学科

主任　王淑美

教授　卢国贤　温振源　谢正勇　陈文彬　尹相姝　曾国藩

副教授　吕俊宏　谢松苍　吴建春　钱宗良

　　在中国传统观念里，人们在死后将身体发肤完整归土，以此作为孝道的条件，但李敖并不以为然，他要以自己的行为向人们表示，他的思想很新，这种新，正如前述谢辞中所言，是"遗爱人间，延续生命之价值"。他相信，若干年后，人们将会用另外一种方式来怀念他。

在李敖的创作中，除
了长篇巨论之外，还有大
量的偶思断绪，既不乏情
趣，又充满睿智，犹如散
落的珍珠，玲珑剔透，处
处散放着璀璨的光芒，从
本章搜集的几组片言只句
中，我们会深深感受到他
妙趣横生的一面。

第四章

片言纪

一 台湾市侩满脑肥肠（10则）

其一：台湾市侩满脑肥肠

1992年2月16日，"中国时报"报导中国信托董事长辜濂松之事：春节过后，辜濂松连吃了三天素，连在应酬时，都是以一盘素饺、一碗青菜汤打发过去。他说，吃素不是为了减肥，而是为了"还愿"。辜濂松说，他去年五十九岁，是传统上认为比较"多事"的一年，而他平安度过，为了表示对神明的感谢，他今年特别发愿要"做点什么"。在年初九拜天公时，他以掷筊杯方式问神明要他怎么做。辜濂松说，到了他问"连吃三天素可否"时，才掷出一阴一阳，表示"天公同意"了，因此他就连吃了三天素。辜濂松说，春节过后，应酬特别多，面对满桌的山珍海味，嘴馋得很，只有期待这三

◆ 中国信托董事长辜濂松

天的茹素之日，赶快过去。

李敖看了报道，感叹说：

此台湾市侩的大脑也！连脑满肠肥都不配，只是满脑肥肠耳！

其二：党员不能吃里爬外

在1989年年底的台湾"立委"竞选中，出现奇观：一些国民党党员如胡因梦、胡佛、张忠栋、高新武等人公然表示支持民进党。李敖认为，按照国民党内部章程与规矩，党员宣誓入党时，必须忠于本党，即使不能积极帮自己的党，至少也不该消极地帮助别的政党。于是，他说：

在做人上，如果认为国民党要不得，可以光明磊落，退党了事，岂可对自己信誓旦旦的，弃若废纸；还以国民党的身份，吃里爬外？这样子的入党，斯为背义；这样子的做人，是谓失德。这些男女的行为，是叫人看不起的！

其三：国民党、民进党给人的都是噩梦

在1989年年底的台湾"立委"竞选中，李敖的朋友年轻的作家苦苓（王裕仁）发表言论说：

凡是敢跟国民党政府吵的、闹的，甚至大打出手的，事后都会得到

◆ 作家苦苓（本名王裕仁）

特别的重视与照顾，反而如老兵、眷村（编者按：指1949年起至1960年代，台湾当局为安排败退台湾的国民党军及其眷属所兴建的房舍）子弟、原住民，最不被国民党看在眼里，好像吃定成铁票与乖乖牌，根本不会认真的为其着想过。

因此，苦苓呼吁眷村子弟用神圣的选票，向国民党做最严正的抗议，这将更有助于国民党加快改革的脚步，眷村的下一代也才可高唱"我的未来不是梦"。

李敖听了感到好笑，他说：

　　我的小老弟未免太乐观了，用选票做抗议，纵使把民进党选出来，又怎么样？民进党对"老兵、眷村子弟、原住民"的表现，其实和国民党一样王八蛋。这两个王八蛋政党，给人的未来不但是梦，并且是噩梦。以苦苓的聪明，当然看得出来。看得出来还这样说，小老弟该打屁股。

其四：国民党的人才政策

国共和谈时，有一位谈判记录人员名叫张九如，他有机会能常常见到共产党的和谈代表周恩来。照共产党的规矩，共产党员对外谈判，至少要两人以上出场，隐喻互相监督之意。有一次，张群请周恩来吃饭，周恩来却单刀赴会，没有人陪他。饭局中，张九如敬陪末座。席间张群忽有所感，对周恩来说："国民党的人才比共产党多，这一点阁下也不得不承认吧！"周恩来点点头说："共产党的人才的确没国民党多，但共产党却能用这些有限的人才；国民党人才多，却不能用这些大量的人才。"

后来，这个张九如到了台湾，做了国民党的"立法委员"，与李敖相识。有一天，他将这段经历告知李敖，李敖颇生感慨，说：

> 随着岁月的变化，国民党的人才政策，显得更一代不如一代了。蒋介石时代，把人才当奴才用；蒋经国时代，把奴才当人才用；如今李登辉时代，却又把奴才当奴才用，难怪它愈来愈不成样子了。

其五：毛毛虫找不到民进党

在台湾大选中，各党派为了拉选票，可谓奇招迭出，怪招不断。一些人为争取党内初选过关，大量拉人入党，代其交纳党费，然后控制这些人的选票，以达到提名的目的。李敖对此多有批评，称其是台湾岛上的假民主。

一天，他和妻子小屯、儿子戡戡在阳明山的公园里散步，突然树上落下

◆ 李敖和妻子小屯、儿子戡戡、女儿谌谌

一只毛虫，掉在他身上。戡戡说："爸爸，你身上有毛虫。"李敖用指尖轻轻一弹，毛虫掉在地上。戡戡跑上来抬脚便踩，妈妈小屯赶忙拦住说："不可以啊，你对待小昆虫不能这样子。"戡戡把抬起的脚放了下来。等妈妈一转身，他立刻抬起脚，一脚把虫踩死了。妈妈发现了，批评他说："你怎么可以随便就伤害小昆虫的生命！小昆虫会报复你啊，就在今天晚上，他会来找你哦。"戡戡说："不会的。"妈妈问："为什么不会啊？"戡戡说："这个毛虫它不知道我们家的地址，不晓得我们住在哪里，它怎么找我？

李敖扑哧一声笑了，他联想起了民进党的人头党员，对他说：

如果你是民进党的话，它更找不到你了。

其六：诗贺蒋孝武之死

1991年7月1日，蒋介石的孙子蒋孝武去世，批蒋十年的李敖闻讯心中大快，写诗庆贺：

蒋家三代接班亡，一个一个接着凉，
孝文孝武皆不孝，因为尿中有了糖。

蒋家三代接班亡，蒙主宠召全投降。
孝文前年刚入土，孝武今早死在床。

蒋家三代接班亡，荣总医生正当行。
太平间里生意好，四大皆空有病房。

蒋家三代接班亡，可惜苦了蒋方良。
飞越苏联毛子水，泪尽难再做老娘。

蒋家三代接班亡，电视播出喜欲狂。
独留李敖见美女，他们都去见无常。

（作诗时，陈平景从美国来电，闻讯大喊万岁）

蒋家三代接班亡，你死我活比你强。

平景电话喊万岁，中间隔个太平洋。

其七：社会的无耻

一位朋友向李敖诉说，他到警察局送红包，找到主管的那位警察，可是旁边还坐着别的警察，他颇觉不便，正左右为难时，那位主管警察却说："别不好意思，给我好了，我们明人不做暗事。"

李敖听了，深感震撼，他说：

一个社会，可以无耻到光明正大的程度，神仙也救不了它了。

其八："做人成功，做文失败"

台湾辅仁大学教授王大空（1920年11月22日—1991年07月30日），江苏泰兴人，齐鲁大学毕业，曾任中国广播公司节目部、新闻部主任、台视顾问、国语日报副总编辑等职。著书有"笨鸟"系列存世。在他去世后，""中央日报""以副刊满版形式发表纪念文章，称其是"散文家"，"作品虽不多，却以蕴涵启发性见长"等等。

在李敖眼中，凡是跟国民党走的文人皆不足道，王大空曾在国民党宣传机构任职，就是这样的一个人。他称其为"空中文宣警察"，是国民党的"文学侍从之臣"。如今看到""中央日报""对其涂脂抹粉，极尽歌功颂德之能事，当然少不了给以痛击，他说：

事实上，王大空算什么散文家，他唯一会表演的龙套，只是一只笨鸟而已，一如柏杨只会表演一个糟老头打赌一块钱而已，全是北京人所讥讽的"耍贫嘴"。能忍耐这种"耍贫嘴"的读者，文化水平当然也跟他们一样不入流。这些国民党文人、国民党文学侍从之臣，又懂什么散文！

我常说，国民党伪政府统治下的文坛，其实也是虚伪的。大家招朋引类、你吹我捧，个个像是雌雄同体的动物，相遇之后，69一下，互为满足，以欺读者，如斯而已矣！

◆ 王大空

事实上，散文是真正散文家的事，与国民党文人、国民党文学侍从之臣毫不相干！

国民党文人、国民党文学侍从之臣们，他们的集体特色是"做人成功，作文失败"，明明无作文功力与才气而乱附庸风雅，所谓焚琴煮鹤、唐突斯文，正此之谓也！

其九：回大陆之梦

某次，李敖坐计程车外出，司机居然是过去住水晶大厦时对面饭馆中认识的匡学中先生，现在改行开出租车了。匡学中对李敖说："我1949年10岁来台湾，做过游击司令的父亲相信蒋介石可以反攻大陆，以致带来的老底子都在家乡菜的馆子吃掉了。一二十年后发现反攻不了大陆了，可是老底子也空了。"并且又说，"小时候，要买脚踏车，父亲对我说：'买什么车，就要回大陆了，到时候卖给谁呀？'"

李敖听了，颇生感慨，对他说：

白崇禧在家浇花，有朋友来说："浇什么花，就要回大陆了！"

其十：我要吻周联华

周联华，1920年生于上海，毕业于上海沪江大学，获企业管理学士学位。1949年，赴美国留学，获得美南浸信会神学院哲学博士学位，并在美国普林斯顿神学院做博士后研究。曾为牛津大学神学研究学者。1958年回台湾后，出任台湾东海大学校董事会董事长。现任台湾世界展望会董事长和亚洲浸会神学院院长。曾为蒋介石、宋美龄之"御用牧师"，并主持过赵四小姐追思会，是李登辉的牧师。

1969年，李敖的老师、著名思想家殷海光去世，应殷太太之邀，周联华为殷海光做追思礼拜，李敖认为这有违先师的精神信仰，乃当面斥责他。后来，听说他又为蒋介石做追思礼拜后，李敖说："我开始喜欢他了。"再后来，他又为蒋经国做追思礼拜，李敖说："我更喜欢他了。"1989年蒋孝文去世，他又到场做追思礼拜，李敖兴奋地说了如下一段话：

我简直要kiss他了。这个蒋家三代的白虎星，真他上帝的够朋友！

_二 中共的志向与气节（4则）

其一：中共有大志

1989年11月22日，李敖的同学马戈（马宏祥）给他电传来一份资料称，中共因为没钱，国内一万八千个投资项目全部停摆，而另一方面，却给巴基斯坦一千三百五十万美金的无息开发贷款、九十万美金的捐赠，包含鞋子、毛毯和罐头食品，还要为巴基斯坦兴建一座核能电厂。

同时，李敖亦看到台湾"中央日报"的报导："中共正在花大笔金钱，援助第三世界，以证明本身是第三世界的领袖。""只要外交不顾肚皮。""中共无视财政窘况。"

李敖说：

其实，这就是中共。陈立夫等提议内援，他们不要；自己却在一穷二白负债累累之时，还要援外。这种大志，岂是商人禀性的台湾政客所能理解的！

其二：达赖给了西藏人多少人权？

1991年4月17日，时任美国总统的布什在白宫会见达赖，对此，中国外交部向美国政府提出强烈抗议。李敖看过这一报道后，深表同感。白宫回应说，达赖是以"宗教领袖"的身份应邀访美的，李敖认为这是"欲盖弥彰"。他说：

既然以"宗教领袖"接待达赖，为何要用偷偷摸摸的办法，不列入公开的日程？

若说美国为了对中国的人权情况表示不满而出此私下会晤，那么试问达赖本人，又给了神权统治的西藏人民多少人权？

其三：大陆播出日军细菌部队暴行

在"九·一八"六十周年纪念活动中，中国大陆播放了电视剧《荒原城堡七三一》，展现日军"七三一"部队在中国的罪行。李敖从有关媒体摘录了如下内容：

据香港《明报》说，电视剧描述当年日军七三一石井细菌部队在中国，把中国人和苏联人当作实验材料"马路大"，让他们感染鼠疫并对其灌输猴血、马血等进行细菌实验，抓来无辜的中国儿童进行活体解剖；把中国百姓赶入高温蒸气室活活烤死；疯狂屠杀暴动逃跑的"马路大"……

北京的青年人在茶余饭后，街谈巷议中，感悟激愤地谴责历史上竟有这样惨无人道的行为。一些中老年妇女则在播放这部电视剧时从电视机前跑开，她们说不能忍受其中残暴的画面。画面中"马路大"扭弯的身体和血淋淋的内脏令她们毛骨悚然。

一位大学教授说："从这部电视剧可以明白，人一变得残暴起来会比野兽更疯狂。永远都不该忘记日本军国主义对我国犯下的罪行。"

据知，九月份在北京郊区的抗日战争纪念馆，还举办了七三一石井细菌部队"罪证展"，以黑白照片为主，还有一些石井部队实际使用过的实验工具和刑具。参观的大部分是年轻人，他们既震惊又愤怒。青年人说，展览揭示了他们所未曾亲历的一段历史往事，这段历史的残酷性为世界所罕见。重温历史是必要的；忘记过去，就对不起惨死于日军屠刀下的同胞冤魂。

◆ 日军"七三一"石井细菌部队在中国的罪行

李敖看到这些报导后，联想到台湾历届政要对日本的媚态，激愤地说：

> 蒋介石是死了，但他的走狗李登辉、郝柏村以下还活着，他们看到这种罪证，比对一下蒋介石对日本"以德报怨"的王八蛋行为，不知做何感想？

其四：裸画与自由

1988年12月，中国首次人体油画大展在北京国家美术馆举办。这是新中国成立以来首次将人类的胴体以油画的方式公开向世人展示，是一次"人体革命"。画展的消息一经发布，全国有无数的普通工人和农民打着铺盖卷来到北京，在中国美术馆前排起来数千人浩大而漫长的队伍，其中多为男性，有年轻的后生，也有古稀的老人，他们大多瞒着家人突然来到北京。据有关统计显示，1988年的这次18天的展览参观者高达27万人。每天都有超过一万人在凛冽的寒风中排队等待看展览，可以用"万人空巷"来形容。一本画册四十元，是平均每月工资的三分之一，一下子就销售一空。

这一消息传到台湾，李敖十分高兴，说如今这种"性"禁终开，可以说是一种文明进步的表现。他在札记中写道：

> 事实上，"性"的开放是争取自由的一种前奏，而裸体艺术又是"性"的开放的张本。一般浅人不知道此中奥妙，徒以假道学与真教条钳制有关"性"的一切，真笨蛋哉！

_三 此真得山水之乐者（7 则）

其一：最后的晚餐

1991年10月2日，李敖应同学陆啸钊邀请吃豪华大餐，燕窝、鱼翅、鲍鱼、龙虾等一应俱全，李敖感慨："生平没吃过如此奢侈的大餐。"在座的还有陈良榘、王惠群及"老婆们"。

饭间，陆啸钊说："李敖为人，绝不先向你开枪。但你先向他开枪，他就用机关枪打死你，打死以后，还要补上一阵枪。"

饭后陈良榘邀上楼，说从未来过KTV，他要"考察"一下。于是，老同学畅怀大唱。李敖坐在一旁，深觉庸俗无趣。限于礼节，他坐到十二点，与小屯先归。回来路上，他说："五个半小时，就这样泡汤了。"

李敖对时间一向惜之如金，尤其不能容忍在无聊的活动中荒废时光，回首半天多的同学聚会，他说：

> 我对知识的专注，使我完全在娱乐上交游上"隔世"了，我也甘愿"隔世"，我决定这是"最后的晚餐"，以后晚餐不和友人在外面吃了。

其二：新朋不交，旧友不补

李敖台大时的老同学孙英善自美来台，请李敖及同室老友陈彦增、陈良榘聚餐。期间谈到朋友往事，李敖笑着说："我李敖专心写书，不交新朋友了，老朋友也'遇缺不补'了。"晚上回来，回忆当天的言行，颇生感悟，他在札记中补记道：

新朋不交、旧友不补，乃是参悟人生后一乐。朋友是写作的敌人，因为他们太耽误时间，胡适一辈子交游满天下，造势成功，写书失败，这是得不偿失的事。并且所交皆匪类劣种，他死后，连全集都印不出来，所谓朋友，岂可靠哉！

其三：为求真而失真

香港摄影家杨凡在他的摄影专集中有一段关于访问李敖的记述：

杨凡决定拍李敖，朋友警告他："小心他和你打官司。"
结果如何呢？
我说不怕。他家书可真多，连厨房厕所都变成图书馆。他要你称呼他历史家或思想家。是有点傲。右手贴了块跌打膏，他说：前天和女朋友在床上玩，被她踢了一脚，脱臼了，暂时不方便写字。我说，那中国近代史可不就停了几天。他一乐。

李敖看了这段记述颇觉有趣，他回忆说：

> 杨凡来我家那天，他为了摄影效果，把我家的书，搬动得天翻地覆，
> 后来害得我花了两三个小时才恢复原状。看到他拍的照片，一定以为我的
> 书很乱，其实大谬不然——摄影为求真而失真，我于摄影家见之。

其四：假表比真表还准

一日，李敖去眼镜店配眼镜，店老板认出他，与他闲聊。李敖称赞他手腕上
的劳力士表，老板说："这是我们台湾出的假劳力士，只要一千元。比我那真的
劳力士还准，所以我把真的收起来，戴上假的。"李敖听了哈哈大笑，他说：

> 有真的压箱底，而以假的示人、以假的实用，有趣哉！

其五：此真得山水之乐者

台湾有位著名的散文作家叫江述凡（1930年7月7日-2003年12月23日）笔名
愚公，别号树卢，曾任过空军雷达军官、空军电台新闻官、记者、专栏作家、
广电制作人及主持人、电影编剧、制作人、导演等职。他是李敖的好朋友，有
一次他到大陆，游了杭州西湖，之后给李敖来电说："我不去看西湖，我乃去
享受西湖。"

李敖看后感叹说：

> 此真能得山水之乐者也！

其六：哲学可真无计可施了

在20世纪90年代，李敖住东丰街，街上有一家电玩店。好多次，他路过从窗外都能看到有一枯瘦的穿西装打领结的小老头在玩，原来是台湾清华大学哲学教授劳思光，有时候，"中国时报"的副总编高信疆也和他在一起。

李敖感到很奇怪，有一次他见到高信疆，笑问："你怎么这么无聊、这么'与民同乐'，怎么带劳思光去那种你们身份不该去的地方，玩起你们身份不该有的娱乐？"

高信疆笑着说："谁带他去了，是他带我去的呀！"

李敖听了与高信疆大笑。

后来，这家电玩店关门了，李敖也难得见到"劳"苦功"高"了。

但没过多久，李敖与小屯在东丰街漫步，一人走过，传来一声很响的叹息，小屯说："那不是劳思光吗？"李敖循声望去，果然是他。李敖说：

◆ 台湾清华大学哲学教授劳思光

这个书呆子，又出没东丰街了，哲学学到徘徊于电玩之中、叹息于马路之上，哲学可真无计可施了。

其七：为难友李政一母丧题辞

李政一是李敖第一次坐牢时的"同案犯"之一，坐牢后开始认识，并建立了深厚的友谊，出狱后，成为非常要好的朋友。

1999年12月27日，李敖得到消息：李政一的母亲去世，享年82岁。李敖一向不参加亲朋好友的婚丧喜庆，于是题辞以代亲吊，并表达了自己对待生死的态度。辞曰：

政一同窗，

有难同当，

四海兄弟，

今逢母丧，

在天之涯，

在水一方，

高寿云亡，

亦复何伤？

_四 "爱心"不是"送"的（6则）

其一：只是想干一次

李敖博览群书，读到明朝思想家李卓吾《初潭集》中的一则故事，甚为喜欢。故事说襄阳有一姓罗的，年轻时人们皆认为他痴愚，经常到别人祠堂吃布施的舍饭。有一次去得太早，这家祠堂还未开门，等候多时，主人迎神出来，看到他，奇怪地问："天这么早你在这儿干吗？"他赶忙迎上前说："知道您这儿有祠堂，舍饭食，我这么早来，只是想吃一顿。"说罢又退回门侧继续等候，直到天亮，讨到吃的，方才离去。

李敖还喜爱看《花花公子》杂志，其中有一幅漫画，十分有趣：台上有美女答问，要求有话直说畅所欲问，但是一听众站起来说："我并不想问什么，只是想搞一下。"

李敖对这种回答可谓心有戚戚焉。他说：

> "只是想吃一顿"、"只是想搞一下"，这是何等洒脱的境界！饮食男女如此，写文章又何独不然？任凭政坛人物翻云覆雨、出将入相，你在下笔之际，统统一律拆穿，别无所图，只是想干他一次——"只是想干一次"，这是何等快事呀！

其二："爱心"不是"送"的

1989年岁末，台北网耐文化科技公司的总经理文念萱筹划了一个"名家耶卡送爱心联展"活动，邀请台湾各领域的名家签名题字，然后将题字的卡片义卖，再将善款捐助给残障同胞。李敖也收到这样一份邀请函，函中附有空白设计卡片一张。李敖对这种活动颇有看法，他认为，帮助残障同胞是"政府"抽税以后应有的责任，我们不能因为我们的好心肠，使坏政府推卸了责任。另外，他对台湾社会所推崇的名家亦不认同，虽然他的名字曾登在《纽约时报》《时代周刊》《经济学人》《远东经济评论》等报刊上，但在台湾"行政院文化建设委员会"出版的《"中华民国"作家作品目录》中，九百页的篇幅就没有他的名字，这种官方的挤压令他十分恼火。既然自己属无"名"之辈，文念萱当然是邀错了对象。所以，他不予配合。另外，他反对耶卡，因为他不信任何宗教，也非洋人，自然不从此俗。更为重要的是，他对这种献爱心的方式表示反对，他在寄回的耶卡上写道：

> 我怀疑"爱心"是"送"的。爱是一种行动，一定要有具体表现才能算数。所以我只是送钱，从不示爱。我送绿岛的难友们，一送十万，我认为十万元比"爱心"值钱多了。空头的"爱心"是一种伪善的把戏，聪明人别信它！

其三：伟人是很容易被脱手的

媒体人李宁是李敖的好朋友。有一天，他到远东公司买衣服，因身上带的钱不够，缺两百元，女店员看她手中有新出的《李敖千秋评论丛书》两册，说："你可以用李敖这两本书抵两百元。"李宁同意，乃成交。

不久，李宁访问李敖，将这段经历告诉了他，李敖感到颇有趣，他给李宁讲了一个笑话，英国首相丘吉尔坐出租车到广播电台演说，到电台门口后，丘吉尔对计程车司机说："车不好叫，请等我好不好？"计程车司机不知他是丘吉尔，说："不能等你，因为我要赶回家去听丘吉尔广播。"丘吉尔为之大喜，乃说："我会多赏你一磅。"计程司机说："好吧，我等你，不听广播了，为了钱，管他妈的丘吉尔！"李敖说：

这两个故事的玩笑性教训是：——伟人是很容易被脱手的。

其四：擦鞋者言

七十年代末，李敖同胡因梦的婚姻闹得沸沸扬扬，成为社会上一大热点。有一次，李敖去擦皮鞋。擦鞋的林先生看他许久，说："你不是李敖吗？"李敖说："是。"他说："你同胡因梦结婚，是不是中了奸计？"李敖笑着说："我这么'坏'的人，还会中计吗？"他说："这可不一定，一山比一山高。"

李敖一听大惊，真"卖柑者言"也。

他想起二十年前"文星"遭查禁时的一次擦皮鞋，那次也是被擦鞋者认出，那人说："李先生，奉劝你一句话：你少说一点吧！——台湾的警察比老百姓还多，你不可不当心啊！"

李敖不禁感叹：

何世无奇才，遗之在草泽！

其五：但愿得者如吾辈

1984年春天，李敖在路上与一女孩搭讪，两人聊得十分投机。女孩名叫"渊如"，台湾大学心理系学生，是李敖心目中很有味道的女孩子。两人聊了二十分钟后，女孩就跟着来到他家，参观了他的书房，临走时还定下了下次约会时间。

但不久，李敖收到她的来信，信中说："我不会再去了，我想过平凡的日子。"李敖马上给她打电话："我有什么令你不满意的吗？"她说："我的男朋友在政战学校，我们相识已经很久了，你对我来说太'高'了，我感觉不相配。"

挂了电话，李敖的感觉是一片惋惜——鲜花又插到牛粪上了。

他想起一位收藏家刻的一方印章，印文是："但愿得者如吾辈，虽非我有亦可喜。"他感叹说：

真是太杀风景了。"但愿得者如吾辈"，可是谁又能如吾辈呢？

其六："只会筑桥，不会玩桥"

20世纪80年代末，台湾交通大学的学生邀请李敖去讲演，使李敖联想起这所学校的校长凌鸿勋，二十五年前他住安东街公寓时，凌校长就住对街，他十分敬佩这位桥梁专家的为人，并对其《七十自述》中的一段印象尤深。凌鸿勋在书中说：

因自小即以清苦自励，所以我一直没有任何嗜好。烟酒自然不敢沾染，后来大了，出外应酬，酒类不能点滴不饮，凡是被迫而系象征性的举杯是免不了，但烟则的确一生未有碰过我的嘴唇。我所生长的广州赌风甚盛，我父亲最恨的是赌博，他一生未尝打牌。我母亲晚年偶尔在家打牌消遣，我也曾陪着她打过几次的牌，但自从她逝世以后，我就不再打牌了。我因环境关系，使我的活动范围甚为狭窄。例如象棋我是懂得的，但并不爱看人下棋，自己更未曾下棋。围棋想是一种很高尚的艺术，但我性子绝不近，一点都不懂。近来桥牌的风气甚盛，甚至有国际比赛的举行，但我对桥牌也一样没有兴趣。偶然有人用句英文问我，你玩桥吗？（You play bridge?）我总是回答说，我只会筑桥，不会玩桥。

◆ 台湾交通大学校长凌鸿勋

李敖对这段回忆感触良多，他说：

我自己就是"只会筑桥，不会玩桥"的人，所以，我最欣赏凌鸿勋这种单调的生活方式。

以前记者访问阎锡山，问他有何消遣？他说他不觉得人生有什么要消遣的。他的答话很逗，其实这才是一种了不得的境界。一个人，活到不须靠什么世俗的"嗜好"与"消遣"来过每天生活，这才是高人。

_五 我的屁股引以为耻（9则）

其一：我的屁股引以为耻

1992年2月，在台湾远流出版社出版的《读书社群》第十三期中，有王荣文《九二年，我们下定新决心！》一文，中有一段说：

> 读史以识世局、决大势。我们相信庞大的历史读者一定能促动并
> 鼓励两岸的作家对中国的不同视角的思考及深入的探讨；我们更乐意看
> 到更多位如李敖、高阳、柏杨等勤于耕耘史学的优秀作者。

李敖读后深感未甘。他想起初唐四杰，有"王（王勃）、杨（杨炯）、卢（卢照邻）、骆（骆宾王）"之称，杨炯闻之却说："吾愧居卢前，耻居王后！"李敖对此颇有同感，在文章中写道：

> 今我耻居高、柏诸人之前，这种国民党文人的名字，跟在我屁
> 股后面，我的屁股都引以为耻啊！

其二：要有证据证明他是王八蛋

1989年年底的"立委"选举中，一些反李登辉的代表竟然拿出李敖过去发表过的揭发李登辉历史的文章来广为宣传，大量翻印，在大会上流传。李敖得知后感到十分有趣，他说：

以前东吴大学校长——大讼师端木恺读了李敖的文章，惊为"用笔如刀"，此真知李敖者也。李敖"用笔如刀"，刀锋所至，白刃相加，所伤实多。为什么如此厉害？原因有二：一是文笔、一是证据。空骂一个人是王八蛋，骂得再漂亮，也不够的，要有证据证明他是王八蛋，才算本领。我一生功力所在，都是"上穷碧落下黄泉，动手动脚找东西"，东西就是证据。有证据入档，再用生花妙笔，写而出之，王八蛋应声倒矣！

其三：李敖与熊猿

一个中秋节，李敖与朋友童心大发，去逛动物园。细算算，他已经有十六年没有来过这里了。他看到棕熊出生时只有五百克，但一年后可长到九十公斤，就是重了一千辈，感到十分有趣。然后又参观了喜马拉雅熊和大长臂猿，那长臂猿以高速在单杠间飞跃，敏捷利落，引起周围观众一片掌声。晚上回家，李敖突发奇想：

那喜马拉雅熊除交配外，喜欢独居，此点甚似李敖；那长臂猿的活动，每天手比脚忙，此点亦甚似李敖也。

其四：不与跟达官贵人扯个不停的人交往

李敖有位朋友叫傅朝枢（1926年—2002年1月
29日），又名曼平，早年曾在山西省军政领袖阎
锡山处工作，1946年赴台湾，做律师工作。1976
年8月，接掌夏晓华的《东方日报》改名为《台湾
日报》，任董事长。1978年8月，因批评台湾当局
言论，引起当局不满，"国防部"将该报收购并
强令易主。傅朝枢被迫转赴香港创办《中报》及
《中报月刊》，1982年又在美国创办《中报》。
期间，曾多次前往大陆会见政要，1981年8月26
日，在和中共领导人邓小平会见时，邓小平提出

◆ 傅朝枢

解决香港、台湾问题的"一国两制"方案，是"一国两制"概念首次公之于世
的见证人之一。1991年9月，傅朝枢回台湾，多次与李敖联系，李敖都借故躲
开。9月5日，李敖在与朋友一起吃饭时，道出因由：

这位老兄来台湾虽对老友李敖热情澎湃，但是跟达官贵人扯个
不停，我要躲之矣！

第二天，李敖从詹骨科看手伤回来，突然被傅朝枢撞到，傅说："我找
你找得好苦。"李敖笑笑说："你整天忙着见官，太忙了。"傅将带来的丝衬

衫、领带、西装料、中药（壮阳药）等礼物奉上，说："一点小礼物，不成敬意。"并说，"我在见到国民党当权派时表示：你们大错在做了江南，结果反成全了他；但更大错在惹了李敖。李敖以一人敌一党敌一'国'，你们惹了他，大错特错。"李敖哈哈大笑。

其五：如果有人欺负你，可以来找我

20世纪90年代，李敖住台北瑞安街。某日，新上任的管区警察林慧雄前来拜访。

林慧雄说："李先生，你知道吗？我的管区中有三位人物：李敖、李焕、卢修一。我感到很自豪。"

李敖看着这位管区警察，笑笑说：

如果有人欺负你，比如说你的主管等人，你可以来找我！

其六：不出户，知天下

某日，李敖的同学陈正澄来访，谈起大陆见闻说："欧洲宫殿美，但中国宫殿更能显示出帝王的威严。你研究历史，还是到大陆看看最好。"

李敖说：

老子"不出户，知天下"，这正是我们李家作风。

其七：最得意的两则广告

台北市郊有一个生活小区名叫花园新城，如今已成为著名的风景区。它的设计者是台湾著名的女建筑设计师修泽兰。1970年，修泽兰在设计这个新小区时，曾请李敖为小区撰写广告词，李敖写道：

> 不是花园在你家里，是你家在花园里

1978年，著名的出版家沈登恩要出版李敖的杂文集《独白下的传统》，请他为该书写个广告词，李敖大笔一挥，写道：

> 五十年来和五百年内，
> 中国人写白话文的前三名是
> 李敖、李敖、李敖

这是李敖最得意的两段广告词。他曾说：

> 我的文章好的原因，是写完后自己要大声念出，念得顺、念得铿锵有力，使它变成讲演稿，这种文章才是好文章。

其八：我爱的国比他大

1992年的春节，李敖的朋友周才蔚电话中向他拜年，并问："最近好吗？"李敖笑着说："我们这个年纪，今天不比昨天坏，就很好了，还要怎么好！"周才蔚大笑说："只有跟老哥们你李敖笑，才是真的笑，每天生意场上的笑，都是假笑。"

周才蔚又说："我最近参加了朋友小龙女儿的婚礼，小龙对我说，李敖不参加婚丧喜庆，但寄来了一万元。"

李敖说："对对，我从不参加这类仪式。"

周才蔚又说："小龙是个够朋友的人，讲义气，和你李敖一样，但有一点不同，他比你爱国。"

李敖听后说：

他只爱"中华民国"，我爱的国比他大！

其九：有点死角也不要紧

李敖的同学陈平景与李敖通电话，向他讲了老同学汪荣祖的一段话："敖之自诩足不出户能知天下事，其实视野上是会有死角的。"

李敖听了说：

荣祖说得对，可是我的博学，使视野太宽了，有点死角也不要紧呀！

六 日本是个"恶国"（3则）

其一：日本是个"恶国"

李敖在总结世界现代历史时认为，日本侵略中国，害惨中国，元气大伤，至今不得复元，但它自己却战后复苏，成为经济大国；德国侵略波兰，害惨了波兰，元气大伤，至今不得复元，但它自己却战后复苏，成为经济大国。因此，中国和波兰好有一比：

中国和波兰交到这样邻居，真倒了八辈子的大霉了。恶国反有善报，真是他妈的！

其二：谁在出卖钓鱼岛

1999年11月22日，《亚洲周刊》登出香港大学媒体中心研究学者岛津洋一的特稿，其中谈到李登辉邀请石原11月13日访台的问题。作者说，作为东京都知事的石原，是日本右翼势力中最极端的保钓分子，"台湾'总统'热情迎接东京都知事，暗示在钓鱼岛问题上有一种默契，也可能有一种秘密交易：石原以表达承认'台独'的立场，换取李登辉默许钓鱼岛和其水域永属日本。""石原和李登辉都支持'大东亚共荣圈'理论中最恶劣的部分，而非其中较理想化及可取的主张，例如亚洲主义。李登辉的亲日情绪可追溯至二次大战，当时他就读京都帝国大学，该校是'大东亚共荣圈'的学术理论中心。李的近著《台湾的主张》由松下集团出版社PHP出版，该出版社深受持保守观点的日莲宗灵友会的影响，石原慎太郎恰好是与灵友会关系密切的政坛名人。""追溯历史，日莲宗的爱国狂热与在中国东北部建立'满洲国'有关。日本侵略满洲的出谋划策者是日本陆军中将石原莞尔（与石原慎太郎没有亲戚关系），这位军事战略家是十三世纪日本僧侣日莲的狂热信徒，相信'最后战争'的预言：这场拯救佛教远离西方魔掌的战争将于一九四五年左右爆发，历时百年。石原莞尔还认为，这场世界超级大战会是实验室武器——例如神经毒气和细菌——的对决。""这种无政府主义狂想，像日本漫画或科幻小说《阿基拉》一样荒诞。东京都知事和台湾'总统'也许预想一场把中国分成七块，并使亚洲陷入动荡的战争。"

看了这篇文章，李敖说：

> 从上面的特稿里，我们清楚看到李登辉的真面目：他为了勾结日本人，真可说什么事都干得出来，出卖台湾"领土"钓鱼岛，变相支持日本与台湾间走私，与日本侵华狂热分子相结纳，最后"把中国分成七块，并使亚洲陷入动荡的战争"……足见这个混蛋东西的混蛋，绝不是普通的混蛋，而是一个绝大的马鹿野郎级的混蛋，他真是太可恶了。

其三："梦露风"令人称奇

1962年8月5日，美国性感明星玛丽莲·梦露自杀，死时仅36岁。在梦露

◆ 美国性感明星玛丽莲·梦露

死后第五天，李敖讲到《时代》杂志关于梦露的报道，在谈到她那种"赤身裸体的热望"时说："……她给一个摄影记者专利权，在拍片时，去照她那几乎全裸的镜头，她的理由是'我要全世界来看我的肉体。'上一星期，她还在跟一家图画杂志商量卖她另外一张裸体照片。"这则报导引起李敖极大的感触，他对这种祖褐裸裎的"梦露风"深表认同。三十年后，他在梦露65岁冥寿的那一天，专门写文志念，文中写道：

她在红颜将尽之年自杀，不留老态、空留裸影，此种作风，亦寰宇一奇。特为新语，以旌笃信"青春——裸体"长存人间者。噫，微斯人，吾谁与归？